Eve Lambert ist das Pseudonym einer erfolgreichen deutschen Autorin. Genau wie ihrer Titelheldin Jackie Dupont wurde ihr das Reisen in die Wiege gelegt: 1979 im Tessin geboren wuchs sie in Hamburg, Italien und Großbritannien auf. Heute lebt sie wieder in Hamburg. Wenn sie nicht gerade schreibt, arbeitet sie als Gästeführerin und begleitet Touristen aus aller Welt durch die Hansestadt.

Außerdem von Eve Lambert lieferbar:

Die Tote mit dem Diamantcollier. Ein Fall für Jackie Dupont
Mord beim Diamantendinner. Ein Fall für Jackie Dupont

Besuchen Sie uns auf www.penguin-verlag.de und Facebook.

EVE LAMBERT

TOD AM CANAL GRANDE

Ein Fall für Jackie Dupont

Roman

Sollte diese Publikation Links auf Webseiten Dritter enthalten,
so übernehmen wir für deren Inhalte keine Haftung,
da wir uns diese nicht zu eigen machen, sondern lediglich
auf deren Stand zum Zeitpunkt der Erstveröffentlichung verweisen.

Penguin Random House Verlagsgruppe GmbH FSC® N001967

1. Auflage 2021
Copyright © 2021 by Penguin Verlag
in der Penguin Random House Verlagsgruppe GmbH,
Neumarkter Straße 28, 81673 München
Umschlag: Favoritbüro
Umschlagmotiv: © ILINA SIMEONOVA/Trevillion Images;
© Janis Smits/© tomertu/© Sven Hansche/
© Phants/© Miiisha/shutterstock
Redaktion: Angela Troni
Satz: Greiner & Reichel, Köln
Druck und Bindung: GGP Media GmbH, Pößneck
Printed in Germany
ISBN 978-3-328-10740-8
www.penguin-verlag.de

Aus den Memoiren der
JACKIE DUPONT

Leise schwappten die Wellen gegen die Kaimauer, als der Frachter wie ein Kliff vor mir aufragte. An Bord brannte schwaches Licht, ansonsten war es dunkel.

Ich ging in die Hocke. »Es ist so weit«, flüsterte ich Sargent zu.

Der Hund hob eine Pfote, damit ich besser unter seinen Bauch greifen konnte. Für diesen Einsatz trug er – genau wie ich – einen Tarnanzug und ein besonderes Geschirr. Ich nahm ihn hoch, schnallte ihn auf meinem Rücken fest und überprüfte die Karabinerhaken. Dann zog ich mir die Sturmhaube übers Gesicht.

»Los geht's.« Sargent nieste leise. Er war bereit.

Aus einer Tragetasche fischte ich eine Strickleiter hervor, an deren Ende sich zwei Haken befanden. Ich hatte Glück. Der Frachter war schwer beladen und die Reling befand sich nicht sonderlich weit über mir. Gleich beim ersten Wurf gelang es mir, die Leiter zu verankern.

Schnell kletterte ich die Schiffswand empor und enterte den Frachter. Sobald ich sicher stand, befreite ich Sargent und setzte ihn auf die Planken.

»Jetzt suchen wir Vargas.«

Der Hund nieste erneut und senkte die Nase bis zum Boden. Ich löste meine Pistole aus ihrer Halterung an meinem Bein und hielt sie im Anschlag.

Schon hatte Sargent eine Spur aufgenommen und verfolgte sie bis zu einer Luke im Boden. Ich gab ihm ein Zeichen, beiseitezutreten, dem er sofort nachkam. Die Waffe in der rechten Hand, zog ich mit der Linken an der Luke, die sich ohne Schwierigkeiten öffnete. Augenscheinlich rechnete die Besatzung des Frachters hier, im Schwarzmeer-Hafen von Warna, nicht mit unliebsamen Besuchern. Warum auch? Sie hatten hauptsächlich Weizen für die griechischen Inseln geladen und der zahlende Passagier, den sie über den Bosporus ins Mittelmeer bringen sollten, hatte ihnen bestimmt nicht verraten, welche Kostbarkeit er mit sich führte. Pech für ihn, dass ausgerechnet ich als auf Juwelenraub spezialisierte Detektivin bei Dupont & Dupont mich auf der Rückreise aus Asien befand und einem Abstecher nicht abgeneigt war. Immerhin hatte Señor Vargas einen bedeutenden Stein gestohlen. Mein Anteil bei der Wiederbeschaffung war erheblich und versetzte mich in die Lage, endlich eine Pause von meinem Job zu machen.

Durch die inzwischen vollständig geöffnete Luke sah ich eine Leiter aus Stahl, die in die Tiefe führte. Wieder sicherte ich den Hund und kletterte hinab.

Stimmen drangen an mein Ohr. Die Männer redeten Bulgarisch. Die Crew. Mein südamerikanischer Freund hielt sich gewiss nicht bei ihnen auf, sondern steckte, wo immer sie ihn untergebracht hatten. Er war sich viel zu fein für die Gesellschaft von Matrosen.

Am Ende der Leiter befand sich eine Tür, die in einen schmalen Korridor führte. Die Stimmen wurden lauter, kamen von links.

Sargent berührte mich mit der rechten Pfote an der Schulter. Diesmal schnallte ich ihn nicht los. Der Gang war zu schmal. Sollte ich plötzlich eine Drehung vollziehen müssen, konnte ich über ihn stolpern. Ich wendete mich seiner Anweisung entsprechend nach rechts und schlich auf Zehenspitzen voran. Wir passierten mehrere Schotten und Luken, ohne dass der Hund mir etwas signalisierte. Kurz darauf gabelte sich der Korridor. Sargent schnupperte und lauschte einige Sekunden, bis er mir bedeutete, die linke Abzweigung zu wählen. Nur wenige Schritte und der Gang endete vor einer verschlossenen Stahltür. Sargent presste die Nase gegen meinen Hals. Wir hatten unser Ziel erreicht.

Hinter dieser Tür verbarg sich Carlos Vargas, auch bekannt als Juan Mantilla oder Diego Cervantes, seines Zeichens Meisterdieb aus Buenos Aires. Nun denn, an diesem lauen Sommerabend würde er es mit einer Meisterdetektivin zu tun bekommen. Seit Wochen war ich hinter ihm her und ich hatte, gelinde gesagt, keine Lust mehr auf die Verfolgungsjagd.

Mit der freien Hand drückte ich die Klinke herunter und die Tür öffnete sich. Carlos Vargas lag bekleidet auf einer Pritsche, rauchte eine Zigarette und las ein Buch.

»Hallo, Carlos«, sagte ich und zog die Sturmhaube vom Kopf.

Er schrak hoch, hielt jedoch mitten in der Bewegung inne. Der auf ihn gerichtete Lauf meiner Pistole nahm ihm die Lust an jeglicher körperlichen Betätigung. »Miss ... Miss Dupont?«, krächzte er.

Ich stopfte die Sturmhaube in meine Hosentasche. »Ja, was dachtest du denn, wer dir auf den Fersen ist, wenn du der Maharani von Jaipur den Stern von Rajasthan klaust? Zu deinem Pech war ich gerade in Delhi, als der Diebstahl auffiel.«

Neben seiner Pritsche stand ein kleiner Nachttisch, darauf eine Packung Zigaretten. Ich steckte die Pistole ins Halfter und bediente mich.

»Ich hasse es, auf der Lauer zu liegen, weißt du, Carlos, ich hasse es. Eine Stunde lang habe ich diesen Kutter beobachtet und konnte dabei keine einzige Zigarette rauchen. Nicht eine. Hast du mal Feuer?«

Mit zittrigen Händen kramte er eine Schachtel Streichhölzer aus der Hosentasche.

»Danke.« Die Zigarette zwischen den Lippen, schnallte ich Sargent vom Rücken und befreite ihn aus dem Anzug. »Bring mir den Stein, Schätzchen.« Er schüttelte sich heftig, um sein weißes Fell zu lockern, dann flitzte er los. »Und du, Carlos, pack deine Sachen und verschwinde.«

»Wie bitte?«, ächzte der Argentinier in seinem stark akzentuierten Englisch. »Sie wollen mich nicht verhaften?«

Ich zog einige Male an der Zigarette. »Überleg doch mal, was passieren würde, wenn ich jeden Dieb, den ich erwische, ins Kittchen brächte. Bald würde keiner von euch mehr frei herumlaufen und ich wäre arbeitslos. Diamantenraub ist eine hohe Kunst, derer nicht viele mächtig sind. Darauf kannst du dir etwas einbilden. Mein Auftrag lautet, den Stern von Rajasthan wiederzubeschaffen, und das habe ich«, Sargent beförderte soeben einen Samtbeutel aus Vargas' Jackett, das am Kopfende des Bettes hing, »hiermit getan. Ausgezeichnete Arbeit, Liebling.«

Beflissen überreichte der Hund mir den Beutel und kratzte sich danach hinterm Ohr, so als berge er alle Tage die Juwelen von Maharadschas auf Frachtern in bulgarischen Häfen. Dazu muss man sagen, dass seine Beine im Verhältnis zu seinem Körper ziemlich kurz sind, weshalb ihm das Kratzen einige Konzentration abverlangte. Schließlich schenkte er Vargas einen Blick, der von Verachtung nur so troff.

»Du hast den Diamanten nicht gut genug versteckt, Carlos. Sargent hätte dir mehr zugetraut.«

Vargas' Augen zuckten von mir zum Hund und wieder zurück.

»Du brauchst dir deine Chancen gar nicht erst auszurechnen«, erklärte ich. »Bevor du auch nur nach einer Waffe greifen könntest, hätte ich dich schon außer Gefecht gesetzt. – Jetzt hau endlich ab. Ich habe kein Interesse daran, dass meine Anwesenheit der bulgarischen Obrigkeit zu Ohren kommt. Boris III. will unbedingt mit mir Bridge spielen. Bridge! Er ist doch ein junger Mann, wie kann er da Bridge spielen wollen? Noch dazu mit einer Frau wie mir?«

Während ich mich eine Weile in Überlegungen zu dem bulgarischen Zaren erging, stieg Vargas ungelenk von der Pritsche und sammelte seine Habseligkeiten zusammen. Besonders lange dauerte es nicht, da er nicht viel bei sich hatte. Meisterdiebe reisen stets mit leichtem Gepäck. Daran erkennt man sie übrigens, wenn man in einer Gruppe Reisender nach ihnen sucht.

Er verließ die Kajüte, ohne mich anzusehen. Seine Zigaretten nahm er wohlweislich nicht mit.

»Bye, Carlos!«, rief ich ihm nach. »Ich habe die Leiter für dich an der Reling hängen lassen.«

Nachdem ich eine zweite Zigarette geraucht hatte, trat ich erneut den Weg durch die Gänge des Schiffes an, diesmal mit Sargent auf dem Arm. Die Crew hatte im Aufenthaltsraum am anderen Ende des Frachters gewiss nichts von meinem Stelldichein mit Carlos gehört, sonst wäre längst jemand vorbeigekommen, um nach dem Rechten zu sehen. Ich vermutete, es gab Wodka und ein Kartenspiel war im Gange. Kein Bridge, dessen war ich mir sicher.

Es dauerte nicht lange, da hatte ich den Aufenthaltsraum erreicht. Die Herren Seeleute staunten nicht schlecht, als eine zierliche Blondine in Tarnkleidung und mit einem kleinen weißen Hund auf dem Arm vor sie trat. Wie erwartet saßen sie um einen runden Tisch, in dessen Mitte eine Glasflasche voll durchsichtiger Flüssigkeit stand. In meinem – zugegebenermaßen etwas eingerosteten – Bulgarisch gab ich ihnen zu verstehen, dass ich den Kajütenplatz des spanischen Herrn einnähme, die

Reiseroute sich ändere und jemand meine Koffer von der Kaimauer holen müsse. Im Gegensatz zu Dieben reise ich nie mit leichtem Gepäck.

»Aber verehrte Dame«, fragte einer der Seeleute, den ich aufgrund seines Alters für den Kapitän hielt, »wohin sollen wir Sie denn bringen?«

Ich sah mich um, fand ein unbenutztes Glas, schenkte mir aus der Flasche ein und prostete den Matrosen zu. »Zum Wohl, meine Herren. Bitte geleiten Sie mich nach Venedig.«

Venedig, Basilica Santa Maria della Salute, August 1921

Der Pinsel glitt über die Leinwand. Ein letzter Schwung aus dem Handgelenk und der rote Mantel der Dienerin erstrahlte in neuem Glanz.

»Fertig«, sagte Kit zu sich selbst.

Dennoch hatte der Mann, der ein Stück von ihm entfernt einige Meter unter ihm stand, ihn gehört. *»Bravo, bravissimo! Meraviglioso!* Ein Wunder!«, rief er und klatschte in die Hände. »Oh, mein lieber Christopher, es ist vollbracht. Können Sie es glauben?«

Christopher, kurz Kit, betrachtete seine Arbeit weniger mit Euphorie. Eher mit Verwunderung. Drei Monate lang hatte er in der Sakristei der Basilica Santa Maria della Salute, dem barocken Prachtbau Venedigs, die Werke der großen Meister gereinigt und restauriert. Nun war er fertig. Einfach so. Keine der biblischen Figuren sprang aus dem Rahmen, um ihm die Hand zu schütteln und sich bei ihm für die Auffrischung zu bedanken. Kein Engelschor erklang. Allein Kardinal Truffino, der Patriarch von Venedig, brachte seine Begeisterung zum Ausdruck.

Vorsichtig legte Kit den Pinsel beiseite und verließ die Arbeitsplattform mithilfe der dafür bereitstehenden Leiter. Langsam nahm er seine Umgebung wieder wahr. Die weiß getünchten Wände, die anderen Gemälde, die hohe Decke mit den Kreuzbögen.

Er gesellte sich zu dem Kardinal und hob den Blick. Tatsache, es war ein Wunder. Über ihnen erstrahlte die *Hochzeit zu Kana*, das beinahe haushohe Gemälde von Jacopo Robusti, besser bekannt als Tintoretto. Kit hatte sich dieses Bild bis zuletzt aufgehoben, weil es seiner Ansicht nach der Höhepunkt der Kirche war. Sechs Tizians hatte er vorher restauriert. Bibelszenen voller Dramatik und Majestät, ein Genuss für jeden Kunstliebhaber.

Der Tintoretto dagegen war eine andere Geschichte. Er sprühte nur so vor Lebensfreude und Humor. Zunächst einmal spielte Jesus Christus eine absolute Nebenrolle. Man musste schon eine Weile hinsehen, um ihn an der hinteren Wand, man konnte fast sagen im Fluchtpunkt, zu entdecken. Ganz vorne hingegen sah man eine schöne Dienstmagd mit einem roten Mantel und einige Herren in teurer Garderobe, von denen einer ganz besonders hervorstach. Er trug ein goldenes Gewand und einen weißen Spitzbart und wies eine verdächtige Ähnlichkeit zum seinerzeit herrschenden Dogen Girolamo Priuli auf. Die Prioritäten der Venezianer waren jedenfalls klar: Gott unseretwegen, aber Venedig über allem.

Nach guter alter Meistertradition hatte der Maler natürlich auch sich selbst in dem Gemälde verewigt, und selbst wenn der Blick auf den vermeintlichen Dogen fiel, fand sich das Gesicht Tintorettos genau in der Mitte der Leinwand wieder. Was das psychologisch bedeuten mochte ... Vielleicht wüsste Jackies Kumpel Sigmund Freud etwas dazu zu sagen.

Was sie wohl gerade trieb? Jackie Dupont. Kits ... nun ja, was war sie denn? Ihrer Behauptung nach war sie seine Verlobte, seiner Meinung nach war sie seine Ehefrau, und zwar die lange verschollen geglaubte Erbin Diana Gould.

Bisher hatten sie diese Frage weder zugunsten der einen noch der anderen Partei klären können, denn in den vergangenen neun Monaten waren sie einander kaum begegnet. Unmittelbar nachdem Jackie in London den spektakulären Fall rund um die Rundell-Krone gelöst hatte, war sie nach Australien aufgebrochen, um den größten Rubin der Welt zurückzuholen. Anschließend hatte sie einige Tage mit Kit in Paris verbracht, um nicht zu sagen, sie hatte ihn in Paris aufgetrieben. Es gab für Kit nämlich keine Möglichkeit, zu Jackie Kontakt aufzunehmen, solange sie auf Reisen war. Er musste sich darauf verlassen, dass sie stets darüber informiert war, wo er sich aufhielt. Das war offenbar der Fall, denn er bekam regelmäßig Telegramme von ihr, immer wusste sie genau, ob er sich in der Stadt oder auf dem Land, in England oder im Ausland befand. Vermutlich hatte sie einen ganzen Stab an Beobachtern auf ihn angesetzt.

Der Gedanke gefiel ihm. Zeugte ihr Wunsch, ihn zu bespitzeln, nicht von einer gewissen Eifersucht? Seine Erinnerungen schweiften ab, zu den Nächten, die er mit

Jackie in Paris verbracht hatte. Mit biblischen Szenen hatte das wenig zu tun.

Wie lange war er nun schon in Italien? Sein Zeitgefühl hatte ihn während der Restauration verlassen.

Im Februar, erinnerte er sich, hatte er einen Brief des Patriarchen von Venedig erhalten. Kit sei ihm als Spezialist auf dem Gebiet der Restaurierung wärmstens empfohlen worden. Ob er sich vorstellen könne, sechs Gemälden von Tizian und einem Tintoretto in der Basilica Santa Maria della Salute zu neuem Glanz zu verhelfen? Kit hatte sich über die Anfrage gewundert. In der katholischen Kirche, besonders in Venedig, gab es schließlich eine Menge begabter Restauratoren. Noch dazu war die Renaissance nicht sein Spezialgebiet. Doch gegen Ende des Briefes erklärte Kardinal Truffino den Grund seines Ansuchens. Die Spanische Grippe hatte seinen Restaurator dahingerafft und angesichts der aktuellen politischen Lage hatte der Vatikan kein offenes Ohr für so triviale Belange wie Gemälde. Truffino glaubte jedoch, es könne das Wiedererstarken der Menschen unterstützen, wenn sie die Wunder Christi in neuem Glanz zu sehen bekämen.

Vielleicht war das Wort *Wiedererstarken* der Auslöser für Kits Zusage gewesen. Er selbst verspürte den Drang, aus der Dunkelheit des vergangenen Jahrzehnts aufzuerstehen wie ein Phönix aus der Asche. Endlich den Tod hinter sich zu lassen. Oft erschien es ihm wie ein Hohn des Schicksals, dass ausgerechnet er sowohl die Schützengräben als auch die viel tödlichere Pandemie überlebt hatte – sofern letztere endgültig nicht wiederkam. Ausgerechnet er, der er in den Krieg gezogen war, um den Heldentod zu sterben. Stattdessen hatte er dank seiner schweren Verletzungen eine Ewigkeit in einem Sanatorium am Ende der Welt zugebracht und war dort von der Spanischen Grippe verschont geblieben. Einhundert Millionen Tote weltweit. Da schoss man jahrelang aufeinander und bewarf sich mit Granaten und Giftgas, nur damit ein Virus daherkam und völlig wahllos die Menschheit dezimierte.

Kein Wunder, dass sich der Lebenswille nun überall Bahn brach. Sei es in der Kunst, in der Mode, in der Musik oder in der Politik, wo sich der Wunsch nach neuem, selbstbestimmtem und zukunftsgewandtem Leben gerade zu einem unstillbaren Drang hochpeitschte. Nach Mäßigung stand derzeit niemandem der Sinn. Entgegen aller Erfahrung waren nämlich gerade die Jungen dem Fieber zum Opfer gefallen. Fast die Hälfte der Toten waren junge Erwachsene. Nicht wie sonst üblich die Kranken und Alten. Menschen wie er selbst. Kraftstrotzend und gesund. Männer und Frauen. Viele seiner Bekannten hatte die Grippe niedergestreckt und nicht wenige waren nie wieder aufgestanden.

Welch passende Kulisse Venedig doch für solche Überlegungen bot, dachte Kit und musste schmunzeln. Die Stadt von Pest und Karneval. Die Stadt des Totentanzes. – Jeden hätte es treffen können. Es hätte ihn treffen können, es hätte Jackie Dupont treffen können.

Kits Atem setzte für einen Zug aus. Die Vorstellung, Jackie wäre durch die Spanische Grippe umgekommen, war unerträglich. Er wäre ihr nie begegnet. Hätte keine

Ahnung davon gehabt, dass seine tot geglaubte Frau Diana auf wundersame Weise den Untergang der *Titanic* überlebt hatte und als Superdetektivin Jackie Dupont wiederauferstanden war. Daran hatte Kit mittlerweile keinen Zweifel mehr. Jackie mochte ihre wahre Identität noch so vehement abstreiten, er wusste, dass sie Diana Gould war. Sie war die blutjunge Frau, die er einst wegen ihres Geldes geheiratet und schändlich betrogen hatte. Jene Frau, die ihn daraufhin verlassen hatte, um gemeinsam mit ihrem Vater und ihrem Großvater im Jahr 1912 mitsamt der *Titanic* für immer im Nordatlantik zu versinken. Nur war Diana eben nicht ertrunken.

Er hatte dafür keine Erklärung. Er wusste nur eines: Sie war zurückgekehrt. Sie war zu ihm zurückgekehrt, ob nun wissentlich oder nicht, ob von einem Rachegefühl oder ihrem Unterbewusstsein geleitet. Sie hatte ihn aufgesucht, ihn gejagt und erlegt. Dieses Mal gehörte er ihr, mit Haut und Haaren. Und er wollte ihr gehören. Er, Christopher St. Yves, Duke of Surrey, Marquis of Thorne und so weiter und so fort, würde nie wieder eine andere Frau lieben als Jackie Dupont. Dass ein Virus, ein mikroskopisch kleines Ding, all das hätte zunichtemachen können … Wo wäre er heute? Vermutlich mit Anne Fortescue verheiratet, die ihn einst im Sanatorium gepflegt hatte, gelangweilt und geprägt von Mittelmaß. Steinreich zwar und doch bedürftig im Herzen. Da waren ihm die wilden Nächte mit Jackie tausendmal lieber, selbst wenn er diese ganz besondere Frau nur alle paar Monate für sich allein hatte.

»Heute Abend werden wir genauso feiern wie die Hochzeitsgäste, *va bene?*«

Ruckartig fiel Kit wieder ein, dass er nicht in einem Hotelzimmer in Paris stand, sondern in einer katholischen Basilika, neben ihm ein Kardinal. Obwohl er nicht viel für Religion übrighatte, schämte Kit sich für die erotischen Tagträumereien in einem Gotteshaus. Außerdem mochte er Truffino und seine lebensbejahende Einstellung zum Glauben. Er betrachtete den Mann aus dem Augenwinkel: hochgewachsen, schlank, silbernes Haar, edle Züge. Der Kardinal war ein schöner Mensch. Kit benutzte das Wort *Schönheit* nicht inflationär. Menschen waren attraktiv, hübsch, apart, hatten ansprechende Gesichtszüge, doch wirklich schön waren seiner Ansicht nach die wenigsten. Kardinal Benedetto Truffino war schön. Wäre er nicht aufgrund seiner Kleidung sofort als Fürst der Kirche erkennbar, hätte man ihn wohl eher für einen Prinzen der Leinwand gehalten. Kit bedauerte all die Frauen – und sicher einige Männer – die sich im Laufe der Zeit in den Priester verliebt hatten. Es mussten Tausende sein. Denn Truffino war nicht nur schön, er war auch intelligent, lebensfroh, charmant und leidenschaftlich. Eine Person mit geradezu magnetischer Anziehungskraft, wie man sie nur selten traf. Mit welch vollständiger Hingabe und Herzensfreude der Kardinal den Tintoretto betrachtete. Allein wegen dieser Wertschätzung hatte sich für Kit die Arbeit schon gelohnt.

»Sehr gern«, antwortete Kit und kam sich neben dem Italiener unsäglich verstockt vor. Unsäglich englisch.

»Ich habe einige Freunde auf die Terrasse des Gritti eingeladen, darunter natürlich auch Ihre Gastgeber.«

»Wie reizend.«

Kits Gastgeber, das waren der britische Konsul und seine beiden erwachsenen Kinder. Sir Alfred sowie Theodore und Elizabeth Purcell. Den Purcells, einer in Großbritannien hoch angesehenen Familie, gehörten nicht wenige bedeutende Politiker und Offiziere an. Sir Alfred Purcell, derzeit Konsul von Venedig, war zuvor ein hohes Tier im Auswärtigen Amt des British Empire gewesen.

Genau wie die Basilica Santa Maria della Salute lag das Konsulat am Eingang des Canal Grande und bot außerdem eine standesgemäße Unterkunft. Theodore Purcell, der während des Krieges unter Kits Kommando gedient hatte, war mittlerweile der zweite Mann seines Vaters, wenn auch eher symbolisch.

»Meine Güte, Sie werden sich sicher frisch machen und etwas zu Mittag essen wollen«, sagte der Kardinal. »Vergeben Sie mir meine Unachtsamkeit. Ich will Sie nicht länger aufhalten. Heute Abend haben wir genügend Zeit für Begeisterungstaumel. Die Arbeiter werden das Gerüst und die Beleuchtung morgen entfernen, für heute lassen wir einfach alles, wie es ist. Kommen Sie, gehen wir hinaus in die Sonne.«

Gemeinsam verließen sie die Sakristei. Als sie hinter dem Altar hervortraten, erstreckte sich vor ihnen das achteckige Kirchenschiff der Basilika. Heller Marmor ragte in den Himmel, schwere Säulen stützten den Kuppelbau, der für die Ankommenden in Venedig die

Einfahrt zum Canal Grande so prachtvoll markierte. Durch eine der vielen Türen gelangten sie ins Freie. Vor ihnen erstreckten sich das Mittelmeer und die Lagune von Venedig. Eine Welt aus Türkis. Gleißend, funkelnd, strahlend, heiß und voller Leben.

Im Gegensatz zu Rom war Venedig im Sommer nicht wie ausgestorben. Das Klima war milder, die Touristen kamen zu jeder Jahreszeit und die Venezianer hatten mit dem Lido ihren Badestrand gleich vor der Haustür. Jedes Mal, wenn Kit vor der Basilika stand, fühlte er sich wie in einem Klischee. Als wäre er gar nicht im echten Venedig, sondern in einer von den Amerikanern ausgedachten Fantasiestadt. Gondolieri lenkten ihre schwarzen Boote vorbei, ein Vaporetto, der venezianische Wasserbus, tuckerte aus dem Canal Grande und in Richtung Marghera davon, ein Ozeanriese bahnte sich am Horizont seinen Weg. Möwen schrien, Wasser schwappte und es roch nach Salz und Algen.

Am Anleger vor der Kirche kauerten einige Priester auf einer Barke, die ein roter Baldachin überspannte. Das Gefolge des Kardinals und sein Transportmittel, mit dem er zurück zu seinem Amtssitz am Markusplatz fahren würde.

Truffino schüttelte Kit die Hand. »Sie ahnen kaum, wie dankbar ich Ihnen bin. Ruhen Sie sich gut aus, Christopher«, sagte er und verabschiedete sich mit *»Ci vediamo stasera«* bis zum Abend.

Kit sah dem davongleitenden Baldachin noch so lange nach, bis er hinter einer Kurve verschwunden war.

Langsam setzte er sich in Bewegung. Sein Weg führte ihn nach Norden, durch das Stadtviertel Dorsoduro. Jenseits der kleinen Brücke an der Calle del Bastion tauchte er in die dunklen Gassen Venedigs ein. War der Blick auf dem Vorhof der Kirche noch weit gewesen, entstand nun der Eindruck eines Labyrinths aus Gängen und Höfen, in dem ein Fremder sich rettungslos in der Dunkelheit verlieren musste. Hier war es eigenartig still. Alle hundert Schritte etwa kreuzte Kit eine Brücke, nur um gleich darauf wieder in einem Tunnel, einem Säulengang oder einer schmalen Passage abzutauchen.

Es war August und die Italiener, die es sich leisten konnten, hatten ihre Palazzi verlassen und waren ans Meer gefahren. Das verlieh der Szenerie trotz der Touristen etwas Verschlafenes. Kit stellte sich vor, wie zu Venedigs Hochzeiten im Mittelalter Dienstboten, Handwerker, Kaufleute, Geistliche und Ritter durch die Gassen geeilt waren, stets bestrebt, aus der mächtigsten aller Städte eine noch mächtigere zu machen. Wie die Händler hier und da mit ihren Kunden um Farben und Gewürze gefeilscht hatten, die von weit her, auf Schiffen und mit Karawanen, an diesen Ort gelangt waren.

In den ersten Tagen hatte Kit sich mehrfach verlaufen, war in Sackgassen geraten oder am falschen Ende der Lagune ins Licht getreten. Bald war ihm der Weg vertrauter geworden. Hier war die Bäckerei, dort der *salumiere*, der Wurstwarenverkäufer. Außerdem konnte er sich an den Studenten orientieren, die entweder auf dem Weg zur Universität waren oder von dort kamen. Wenn er sich ihnen anschloss, stimmte zumindest die Himmelsrichtung. Normalerweise brauchte er keine zehn Minuten von der Kirche bis zum Konsulat, dazwischen lag kaum eine halbe Meile. Doch diesmal ließ er sich Zeit. Er wollte eine Weile nachsinnen, über die vergangenen Wochen und seine Arbeit an den Gemälden. Die Zeit war gleichsam schnell wie langsam vergangen.

Nach einer Weile sah er sich um und stellte fest, dass er schon geraume Zeit vor dem britischen Konsulat stand. Seine Füße hatten den Weg von allein gefunden.

Der Sitz der diplomatischen Vertretung des britischen Weltreichs war ein rosa angestrichenes Gebäude im klassizistischen Stil namens Palazzo Querini della Carità. In Kits Rücken befand sich die Academia, ein Kunstmuseum, das in einer alten Klosterschule Platz gefunden hatte. Zu seiner Rechten lagen zwei Gondeln in einer kleinen Einbuchtung, mit denen die Konsulatsbewohner auf den Canal Grande hinausfahren konnten, sowie eine der vielen Brücken, die den Kanal querten. Dieser floss direkt am Konsulatsgebäude entlang und setzte an dieser Stelle zu seiner ersten Windung an. Um ins Konsulat zu gelangen, mussten Fußgänger zunächst einen Garten durchqueren. Eine Rarität in der Inselstadt, wo jede verfügbare Fläche schon im Mittelalter gepflastert und bebaut worden war. Zum Glück bewegte sich das Meerwasser in den Kanälen pausenlos. Kit mochte sich gar nicht ausmalen, was für ein Gestank ansonsten hier herrschen würde. Schön türkis mochte das Wasser ja sein, aber was die Venezianer alles hineinschütteten, stand auf einem

anderen Blatt. Jetzt, im Hochsommer, g..
die eine oder andere Herausforderung für di..
wer die Londoner Innenstadt gewohnt war, kon..
Venedig nur lachen.

Kit richtete den Blick nach oben, auf die Fenster ..
Gästezimmer, die im ersten Stock des später hinzugefügten Anbaus lagen. Die Läden waren allesamt geschlossen, um die Sonnenstrahlen fernzuhalten. Nein, einer der Läden war nicht richtig zu und bewegte sich leicht in der Sommerbrise. Auch das Fenster dahinter schien geöffnet zu sein. Kurz glaubte Kit, dahinter eine Gestalt zu sehen, wahrscheinlich eines der Hausmädchen. Zurzeit war er zwar der einzige Gast der Purcells, dennoch führte der Butler des Konsulats ein strenges Regime, gerade so als rechnete er jederzeit mit dem Eintreffen des Königs.

Vom Wasser drang lauter Gesang herüber. Ein Gondoliere schmetterte *O sole mio*, während er den Anleger des Konsulats ansteuerte. Der Fahrgast der Gondel war ein schmächtiger Mann in einem Leinenanzug, den Kit allerdings nur von hinten erblickte. Jedenfalls war es nicht der König. Möglicherweise ein Gast des Konsuls, vielleicht auch nur ein Tourist, dem man die Brieftasche gestohlen hatte. Kit kam mit dem Tagesgeschäft des Konsulats kaum in Kontakt, da er sich hauptsächlich im Privatbereich des Palazzos aufhielt. Gerade half der Gondoliere dem Mann beim Aussteigen und Kit wandte sich schnell ab. Er wollte lieber nicht gesehen werden. Englische Touristen gerieten meist völlig aus dem Häuschen, wenn sie ihn erkannten.

Zügig durchquerte er den Garten und läutete. Sekunden später öffnete ein Diener ihm die Tür.

»Willkommen zurück, Sir.«

»Danke, Stan«, antwortete Kit, dem die Namen der Angestellten mittlerweile geläufig waren. »Ist etwas für mich angekommen?«

»Nein, Sir.«

Er bedankte sich erneut und betrat den breiten Flur, der sich durchs Erdgeschoss zog. Wie die meisten venezianischen Gebäude war auch der Palazzo Querini mit viel Marmor und dunklem Holz ausgekleidet, ganz anders als der gemeine Bewohner Nordeuropas sich eine mediterrane Villa vorstellte. Den Traum von weiß getünchtem Holz und wehenden Gardinen lebten die Italiener nicht. Ihr Ziel war es, nach Möglichkeit nicht in Backöfen zu residieren. Darüber hinaus waren Marmor und Edelhölzer wertvoll und dem Venezianer stand seit je der Sinn danach, seinen Reichtum zu demonstrieren. Kit wollte gerade links abbiegen, als jemand nach ihm rief.

»Surrey!« Es war Sir Alfred Purcell, der Konsul. »Kommen Sie her.«

Kit drehte sich nach rechts. Vor dem Hintergrund des kanalseitigen Eingangs zeichneten sich die Silhouetten zweier Männer ab. Einer war groß und schlank. Das war Sir Alfred. Ein diplomatisches Urgestein, der nach einem strapaziösen Krieg den begehrten Posten in Venedig hatte erhaschen können. Charmant und wortgewandt. Typisch Diplomat. Und *very british*, vom Scheitel bis zur Sohle. Auch er trug einen Anzug aus hellem Leinen.

Der andere Mann musste der Neuankömm. Gondel sein. Beim Nähertreten wurde aus der eine Gestalt und Kit revidierte seine erste Einsch. Der Mann mochte klein und schlank sein, aber schm. tig war er nicht. Im Gegenteil. Er besaß eine Spannkraft, die Kit nur selten begegnete. Sein Haar war schneeweiß, auch wenn er bestimmt noch keine sechzig war, die Haut sonnengebräunt, die Züge waren markant. Er verzog den Mund zu einem amüsierten Lächeln und sah ihm aus messerscharfen Augen entgegen. Kit hatte den Mann noch nie getroffen und doch kam er ihm bekannt vor.

»Mein lieber Duke«, begann Sir Alfred, »darf ich vorstellen ...«

»Ach was, Alfred«, unterbrach der Fremde den Konsul. Dem Akzent nach war er Amerikaner. »Wir sind doch Familie.« Er marschierte direkt auf Kit zu und zog ihn, zu dessen größtem Erstaunen, in die Arme. »Christopher!«, rief er und hieb mit den Fäusten auf Kits Rücken ein. »Was für eine Freude, dich endlich kennenzulernen. Mein Gott, mir kommen die Tränen.« Er ließ von Kit ab und ergriff dessen Hände. »Meine Nichte hat mir nicht zu viel versprochen. Ein Bild von einem Mann. Ich bin es, Christopher, dein zukünftiger Schwiegeronkel Daniel. Daniel Dupont.«

42.1° N 50.2° W.,
15. April 1912

+++ TOP SECRET +++

VON: AGENT SPOTLIGHT
AN: DEN PRAESIDENTEN DER VEREINIGTEN STAATEN
BETREFF: NOTRUF RMS TITANIC

FUNKRUF EMPFANGEN - STOP - *RMS TITANIC* IN NOT - STOP - SIND IN REICHWEITE - STOP - ERBITTEN SOFORTIGE ANWEISUNG - STOP - CHRISTLICHE PFLICHT ZUR RETTUNG ZU EILEN

Aus den Memoiren der
JACKIE DUPONT

Eine Seefahrt, die ist lustig, eine Seefahrt, die ist schön. Denn da kann man die Matrosen ohne Hemd und Hose sehen ...

Ich gebe zu, meine Erfahrungen mit italienischen Marinesoldaten waren optisch um einiges erfreulicher als die mit meinen bulgarischen Saufkumpanen auf der *Mek*. So hieß der Frachter, den ich in Varna gekapert hatte. Das bedeutete auf Bulgarisch wohl *sanft* oder *weich*, doch der Name war trügerisch, denn das Ungetüm aus Holz und Stahl nahm die Wellen ohne jede Eleganz und grunzte bei der leichtesten Bewegung wie ein wilder Eber. Trotzdem genoss ich die Kreuzfahrt durch Schwarzmeer und Ägäis. Zwar glitt die *Mek* nicht dahin wie die *Mauretania* oder die *Olympic*, dafür sparte ich mir all die unsäglichen Gespräche über Kinder, Bedienstete und Verdauungsprobleme, die mit einem längeren Aufenthalt an Bord eines Ozeanriesen unweigerlich einhergingen. Und natürlich fehlte mir die Haute Cuisine, wie ich sie zum Beispiel an Bord der *SS Paris* hatte genießen dürfen.

Die Bulgaren verköstigten Sargent und mich nach Kräften, hauptsächlich mit Kohlsuppe, was den Hund dazu veranlasste, getrennt von mir zu schlafen. Ansonsten verbrachte er seine Tage in bester Kreuzfahrtmanier. Er briet an Deck in der Sonne, bis ich glaubte, er sei einem Hitzschlag erlegen, nur um plötzlich aufzuspringen, in den Schatten zu traben und sich dort wieder hinzulegen. Zwischendurch trank er einen Schluck Wasser und besuchte den Abort, wozu er als international agierender Ermittlungshund selbstverständlich in der Lage war.

Ich verhielt mich ganz ähnlich. Meine Reisebegleiter hatten mir aus Paletten und Kaffeesäcken einen annehmbaren Sonnenstuhl gebaut, in dem ich meist zu liegen pflegte und die herrlich starken Zigaretten der Matrosen rauchte. Dabei überlegte ich mir im Detail, was ich alles mit meinem Verlobten unternehmen könnte, sobald ich ihn in Venedig in die Finger bekam. Am liebsten gleich weiterreisen, raus aus der Stadt und die in Berge, an einen See, in ein Chalet. Ganz *privé* – nur Christopher, der Hund und ich. Ein simples Leben, mit Milch von Bergziegen und Kräutern vom Bach.

Monatelang reiste ich um die Welt, dauernd unter Spannung, immer irgendeinem Juwelenräuber auf der Spur. Ich hatte es satt. Ich brauchte Urlaub. Seit seine Durchlaucht Christopher St. Yves of Surrey – oder so ähnlich; mein Verlobter ist nämlich ein englischer Duke mit sehr vielen sehr komplizierten Titeln – und ich einander in Monaco begegnet waren, hatten wir kaum Zeit für uns allein gehabt. Ständig kam ein Kriminalfall dazwischen. Jetzt wollte ich endlich meine Verlobungszeit genießen. Wer hätte gedacht, dass ich mich jemals verloben würde?

Ich sicher nicht. Aber mit Christopher ist es eben so passiert. Als wir uns in Monaco trafen, war er noch mit einer anderen Frau liiert, einer gewissen Miss Anne Fortescue. Doch kaum sah er mich, war ihm klar, dass er sein Leben mit mir verbringen wollte. Für immer.

Ich gebe zu, es hatte nicht ausschließlich mit meinem magnetischen Wesen zu tun, sondern auch mit der Tatsache, dass Christopher mich für seine tote Ehefrau hielt, ein Mädchen aus Amerika namens Diana Gould. Diese unglückliche Person war nur knapp ein Jahr nach der Hochzeit mit der *Titanic* untergegangen und hatte ihre amerikanischen Eisenbahnmillionen an Christopher vererbt. Er, damals noch im Sturm und Drang, hatte zuvor jahrelang eine Liebschaft zu einer rothaarigen Irin gepflegt, einer gewissen Rose Munroe. Als Diana seinerzeit von ihr Wind bekam, verschwand sie auf Nimmerwiedersehen und floh mit dem größten und schnellsten Schiff der Welt Richtung Westen. Endstation Eismeer. Christopher machte eine Gewissenskrise durch, trennte sich von Rose Munroe und zog in den Krieg, um im Tod Erlösung zu finden. Stattdessen durchlöcherten ihm etliche gegnerische Granatsplitter die Schulter und ließen ihn geläutert zurück. Im Sanatorium lernte er Anne Fortescue kennen, sah in ihr Florence Nightingale und bot ihr an, Duchess of Surrey zu werden und den Erlös aus seinem geerbten Eisenbahnimperium mit ihr zu teilen. Pech für sie, Glück für mich, dass er mich für die wiederauferstandene Diana Gould hielt und mir fortan ewige Treue schwor. Mir sollte es recht sein. Er war groß, dunkelhaarig, unglaublich gut aussehend, intelligent, charmant und roch hervorragend. Sogar Sargent mochte ihn und Sargent mochte grundsätzlich keine Männer.

Dass er mich achtzehn Monate später immer noch für seine Ehefrau hielt, amüsierte mich, aber ich konnte damit leben. Letztes Jahr in London lernte ich sogar die Großmutter von Diana kennen, Maria Dalton, ein Kampfschiff von einer Frau und Amerikanerin durch und durch, genau wie ich. Wir verstanden uns blendend, was Christopher zu der Annahme veranlasste, Maria Dalton und ich steckten unter einer Decke.

Wie dem auch sei, es war eine Tatsache, dass Christopher und ich mehr Zeit füreinander brauchten. Jetzt endlich war es so weit. Ich reiste nach Venedig, um ihn nach getaner Arbeit abzuholen. Außerdem wollte ich dort den einen oder anderen Kollegen treffen. Bis dahin würde ich mich an Deck der *Mek* in der Sonne aalen und nichts tun.

Leider war schon in Konstantinopel die Zeit des Müßiggangs vorbei. Die *Mek* legte dort an, um Proviant aufzunehmen, und ich nutzte die Gelegenheit, um einige Kontaktpersonen in der Stadt aufzusuchen. Da es seit dem Krieg im Osmanischen Reich keine amerikanische Botschaft mehr gab, mussten Menschen meiner Profession auf Alternativen zurückgreifen. Im Fall der Detektei Dupont & Dupont handelte es sich um einen befreundeten Edelsteinhändler, der sich ein Zubrot verdiente, indem er etwa einmal pro Woche in eine Holzkiste eine verschlüsselte Nachricht legte, die ihm per Telegramm von der Detektei zuging. Mein Onkel und ich verfügten über ein internationales Netzwerk aus mehreren gut bezahlten Helfern. Die meisten von ihnen waren ehemalige Polizisten, doch der eine oder andere Kaufmann fand sich ebenfalls unter ihnen. So blieben sowohl Onkel Daniel als auch ich zeitnah und überall auf dem Laufenden.

Allerdings übergab mir meine Kontaktperson Ufuk Ovoglu diesmal nicht den Inhalt einer, sondern gleich dreier Kisten. Fast stündlich hätten ihn die Telegramme erreicht, beschwerte er sich, kaum dass ich sein Geschäft betrat. Er habe kaum geschlafen in letzter Zeit, behauptete er und verlangte umgehend eine Erhöhung seines Lohns. Verzweifelt reckte er die Hände in den Himmel – die er vor lauter Gold- und Smaragdringen kaum heben konnte.

»Madame Jackie, ich bin bald ein mittelloser Mann. Meine Kunden verlangen Diskretion. Wie soll ich mein armseliges Geschäft führen, wenn ständig ein Bote vor meiner Tür steht?«

Für solche Fälle führte ich stets einige fünfkarätige Diamanten von guter Qualität mit mir, von denen ich ihm direkt zwei in die Hand drückte. Das beruhigte ihn.

Beladen mit den Telegrammen, kehrten Sargent und ich zurück an Bord der *Mek*. Da es sich bei dem in den Nachrichten verwendeten Code um meine eigene Erfindung handelte, kostete es mich keine Mühe, die sinnlos klingenden Sätze zu entschlüsseln. So bedeutete zum Beispiel »Die Katze trinkt Milch«, verschickt an einem Montagvormittag: »Es gibt keine Neuigkeiten.« An einem

Dienstagnachmittag bedeutete dieselbe Nachricht jedoch: »Der Präsident wurde erschossen.« Das Problem bestand vielmehr in der Menge an Telegrammen. Ich sah mich einem Gewimmel aus Katzen, Kühen, Hunden und Schildkröten, ja einem ganzen Tierpark gegenüber. Die meisten Telegramme stammten von Onkel Daniel. Schon das war ein Alarmzeichen. Mein Onkel war nämlich nicht so leicht aus der Ruhe zu bringen. Dass er mich unbedingt erreichen wollte, und zwar egal, was es kostete, beunruhigte mich. Ich sortierte die Telegramme chronologisch und das Bild, das sich daraufhin abzeichnete, war in der Tat erschreckend. Mein Urlaub war dahin!

Laut Daniel hatte alles damit angefangen, dass vor etwa einem Jahr ein französischer Geheimagent in einem Bordell in Lissabon erstochen worden war. Das war an sich nicht weiter schlimm und wäre auch nie sonderlich beachtet worden, wenn der Kollege im Rahmen seines Ablebens nur den Löffel und nicht, wie geschehen, auch den Schlüssel zu einem Schließfach in einer Bank in Tripolis abgegeben hätte. Als der Mörder das Schließfach öffnete, fand er darin einen Brief, der ihn auf die Spur eines belgischen Agenten in Thessaloniki brachte, den er ebenfalls ermordete. Bei diesem erbeutete er wiederum einen Code, mit dem er einen britischen Agenten in Wien entlarvte. Einige Schließfächer und Europareisen später gelang es dem Bösewicht, in Rom ein Dokument des britischen Geheimdienstes in seinen Besitz zu bringen. Eine Liste, die die Namen von mindestens zwanzig Doppelagenten preisgab. Von Leuten, die immer noch im

Ausland lebten und immer noch für feindliche Geheimdienste arbeiteten.

Nun waren sie alle hinter dem Dokument her. Die Deutschen, um die Agenten zu entlarven, die Entente-Mächte Frankreich und Großbritannien, um ihre Agenten zu schützen und – im Falle der neuen Machthaber in Russland – mögliche Zaristen auszuschalten. Daniel selbst war erst kürzlich von den US-Geheimdiensten über diese Situation in Kenntnis gesetzt und um Hilfe gebeten worden.

»Spione außer Rand und Band«, sagte ich angesichts der Neuigkeiten zu Sargent. »Wie ich diesen Mantel-und-Degen-Kram verabscheue.«

Der Hund hob ein Ohr. Er gefiel sich in der Rolle des Spitzels. Kaum hörte er die Worte *The Cipher Bureau* oder *Black Chamber*, wie sich der militärische Geheimdienst der Vereinigten Staaten seit Ende des Krieges nannte, blickte er verstohlen drein. Fortan watschelte er nicht mehr wie ein Dackel umher, sondern machte einen Katzenbuckel und schlich auf leisen Pfoten durch die Gegend.

»Ich kaufe dir eine Maske, Darling«, versprach ich und tätschelte ihm den Kopf. »Immerhin fahren wir nach Venedig. Dort gibt es Masken in Hülle und Fülle. – Grundgütiger, ich hasse Venedig. Warum tut Christopher mir das an? Es gibt so viele Städte, in denen man Gemälde restaurieren kann.«

Sargent nieste. Er liebte Venedig. Und es war seine Liebe, die größtenteils zu meinem Hass beitrug. Denn sie äußerte sich in regelmäßigem Wälzen in Fischkadavern, dem Heulen von Opernarien in Dissonanz zu den Gondolieri und in Ausflügen in die Kanäle, aus denen er ohne Hilfe nicht mehr herauskam. Unvergessen mein Hechtsprung von der Rialto-Brücke im Januar 1919. In einem goldenen Zobel, den mir Zar Nikolaus persönlich geschenkt hatte.

Ich vermied also die Lagunenstadt, so gut es ging. Aber leider hatte ich diesmal keine Wahl. Denn nicht nur Christopher erwartete mich in Venedig. Als ich am siebten Tag meines Trips in der Ferne die Hafenanlagen von Triest vorbeiziehen sah, bat ich einen der Matrosen, meine Koffer zu packen. Die Reise war zu Ende. Ich schärfte meine Messer, ölte meine Pistolen und machte mich bereit, an Land zu gehen. An Land und auf die Jagd. Auf die Jagd nach einem Verräter.

Venedig, britisches Konsulat, August 1921

Daniel Dupont. Onkel Daniel. *Der* Onkel Daniel. Gründer und Chef der Detektei Dupont & Dupont, weltberühmter Schnüffler und möglicherweise Geheimagent der Vereinigten Staaten von Amerika.

»Hocherfreut, Sir«, sagte Kit steif und schluckte.

Dieser Mann war das einzige Hindernis zwischen ihm und der endgültigen Überzeugung, es handele sich bei Jackie Dupont tatsächlich um Diana Gold. Denn wenn Daniel wirklich ihr Onkel war und sie seit ihrer Kindheit kannte, musste Kit sich eingestehen, dass er ein Verrückter war, dem die Granatensplitter das Hirn ramponiert hatten.

»Nicht so schüchtern.« Schon wieder zog der Amerikaner Kit in die Arme. »Bitte nenn mich Daniel. Ich bin ganz gerührt.«

Sir Alfred trat aus dem Schatten und betrachtete die Szene amüsiert. »Surrey und eine Verlobte? Das haben Sie uns aber verschwiegen.«

»Was? Verleugnest du etwa meine Nichte?« Daniel gab sich empört und ließ Kit los. »Zwing mich nicht, mich mit dir zu duellieren. Ich bin ein hundsmiserabler Schütze. Ich hätte keine Chance.« Er strich sein helles Sommerjackett glatt.

Kit wusste aus sicherer Quelle, dass Daniel in seiner Jugend mit Wyatt Earp und Konsorten durch den Wilden Westen gezogen war, dementsprechend gab er auf diese Behauptung nichts.

»Daniel und ich sind alte Freunde«, erklärte Sir Alfred und sein schmales Gesicht mit der ausgeprägten Nase verzog sich zu einem schelmischen Grinsen.

Im Gegensatz zu Truffino war er kein schöner Mann, aber ein attraktiver. Mit guten Farben gesegnet, wie Kits Mutter zu sagen pflegte. Sattes braunes Haar, kräftige Augenbrauen und grün gefleckte Augen. Eine positive Erscheinung, trotz der Tragödie, die während des Krieges über die Familie Purcell hereingebrochen war.

»Verschlägt es dir die Sprache, mein Junge?« Daniel verharrte in einer übertrieben überraschten Pose.

Kit hatte oft versucht, sich Onkel Daniel vorzustellen. Mit einem Witzbold hatte er nicht gerechnet.

»Nein, nein, entschuldige bitte ... äh ... Daniel. Ich war nur eben in ganz andere Gedanken versunken. Verzeihen Sie, Sir Alfred, aber noch nicht einmal meine Mutter ahnt etwas von der Verlobung. Sie müssen wissen, ich war vor meiner Begegnung mit Jackie mit einer anderen Dame verlobt. Da können Sie sich sicher vorstellen, dass ich der Presse nicht allzu viel Futter geben möchte. Im Übrigen war mir nicht bewusst, dass Sie beide einander kennen.«

Daniel winkte ab. »Wir Weltenbummler begegnen uns

eben immer wieder. Ist meine geschätzte Nichte denn nicht bei dir?«

Die Frage wunderte Kit. »Nein, ich dachte, du weißt, wo sie steckt.«

»Ich? Ich habe keine Ahnung, wo sich dieses Mädchen rumtreibt. Es muss nur einer irgendwo *Haltet den Dieb!* rufen und schon ist sie auf und davon.«

Kit nickte müde, erinnerte sich dann aber an seine gute Erziehung. »Verzeih mir, Daniel, ich war bis eben in der Basilica Santa Maria und bin noch in meiner Konzentration verhaftet. Bleibst du länger in Venedig? Bist du beruflich hier?«

»Nein, nein, nur ein kleiner Abstecher. Ich traf gerade aus Rom ein und wusste nicht so recht, wohin mit mir, da dachte ich, ich überrasche meinen guten Freund Alfred. Wenn nichts dazwischenkommt, bleibe ich für die Schneider Trophy hier.« Dabei handelte es sich um ein prestigeträchtiges Rennen für Wasserflugzeuge. »Ich wohne drüben im Hotel Gritti.«

Sir Alfred breitete die Arme aus. »Perfekt. Dort sind wir heute Abend zum Dinner. Ich werde gleich einen Boten rüberschicken und ihnen mitteilen lassen, dass wir eine Person mehr sind. Kardinal Truffino hat uns eingeladen und mich gebeten, niemanden zurückzulassen. Wir feiern Surreys Meisterwerke.«

Daniel zwinkerte. »Duke of Surrey, was? Ihr Briten und eure Titel. Na, ich habe ja schon von meiner Nichte gehört, dass du deinen Job als Experte bei Rotherhithe's auf Eis gelegt hast, Christopher.«

Das Wort *Nichte* versetzte Kit nun schon zum zweiten Mal einen Stich in die Seite. »In der Tat«, sagte er nur.

Das Auktionshaus Rotherhithe's war kein gutes Thema. Nach dem Krieg hatte Kit dort unentgeltlich als Restaurator und Experte gearbeitet. Doch leider war die Verlockung bald zu groß geworden und er hatte die Bilder nicht nur restauriert, sondern gleich auch noch kopiert und mit Hochspannung dabei zugesehen, wie die Kopien unter den Hammer gekommen waren. Er wusste nicht, inwiefern Daniel über sein unlauteres Hobby Bescheid wusste, aber er hielt es für klüger, das Thema nicht zu vertiefen.

Sir Alfred erkannte Kits Unfähigkeit, ein vernünftiges Gespräch zu führen. »Ich glaube, die Damen nehmen gerade zum Tee im Salon Platz, Surrey. Warum gesellen Sie sich nicht dazu? Daniel und ich haben einiges zu besprechen. Sie werden einander in den nächsten Tagen ja noch sehen.«

»Tolle Idee, Alfred«, stimmte Daniel zu. »Eine Tasse Tee und eine kurze Siesta haben noch jeden müden Krieger wieder auf die Beine gebracht. Bis später, Christopher.«

Kit verabschiedete sich und ging über die Marmortreppe in den ersten Stock des Palazzo, zu den Privatgemächern des Konsuls und seiner Familie. Er wusste zwar nicht so recht, ob er gerade Lust verspürte, sich den Damen auszusetzen, den Tee brauchte er allerdings dringend. Eventuell goss er sich sogar einen Brandy hinein.

Onkel Daniel. Warum tauchten diese Detektive stets wie aus dem Nichts in seinem Leben auf? Er rechnete sekündlich damit, Jackie aus einem Kanal aufsteigen oder aus dem Kamin des Konsulats treten zu sehen. Stattdessen überfiel ihn Onkel Daniel.

Die Tür zum Salon stand offen. Zum Glück gab es in Venedig eine bedeutende britische Exklave und somit auch genügend Domestiken, die in der Lage waren, eine echte *Teatime* mit Sandwiches und Scones zuzubereiten. Zwar war die italienische Küche über alle Zweifel erhaben, dennoch gab es nichts Besseres als den Fünf-Uhr-Tee, um aufkommendes Heimweh zu vertreiben. Kit war der festen Überzeugung, nur dank dieses Rituals war es dem Inselvölkchen gelungen, die halbe Welt zu erobern. Ein Reich, in dem die Sonne niemals unterging.

Er betrat den weitläufigen, in dunklem Rot gestrichenen und mit Teakholz getäfelten Salon. Auf dem Marmorboden lagen Orientteppiche und mehrere Diwane waren geschmackvoll zueinander angeordnet. Zwei der Sitzgelegenheiten waren belegt. Von den Damen.

So heiß es draußen auch sein mochte, hier drinnen war die Stimmung frostig. Wie immer, wenn die Frauen des Hauses aufeinandertrafen.

Die Ältere der beiden war Prinzessin Natalya Fyodorowna Oblenskaya, genannt Natasha. Nun, alt war sie nicht. Ganz im Gegenteil. Kit schätzte sie auf Anfang dreißig. Seit sie vor der Revolution aus Sankt Petersburg nach Venedig geflohen war, lebte sie dauerhaft im britischen Konsulat. Ihr Verhältnis zu Sir Alfred blieb niemandem verborgen. Er war ein charmanter Witwer, sie eine elegante Witwe. Soweit Kit verstand, hatten die beiden einander schon vor dem Krieg kennengelernt, an der Côte d'Azur. Wo sonst? Damals hatte allerdings Sir Alfreds Ehefrau, Lady Purcell, noch gelebt.

Gott hab sie selig, dachte Kit. Er erinnerte sich gut an den Tag, an dem Theodore Purcell die Nachricht vom Tod seiner Mutter erhalten hatte. Im Schützengraben, während der Schlacht an der Somme, dem monatelangen Hin und Her zwischen dem deutschen Heer und den Streitkräften der Entente, das ohne jedes Ergebnis blieb. Ein Zeppelin hatte über dem Sommerhaus der Familie Purcell in Greenwich bei einem Luftangriff eine Bombe abgeworfen. Alle Menschen in dem Gebäude waren ums Leben gekommen, darunter Lady Purcell. Allein ihre Tochter Elizabeth, damals vierzehn Jahre alt, hatte das Glück gehabt, sich im Garten aufzuhalten. Doch die Narben im Gesicht und auf den Armen waren ihr als schreckliche Souvenirs geblieben. Dabei war sie eine hübsche junge Frau, mit den gleichen satten Farben gesegnet wie ihr Vater und trotz der Narben nicht wirklich entstellt. Allerdings war es nicht bei äußerlichen Verletzungen geblieben. Seit dem Angriff litt sie an einer Konzentrationsschwäche, die gelegentlich so schwer wog, dass sie nicht allein aus dem Haus gehen konnte.

Bei der zweiten Dame im Salon handelte es sich um ebenjene Elizabeth Purcell. Sie trug ein Kleid, das einem Matrosenanzug nachempfunden war und sie sehr jugendlich wirken ließ. Ihr braunes Haar war kinnlang geschnitten und gewellt, wie es mittlerweile in ganz Europa Mode unter jungen Damen war. Dabei ließ sie einige Strähnen über eine Gesichtshälfte fallen, in der Hoffnung, die besonders markante Narbe auf ihrer Wange zu überdecken. Kit mochte Elizabeth Purcell. Trotz ihres Handicaps war sie humorvoll und lebensfroh, gelegentlich geradezu albern. Charakterlich war sie von einer Prinzessin so weit entfernt, wie man es sich nur vorstellen konnte. Gerade hob sie die grünen Augen, die denen ihres Vaters so ähnlich waren, und gewahrte Kit.

»Mylord, wir haben Sie nicht erwartet.« Sie läutete und sogleich erschien ein Diener. »Bitte noch ein Gedeck für den Duke.«

»Sehr wohl, Madam.«

Natasha drehte den Kopf. Ihr Haar, schwarz und glänzend, war zu einer kunstvollen Flechtfrisur aufgetürmt. Medusa mit einem Haupt voller Schlangen. Sie hätte aus einem von Kits restaurierten Gemälden stammen können. Überhaupt war Natasha eine Erscheinung aus einer anderen Epoche. Immer aufwendig frisiert und majestätisch gekleidet. Von der aktuellen Damenmode mit den losen Schnitten hielt sie nichts. Sie zwängte sich weiterhin in enge Korsetts. Und immer trug sie ihren kostbaren Schmuck zur Schau. Das, was davon übrig geblieben war, wie sie gern betonte. Schließlich hatten die Juwelen ihr die Flucht ermöglicht. Dann war da außerdem dieses Element des Okkulten. Natasha war überaus religiös, aber glaubte dennoch an Geisterbeschwörung und Weissagungen.

Immerzu trug sie ein Set Tarotkarten bei sich und der Rosenkranz, den sie unentwegt durch die Finger gleiten ließ, bestand aus Steinen, in denen das Feuer der Hölle loderte. Tieforange und blutrot changierten die Kugeln im Licht. Um welche Edelsteine es sich handelte, wusste Kit nicht und er wollte sie auch nicht fragen. Es kam ihm zu intim vor. Jackie würde es wissen und wahrscheinlich auch Onkel Daniel.

»Guten Tag, Surrey«, raunte die Prinzessin.

Ihre Stimme war die einer alten Zigarrendreherin: kratzig und tief. Dabei sprach sie Englisch ohne Akzent, was gar nicht zu ihrem Äußeren passte. Russisch hätten früher nur die Bauern gesprochen, erzählte sie bereitwillig und ohne die Einsicht, dass eine solche Haltung durchaus am Schicksal des russischen Adels Schuld war. Natürlich habe sie eine englische Nanny gehabt, betonte sie stets. Ebenso eine französische Gouvernante. In ihrer Familie sei an jedem Tag der Woche eine andere Sprache gesprochen worden. Dass sie dabei aussah wie das Sinnbild der russischen Ikone, störte sie nicht.

»Sind Sie etwa endlich fertig?«

»Prinzessin, Miss Purcell.« Kit nickte den Damen zu. »Ja, ich bin heute fertig geworden.«

Natalya stellte ihre Tasse ab. »Dem Herrgott sei Dank. Sicher ein erhebendes Gefühl. Nach Monaten der Arbeit.«

»In der Tat.«

Der Diener reichte Kit eine Tasse und er nahm auf einem der Sessel Platz.

Elizabeth Purcell rutschte auf ihrem Diwan hin und her und warf Kit einen spekulativen Blick zu. »Aber Sie bleiben doch noch eine Weile hier?«

Lassen Sie mich bitte nicht allein, schien sie sagen zu wollen. Denn wie man sich vorstellen konnte, herrschte zwischen Elizabeth und der Prinzessin keine Liebe und ihr Bruder Theodore, Kits ehemaliger Unteroffizier, war für eine junge, lebensfrohe Frau genauso wenig zu gebrauchen wie eine düstere Russin. Theodore war nach dem Krieg glühender Kommunist geworden, sprach nur noch vom Proletariat und vom Weltfrieden und traf sich in Venedigs Kaschemmen mit seinen Gesinnungsgenossen. Kit fand es überaus bezeichnend, dass es sich bei diesen Kameraden ausschließlich um junge Männer aus der britischen und italienischen Oberschicht handelte. Mit Arbeitern stand Theodore Purcell nicht im Kontakt.

»Ehrlich gesagt habe ich mich mit meiner Abreise noch gar nicht beschäftigt«, gab Kit offen zu. »Ich denke, ich bleibe noch eine Weile. Der ... Onkel meiner Verlobten ist soeben eingetroffen.«

»Ihrer Verlobten?« Die Prinzessin hob die schwarzen Brauen. »Sie sind verlobt?«

»Ja. Allerdings weiß noch nicht einmal meine Mutter davon, daher behandele ich die Angelegenheit mit Diskretion. Der Onkel meiner Verlobten, der sich als Freund des Konsuls entpuppt hat, hat er es jedoch gleich hinausposaunt.«

Elizabeth rührte in ihrem Tee, als würde sie in der Flüssigkeit nach ihrem nächsten Gedanken suchen. Ein

Lächeln umspielte ihre Lippen. »Das Mädchen muss ja eine Wucht sein.«

»Das ist sie«, beteuerte Kit.

Schlagartig verspürte er heftige Sehnsucht nach Jackie, ihrem Witz, ihrer Gnadenlosigkeit und ihren unverhofften Zuneigungsbekundungen, die zwar selten vorkamen, aber auf die es sich zu warten lohnte. Besonders liebte er an ihr das Sprunghafte und sie reizte diese Vorliebe stets bis aufs Letzte aus. Kit spürte den Hauch eines Flatterns in seinem Bauch. Jackie … wann würde sie endlich wieder bei ihm sein? Die letzten Monate waren so gleichförmig gewesen. Tagein, tagaus hatte er sich in einer Blase aus Marmor, Gold und Edelholz bewegt, zwischen biblischen Darstellungen und uralten Palazzi. Ihm fehlte der Lärm Londons. Das Klappern von Hufen, das Knattern von Motoren und das Donnern der Eisenbahnen. In Venedig floss alles nahezu geräuschlos dahin, entkoppelt von Zeit und Raum. Kit kam sich behäbig vor, melancholisch und in sich gekehrt, gefangen auf einer Insel der Vergangenheit.

Er schalt sich einen Narren. Wenn ihm danach war, konnte er noch heute abreisen. Mit dem Zug nach Calais fahren, dort mit der Fähre übersetzen. Dann hätte er sein brodelndes London wieder, mit all dem Lärm und der Geschwindigkeit. Die Wahrheit war eine andere. Er wollte, dass Jackie ihn abholte. Er wollte, dass sie ihn fand, dass sie ihn wieder einmal zur Strecke brachte. Dass sie seine Welt aufrüttelte, wie sie es jedes Mal tat, wenn sie zu ihm zurückkam. Sein Wirbelsturm.

»Welchem Adelshaus entstammt die Glückliche?«, fragte Natasha in Kits Gedankendunst hinein.

»Gar keinem«, antwortete er, brüsker als notwendig. »Sie ist Amerikanerin.«

»Dafür haben Sie wohl ein Faible ...« Die Prinzessin zog das letzte Wort in die Länge.

Stacheliges Weibsbild, dachte Kit. Es wunderte ihn gar nicht, dass Elizabeth keine Lust verspürte, ihre Zeit mit Natasha zu verbringen.

»Wenn Sie meinen, dass ich ein Faible für selbstständige Frauen habe, mögen Sie richtigliegen.«

Elizabeth gluckste. Offenbar empfand sie Kits Antwort als Spitze gegen Natasha, die sie für eine Schmarotzerin hielt. Dabei hatte die Russin sich auf ihrer Flucht als durchaus gewitzt erwiesen und soweit Kit wusste, ließ sie sich keineswegs von Sir Alfred aushalten, sondern lebte von den Zinsen aus dem Verkauf ihres Schmucks. Elizabeth musste es dennoch so vorkommen, als beutete die Prinzessin den Konsul aus. Sir Alfred war zwanzig Jahre älter als Natasha, das stimmte, aber er war geistreich und gebildet, attraktiv und weit gereist. Nach dem zu urteilen, was Kit in den letzten Monaten beobachtet hatte, bestand ein sehr gleichberechtigtes Liebesverhältnis zwischen den beiden. Nur davon verstanden Neunzehnjährige nicht viel. In dem Alter schwärmte man noch vom Traumprinzen hoch zu Ross.

Mit aller Kraft verdrängte Kit den aufkommenden Gedanken, dass Diana Gould bei ihrer Hochzeit mit ihm sogar noch ein Jahr jünger gewesen war und dass er ihr zwar

Rösser und Schlösser geboten hatte, bestimmt aber kein Traumprinz gewesen war. Schnell trank er seinen Tee aus und verabschiedete sich. Er wollte dieses unangenehme Spannungsfeld so rasch wie möglich verlassen. Nur den Tee hatte er gebraucht.

Bevor er sich zurückzog, bat er einen Diener, ihn in einer Stunde zu wecken, dann legte er sich in seinem Zimmer aufs Bett und schlief sofort ein.

**42.1° N, 50.2° W.,
15. April 1912**

+++ TOP SECRET +++

VON: AGENT SPOTLIGHT
AN: DEN PRAESIDENTEN DER VEREINIGTEN STAATEN
BETREFF: RMS TITANIC

TITANIC GESUNKEN - STOP - EIN EINZIGES TRUEMMERFELD - STOP - RMS CARPATHIA HAT ÜBERLEBENDE AN BORD GENOMMEN - STOP - WIR SIND ZU SPAET GEKOMMEN - STOP - NUR NOCH LEICHEN - STOP - MOEGEN SIE IN FRIEDEN RUHEN - STOP - GEHEIME MISSION NICHT KOMPROMITTIERT - STOP - STEUERN AB NA*CH NORD NORD OST

Venedig, Hotel Gritti Palace, August 1921

Auf der Terrasse des Gritti Palace herrschte reges Treiben. Das Hotel lag ebenfalls am Canal Grande, gleich gegenüber der Basilica Santa Maria della Salute. Der Palazzo, der das Hotel beherbergte, hieß mit vollem Namen Palazzo Pisano Gritti und stammte aus dem vierzehnten Jahrhundert. Aus hellroten Backsteinen gebaut, besaß er ursprünglich drei Stockwerke, die man jedoch Mitte des vergangenen Jahrhunderts um ein viertes aufgestockt hatte. Im Erdgeschoss, direkt neben dem Anleger, befand sich nun das Restaurant. Die Tische waren voll besetzt und von Kerzen erleuchtet, die Ober in ihren schwarzen Anzügen eilten wie Ameisen zwischen ihnen hindurch.

Kit stand am Geländer und ließ den Blick über das Wasser schweifen, in dem sich die Lichter der Stadt spiegelten. Hinter ihm vermengten sich die Geräusche. Die Gäste des Gritti stammten aus aller Herren Länder und das Gemisch der Sprachen verschmolz mit dem Plätschern des Wassers, den Rufen der Gondolieri und dem Klirren der Teller zu einem *concerto*, auf das selbst Antonio Vivaldi, der vielleicht berühmteste Sohn der Lagunenstadt, stolz gewesen wäre. Wenn Vivaldi überhaupt der berühmteste Venezianer war. Marco Polo stand mit ihm in Konkurrenz, überlegte Kit, und natürlich Giacomo Casanova, der ebenso virtuos fiedelte.

»Weshalb grinsen Sie denn so in sich hinein?«

Kit drehte sich um und erblickte Kardinal Truffino. Wie immer trug der Kirchenfürst eine schwarze Soutane mit rotem Zingulum, dem breiten Stoffband um die Körpermitte, und dazu ein rotes Scheitelkäppchen, außerdem ein Kreuz an einer Kette um den Hals, das vor Saphiren und Diamanten nur so funkelte.

»Das verrate ich Ihnen lieber nicht, Kardinal. Das wäre nichts für Ihre Ohren.«

Kit fühlte sich mittlerweile erholt und in der Gegenwart angekommen. Jazzmusik aus dem Inneren des Restaurants, Damen in glitzernden Kleidern, Cocktails ... endlich gerieten Tintorettos Renaissancefiguren in den Hintergrund.

Truffino schnalzte verächtlich. »Mein lieber Christopher, Sie scheinen zu vergessen, dass ich ein Leben lang die Beichte abnehme. Sie glauben nicht, was ich da alles zu hören bekomme.«

»Daran habe ich gar nicht gedacht«, gab Kit zu. »Sie bekommen sicher die Last der ganzen Welt aufgebürdet.«

»Man härtet mit der Zeit ab. Besonders einfallsreich ist die Menschheit nicht, vieles wiederholt sich. Natürlich ist ein jeder der Meinung, das Elend für sich gepachtet zu haben, und es gibt tatsächlich einige wenige Geschichten, die sich mir eingeprägt haben. Aber im Großen und Ganzen betrachte ich mich als Instrument des Herrn.« Truffino senkte die Stimme. »Zugegebenermaßen ganz praktisch, wenn man alles auf ihn abwälzen kann.«

Kit lachte. »Sie sind mir einer. Darf man mit dieser Haltung überhaupt Priester werden?«

Mit einem Schulterzucken, wie es nur die Italiener zustande brachten, verwarf Truffino die Frage. »*Nur* mit dieser Haltung. Wie soll ich denn den Sündern helfen, wenn ich selbst keiner bin? Da wir schon mal beim Thema Sünder sind, wo ist denn der Rest Ihrer Partie?«

»Sitzen bereits am Tisch, gleich da vorn. Wir erwarten noch Mister Dupont.«

»Und ich dachte, ich kann Ihnen einen Überraschungsgast präsentieren«, seufzte Truffino. »Stattdessen hat er nichts Besseres zu tun, als sich Ihnen im Konsulat an den Hals zu werfen. Daniel hat mir vor seiner Abreise in Rom telegrafiert, dass er kommen werde.«

»Sie kennen Mister Dupont ebenfalls?«

Truffino hob – wieder ganz Italiener – die Hände. »Wer kennt ihn nicht? ... *Ah, buona sera!*«

Zwei ältere Damen schlenderten vorbei, die vor dem Kardinal knicksten und ihm den Ring küssten. Dabei blickten sie drein, als wollten sie ganz andere Körperteile von ihm küssen. Der Kardinal umfasste das Kreuz an seiner Brust, als könne er sich dadurch vor ihren sündigen Gedanken abschirmen.

»Ich jedenfalls nicht«, knurrte Kit, ohne dass Truffino ihn hören konnte.

Er fragte sich nicht zum ersten Mal seit Daniel Duponts Ankunft, ob er vielleicht doch danebenlag, was Jackies Identität betraf, denn je mehr er von Daniel mitbekam, desto mehr Parallelen zu Jackie taten sich auf. Auch sie kannte alles und jeden auf diesem Erdball.

»Bis heute Nachmittag waren wir einander noch nicht begegnet«, sagte Kit dann noch einmal in normaler Lautstärke. »Wie sind Sie mit Mister Dupont verbunden, wenn ich fragen darf?«

Truffino hatte seine Verehrerinnen abgeschüttelt. »Kommen Sie, kommen Sie, gehen wir zum Tisch hinüber. Ich erwarte noch eine Freundin, die auf der Durchreise ist und ebenfalls hier im Gritti weilt.«

Kit war sich nicht ganz sicher, ob der Kardinal nur so tat, als hätte er seine Frage nicht gehört, doch da sprach Truffino schon weiter.

»Daniel? Nun, wann war es? Vor fünfzehn, nein, bald zwanzig Jahren. Damals verschwand der große Zeh des Heiligen Lucretius aus dem Vatikan. Zwanzig Jahre … Tja. Wir werden alle nicht jünger. Ich war zu der Zeit noch in Rom als Privatsekretär des Heiligen Vaters tätig.«

Schon hatten sie den Tisch erreicht. Sir Alfred und Prinzessin Natalya waren in ein Gespräch vertieft und Elizabeth Purcell beobachtete die beiden voll Unmut. Neben ihr saß ihr Bruder, der stur geradeaus blickte und die Lippen aufeinanderpresste. Offenbar litt er an der mondänen Umgebung. Er, der bedauernswerte Kommunist, den man zu einem Fünf-Gänge-Menü auf Venedigs begehrtester Terrasse gezwungen hatte.

Äußerlich war Theodore Purcell eine männliche Kopie seiner Schwester, wenn auch sieben oder acht Jahre älter. Das gleiche schmale Gesicht mit den gleichen grün gefleckten Augen und dem gleichen braunen Haar. Sogar was die Haltung betraf, ähnelten sie einander. Kit, der aufgrund seiner Malerei die Leute stets sehr genau betrachtete, war immer wieder davon fasziniert, wie sich selbst die kleinsten Eigenheiten von den Eltern an die Kinder vererbten. Alle drei Purcells besaßen etwas Längliches, Biegsames, ohne dabei schlaksig zu wirken. Wahrscheinlich hatten schon ihre Vorfahren aus der Steinzeit so ausgesehen. Kit nahm all diese Dinge wahr, ohne wirklich darüber nachzudenken. Vielmehr interessierte ihn Daniel Dupont.

»Der Zeh?«, fragte er den Kardinal.

»Der große Zeh, wohlgemerkt.« Truffino zwinkerte. »Eine Reliquie aus dem Heiligen Land. Ludwig der VII. von Frankreich hat sie aus Palästina mitgebracht und der Kirche geschenkt. In der Hoffnung auf sofortigen Eintritt ins Himmelreich, versteht sich.«

»Aber wer stiehlt denn einen Zeh? Auch wenn es ein großer ist.«

»Immerhin befand er sich in einem Kästchen aus Gold, Rubinen und Saphiren ...«

»Verstehe.«

»Natürlich ging es uns nur um die Reliquie.«

»Natürlich.«

»Daniel hat die Diebe zur Strecke gebracht und seither sind wir Freunde. ... Ah, da kommt er ja. Und ich sehe, er ist nicht allein.«

Kit hatte mit der angekündigten Dame gerechnet, doch neben Daniel am anderen Ende der Terrasse stand ein Mann. Nein, ein Gott! Kits Künstlerherz schlug gleich einige Frequenzen höher. *Einen Bildhauer, schnell!*, wollte er rufen, kaum dass er Daniels Begleiter gewahr wurde. Der Mann war etwa in seinem Alter, also noch unter vierzig, groß und schlank und hielt sich wie ein Olympionike. Alles an ihm war perfekt proportioniert, wie gemeißelt. Kit korrigierte sich, man brauchte gar keinen Bildhauer, das Kunstwerk war bereits vollkommen. Sein nächster Gedanke war, ob Onkel Daniel die Gesellschaft von Männern bevorzugte, bis ihm einfiel, dass mehrmals von einer Tante die Rede gewesen war. Obwohl das eine das andere nicht ausschloss.

Daniel winkte und bahnte sich den Weg über die Terrasse, wobei er immer wieder laut »*Scusi, scusi!*« rief. Der blonde Mann folgte ihm langsam. Er bewegte sich mit der Anmut eines Leoparden, athletisch und bedrohlich zugleich. Die dinierenden Damen auf der Terrasse nahmen sofort Witterung auf.

»Hallo allerseits«, sagte Daniel freudig. »Wie herrlich, dass alle beieinander sind. Alfred, du musst mich deinen Kindern vorstellen, Natasha, du Engel, wie sehr ich mich freue, dich endlich wiederzusehen. Kit, hallo, Schwiegerneffe, in dem Smoking siehst du noch besser aus als heute Nachmittag. Laszlo, komm her!«

Laszlo. So hieß er also, der Gott der Spannkraft.

»Liebe Freunde, darf ich vorstellen? Mein guter Freund Laszlo Baron von Drachenstein. Er ist Deutscher, aber das wollen wir ihm alle nicht nachtragen, oder? Er nimmt an der Schneider Trophy teil.«

Von Drachenstein? Baron von Drachenstein? Von dem hatte Kit doch schon gehört. Mit einem gewissen Baron von Drachenstein hatte Jackie Dupont, *seine* Verlobte Jackie Dupont, im vergangenen Jahr geraume Zeit in Kapstadt verbracht. Aber dass dieser Baron aussah wie der fleischgewordene Apollo, das hatte sie ihm verschwiegen. Kits Blut kochte. Er sah sich um und bemerkte, dass auch die anderen Gäste noch keinen Ton gesagt hatten. Sir Alfred blinzelte verstört, Natasha hob gedehnt die Augenbrauen. Elizabeths Mund stand offen und Theodore ballte die Fäuste. Mit einem deutschen Piloten konnte man der Familie Purcell wahrhaftig keine Freude machen. Was hatte Daniel dazu bewogen, diesen Kerl zum Dinner mitzubringen? Er musste doch von dem Bombenangriff und dessen schrecklichem Ausgang wissen. Vom Tode Lady Purcells und von den Verletzungen Elizabeths.

Truffino bemerkte die Anspannung wohl ebenfalls. »Baron von Drachenstein, es ist mir eine Freude, Sie kennenzulernen. Kommen Sie, setzen Sie sich.«

Sofort besann Kit sich seiner eigenen guten Erziehung, zum wiederholten Mal an diesem Tag. Er trat auf Drachenstein zu und reichte ihm die Hand. »Guten Abend, Baron.«

Daniel sprang sofort hinzu. »Laszlo, darf ich vorstellen? Christopher St. Yves, Duke of Surrey und in naher Zukunft mein Schwiegerneffe.«

Ein Blick, so kalt wie Gletschereis, traf Kit und er bereute seine Höflichkeit umgehend.

»Guten Abend«, sagte Drachenstein mit kaum wahrnehmbarem deutschem Einschlag. »Ich gratuliere zur Verlobung. Jacqueline kann sich glücklich schätzen einen Mann von so viel«, er zögerte und lächelte frostig, »Format gefunden zu haben.«

Kit wusste, was Drachensteins Satz implizierte. Er hätte es auch direkt sagen können: einen Mann mit einem so großen Vermögen. Die ganze Welt wusste schließlich, dass Kit durch den Verlust seiner Ehefrau beim Untergang der *Titanic* das größte Eisenbahnimperium der Vereinigten Staaten geerbt hatte.

Ein Jahr nach Dianas Tod hatte Kit einen anonymen Brief erhalten, dessen Verfasser schilderten, dass Diana freiwillig an Bord der *Titanic* geblieben war, um ihm und seiner Geliebten Rose Munroe nicht im Wege zu stehen. Das hatte Kit zutiefst geläutert. Seitdem gab er sich große Mühe, die angeborene Arroganz, die ihm seine gesellschaftliche Stellung bescherte und die in den Privatschulen nur noch gefördert worden war, im Zaum zu halten und ein angenehmerer Zeitgenosse zu werden. Doch wie ein Drache in einer dunklen Höhle erwachte jetzt sein Stolz und brach sich Bahn.

»Ein kluges Mädchen eben«, sagte er mit höhnischem Grinsen. »Sagen Sie, wie lebt es sich in Deutschland derzeit? Die Stimmung kann ja nicht die beste sein.«

Drachensteins Miene blieb unverändert. »Ich halte mich kaum dort auf. Meine Flugzeuge baue ich in Marokko. Bessere Testbedingungen. Erst kürzlich habe ich dort Ihre Verlobte getroffen. Wir verbrachten eine Woche in Marrakesch. Wann mag es gewesen sein? Ende Mai?«

Kit lachte, auch wenn tausend Dolche sein Herz durchbohrten. »Wen hat sie denn dort schon wieder verfolgt?«

»Mich.«

Der Drache in Kit bäumte sich auf und spie Feuer. Am liebsten hätte er den Deutschen an Ort und Stelle mit Fäusten traktiert. Aber er wollte partout keine Schwäche zeigen. Stattdessen lachte er und legte Drachenstein den Arm um die Schulter. *Kill them with kindness.* »Dann sind Sie vermutlich ein ganz schlimmer Finger. Kommen Sie, nehmen Sie doch Platz. Sie müssen mir alles über Ihr Flugzeug erzählen.«

Aus dem Augenwinkel sah er, dass Natasha ihm einen anerkennenden Blick zuwarf. Drachenstein sagte nichts mehr, sondern setzte sich auf einen freien Stuhl.

Kit war schwindelig und schlecht zugleich. Bilder von Jackie in Drachensteins Armen fluteten seine Gedanken und er hatte das Gefühl, nichts mehr zu hören, nichts mehr zu spüren. Da waren nur noch diese Angst und diese Wut und dieser Zweifel.

»Sie kennen die Verlobte des Dukes, Herr Baron?«, fragte Elizabeth beinahe atemlos.

Von Drachenstein musterte sie einen Augenblick und erkannte sie als das, was sie war: ein Teenager, der jeden gut aussehenden Mann unter vierzig als möglichen Prince Charming ins Auge fasste.

»Ja, Miss Purcell. In der Tat. Miss Dupont und ich teilen so manches Interesse ... vor allem Juwelen.«

»Meine Nichte tritt in meine Fußstapfen«, erklärte Daniel voller Stolz. »Kein Strolch, kein Unhold, kein Lump ist vor ihr sicher. Sie schießt wie eine junge Göttin. Ob mit dem Gewehr, mit der Pistole oder mit Pfeil und Bogen. Es ist eine Wonne. Eine Wonne! Nicht wahr, Laszlo?«

Laszlo hob die Augenbrauen. »Sie ist gut.«

Daniel lachte. »An dich kommt sie nicht heran, willst du damit sagen. Na schön, wollen wir dir deine Trophäen gönnen, Herr Generalmajor. Jedenfalls haben Jackie und Kit sich vor einem Jahr an der Riviera kennen und lieben gelernt.«

Kit hielt es für das Beste, an dieser Stelle einfach zu schweigen. Tatsächlich hatte er die Frau, die sich heute Jackie Dupont nannte, schon gekannt, als sie eine Debütantin in New York war und noch Diana Gould hieß. Er war sich da wirklich ziemlich sicher. Wieder krampfte sich sein Magen zusammen. War das ihre Rache? Dianas Rache für seinen Ehebruch? Ihm ihren Verflossenen vorbeizuschicken? Jackie, Diana. Diana, Jackie. Wann nahm das endlich ein Ende?

»*Cara*, hier drüben!«, rief Kardinal Truffino auf einmal und winkte einer Dame zu, die soeben die Terrasse betrat. »Hier drüben!«

Die Dame drehte sich zu ihnen um und hob die Hand. Sie trug ein fließendes Kleid in Schwarz, um die Schultern eine Pelzstola in derselben Farbe und auf dem Kopf ein eigenartiges Gebilde aus Federn und Spitze. Ihr dunkelbraunes Haar war in Wellen gelegt, ihre Lippen waren tiefrot geschminkt.

»Mitzy Bubbles!«, entfuhr es Kit.

Sir Alfred hustete. Offenbar war sie auch ihm nicht unbekannt.

»Du kennst die Frau, Christopher?«, fragte Daniel.

Kit bejahte und erhob sich, wie es sich bei Ankunft einer Lady gehörte.

Mitzy Bubbles. *Unfassbar!* Wie lange mochte Kit sie nicht gesehen haben? Fünfzehn Jahre?

»Lady Donaghue! *Buona sera, buona sera*«, erging sich Kardinal Truffino in Ehrerbietung und küsste Mitzy die Hand.

Lady Donaghue? Mitzy Bubbles war Lady Donaghue? »Mach's mit Mitzy« Bubbles ... eine Lady? Kit kannte sie aus Studententagen, aus jenen Zeiten, in denen er neben Kunst und Malerei vor allem das Leben studiert hatte. Damals war Mitzy das Gegenteil von einer Lady gewesen. Eine Schauspielerin, eine Nachtclubsängerin und ein Mädchen, das für den richtigen Betrag gewissen Extrashows nicht abgeneigt war. Ein Mädchen, mit dem man um die Häuser zog, keines, das man heirate. Schon gar nicht ein Sir oder Lord Donaghue. Sie war eine der nicht wenigen lustigen Gefährtinnen aus Kits Jugend gewesen, mit denen er sich häufig getroffen hatte, bevor er eines sonnigen Tages in Nizza Rose Munroe begegnet war. Er musste zugeben, dass er seitdem kaum mehr an Mitzy und ihresgleichen gedacht hatte. Schnell versuchte er, sich an Details aus ihrem Leben zu erinnern. War sie nicht eine entlaufene Pastorentochter?

»Guten Abend, Monsignore«, sagte Mitzy oder vielmehr Lady Donaghue. »Bin ich zu spät? Bitte entschuldigen Sie, der Blick aus meinem Zimmer hat mich wie immer gefesselt. Ich liebe diese Stadt.«

Ja, dachte Kit, sie war die entlaufene Pastorentochter. Denn im Gegensatz zu den meisten anderen Frauen ihres Schlages artikulierte sie sich nicht wie eine Dienstmagd, sondern wie eine Tochter aus gutem Hause. Er konnte sich ein Schmunzeln nicht verkneifen, als Truffino sie der Gesellschaft vorstellte.

»Meine liebe Freundin, Lady Donaghue. Ihr Mann war ein großer Gönner unserer Kirche. Leider ist er vor einem halben Jahr von uns gegangen.«

Sir Alfred verbeugte sich. »Lady Donaghue. Willkommen zurück in Venedig. Wir sind uns schon einmal vorgestellt worden.«

»Wie schön, Sie wiederzusehen. Ich erinnere mich. Es war im Palazzo Trinità, nicht wahr?«

»In der Tat.« Sie zwinkerte verschwörerisch.

Richtig, dachte Kit. Mitzy zwinkerte. Als teilte sie Geheimnisse mit ihrem Gegenüber. Nicht selten tat sie das auch.

»Mein Mann hat Venedig noch mehr geliebt als ich.«

»Meine Kinder«, fuhr Sir Alfred fort, »Theodore und Elizabeth.«

»Hocherfreut. Was für ein hübsches Amulett Sie tragen, Miss Purcell. Ist das ein Türkis?«

Elizabeth, noch immer sichtlich von Drachensteins Erscheinung beeindruckt, legte die Hand an den Hals und schien etwas erwidern zu wollen. Ihre Lippen bewegten sich wiederholt, doch nichts kam heraus.

Es war Theodore, der schließlich antwortete. »Ein Familienerbstück. Das Einzige, was uns von unserer Mutter geblieben ist. Seit sie im Feuer deutscher Bomben umkam.« Das schien er noch einmal klarstellen zu wollen.

Elizabeth nickte und senkte den Kopf. Das Amulett an ihrem Hals leuchtete im Schein der Kerzen, die vor ihr auf dem Tisch standen.

Kit hatte das Schmuckstück schon mehrfach gesehen, ihm jedoch nie Beachtung geschenkt. Ein ovaler Stein, von kleinen Diamanten eingefasst. Gewiss kein Juwel von großem Wert oder Seltenheit.

»Es verblasst«, raunte Prinzessin Natasha ominös. »Das ist ein böses Omen. Der Türkis ist ein Schicksalsstein. Wenn er die Farbe verändert, ist seine Trägerin in Gefahr.«

»Ach ja?«, fragte Mitzy Bubbles.

Elizabeth verdrehte die Augen und hauchte leise: »Das wünschst du dir wohl.«

Die Prinzessin konnte es nicht hören, aber Kit entging es nicht.

Schnell stellte Truffino Daniel und Baron von Drachenstein vor und Mitzy lächelte ihnen huldvoll zu.

»Und hier steht mein guter Freund, der Duke of ...«

»Kit!«, rief Mitzy und streckte ihm die Arme entgegen.

»Hallo, Mitzy. Oder soll ich sagen, Lady Donaghue?« Er küsste ihr die Hand.

»Sie kennen einander also«, sagte Truffino und Kit glaubte, einen Schatten über das Gesicht des Kardinals huschen zu sehen.

»Ja, wir sind alte Freunde«, erklärte Mitzy, bevor Kit etwas eingefallen war, mit dem er seine Freundschaft zu Mitzy hätte erklären können. »Über Viscount Windhaven.«

Kit lächelte anerkennend. Gelogen war das nicht und es konnte auch niemand mehr Windhaven zu den genaueren Umständen ihres Kennenlernens befragen, da der Mann in Mesopotamien gefallen war.

»Mein Beileid zum Verlust deines Ehemannes.«

»Danke. Das Fieber, weißt du.« Sie zuckte mit den Schultern.

Truffino breitete die Arme in einer großen Geste aus. »*Ma che sorpresa!* Was für eine Überraschung! Sie müssen unbedingt zusammensitzen.«

Man rückte einige Stühle hin und her, bis alle Platz genommen hatten. Schon kam ein Ober und servierte die Getränke. Truffino gab ihm einige Anweisungen in schnellem Italienisch, die Kit nur zum Teil verstand. Obwohl er nun schon einige Monate in Venedig weilte, war er der italienischen Sprache meist nur auf der Straße ausgesetzt gewesen, nie in Gesellschaft. Das lag einerseits daran, dass er im Konsulat wohnte, wo sich die vielen in Venedig lebenden Briten tummelten, und andererseits daran, dass die Italiener unter sich blieben. Hier und da gab es zwar Berührungsmomente, in Konzerten oder bei Empfängen, trotzdem hielt der venezianische Adel aktuell die Füße still. Das politische Klima war angespannt. Niemand wusste so recht, wohin die Reise gehen würde, wer am Ende an die Macht käme und wem man seine Sympathie schenken durfte. Der König war schwach und die neue Partei der Faschisten, angeführt von dem Schriftsteller Gabriele D'Annunzio und dem Journalisten Benito Mussolini, litt an einem internen Machtkampf. Die Sozialisten waren sich gleichermaßen uneinig. In einem solchen Vakuum wollte man möglichst wenig mit dem ohnehin schon viel zu einflussreichen British Empire in Verbindung gebracht werden.

Daniel Dupont saß Mitzy und Kit gegenüber. »Was für ein interessanter Name. Mitzy. Ist es eine Kurzform?«

»Ja«, antwortete sie. »Für Camilla. Ich weiß gar nicht mehr, wann mich das letzte Mal jemand Mitzy genannt hat. Lassen Sie mich nachdenken … neunzehnhundertsieben habe ich England verlassen. Ja, seither war ich nur Lady Donaghue.«

»Du hast England verlassen?«, fragte Kit. »Wo lebst du denn heute?«

»In Kanada. Mein Mann ist dort geboren. Er hat eine Stadt gegründet und wurde dafür in den Ritterstand erhoben. Ich bin für ihn sogar zum Katholizismus konvertiert. Mein Vater würde sich im Grabe umdrehen, wenn er nicht noch lebte.« Zu Daniel sagte sie: »Mein Vater ist Pastor in der anglikanischen Kirche. Aber ich habe mich mit ihm überworfen.«

»Aha.« Jetzt verstand Kit, wie Mitzy Bubbles zu Lady Donaghue geworden war. Wahrscheinlich war ihr Mann einer von denen, die ihren Titel gekauft hatten. Davon war in letzter Zeit einiges zu hören gewesen. Plötzlich schimpfte sich jeder Holzfäller Sir Sowieso, nur weil er in irgendeiner der zahlreichen Kolonien mal eine Hütte zusammengezimmert hatte.

Mitzy Bubbles kannte die Attitüden ihrer früheren Kunden gut genug, um Kits Reaktion richtig einzuordnen. »Nimmst du es mir übel?«, fragte sie kaum hörbar. »Von euch Jungs hätte mich doch keiner gewollt. Ein Mädchen kann nicht ewig von seinen Grübchen und einem knackigen Hintern leben. Er war reich und er war in mich verliebt. Wenn ich mich richtig erinnere, hast du eine ähnliche Wahl getroffen.«

Kit räusperte sich und trank einen Schluck Wein. »Ich musste aus dynastischen Gründen heiraten.«

»Ah ja.« Sie sprach leise weiter. »Ich habe natürlich von deiner Hochzeit gelesen und als die *Titanic* sank, habe ich mehrfach darüber nachgedacht, dir einen Brief zu schreiben. Aber was solltest du mit einem Brief von mir anfangen? Ich bin ja nur eine deiner Jugendsünden.«

»Ich hätte mich gefreut, von dir zu hören«, sagte Kit und stellte fest, dass er es ernst meinte. Mitzy war Teil seiner unbeschwerten Jugend, seiner Zeit in Oxford. Jener Zeit seines Lebens vor all den Ehen, Katastrophen und Kriegen. Er war ihr ehrlich zugetan. Ihre Gegenwart war Balsam für seine Seele, nachdem Baron von Drachensteins Auftritt sie gerade so geschunden hatte. Der

Deutsche war mittlerweile in ein Gespräch mit Truffino und Prinzessin Natasha vertieft, während die Purcells noch immer teilnahmslos dasaßen.

Die Vorspeise wurde serviert. Ein Sammelsurium aus kleinen Fischen, Muscheln und eingelegten Artischocken, einer regionalen Spezialität. Der Wein floss und Kit entspannte sich. Sollte Jackie doch mit ihren Verehrern zum Mond fliegen. Er saß an einem der schönsten Flecken der Erde, bekam gutes Essen und guten Wein vorgesetzt und hatte gerade ein gewaltiges Werk vollendet. Heute Abend würde er sich nicht von seiner Eifersucht drangsalieren lassen.

Venedig, Hotel Gritti Palace, August 1921

Mit der Zeit zeigte der Wein seine Wirkung auch auf den Konsul und seine Kinder. Theodore Purcell ließ sich von Daniel zu einer Unterhaltung verführen und Sir Alfred stieg in Truffinos Runde mit ein. Einzig Elizabeth saß noch immer schweigend da und wusste offenbar nicht, wo sie hinschauen sollte. Kit hatte ein solches Benehmen bei ihr schon häufiger bemerkt. Die junge Frau hatte Schwierigkeiten, über längere Zeit einem Thema zu folgen, und das schnelle Hin und Her an solchen Abenden überstieg die Kapazitäten ihres Gehirns. Natürlich tat sie Kit leid, aber Elizabeths Zustand war keine Neuigkeit und er sah es nicht als seine Aufgabe an, sie zu unterhalten. Das hatte er oft genug getan und er glaubte nicht einmal, dass es ihr sonderlich zugutekäme. In größerer Runde war sie am zufriedensten, wenn man sie in Ruhe ließ und sie einfach nur zuhören konnte. Außerdem hatte Kit genug damit zu tun, seinen Groll gegen Drachenstein im Zaum zu halten.

Zum Glück war Mitzy Bubbles noch immer die Konversationskünstlerin von einst und es gelang ihr bald, Kits

Aufmerksamkeit zu fesseln, wenngleich er die Anwesenheit des deutschen Barons wie einen Luftzug im Nacken spürte. Die Geschichten aus Kanada von Bären in der Waschküche, Bibern im Bett und einem zerstrittenen Indianerchor hoben seine Stimmung enorm. Bis zum Dessert hatte er schon zweimal Tränen gelacht, was sicherlich auch mit dem Wein und dem zwischendurch verabreichten Grappa zu tun hatte. Überhaupt war die Runde mittlerweile ausgelassener, mit Ausnahme von Elizabeth, die in ihrer Kaffeetasse rührte und dabei versonnen den Canal Grande betrachtete. Es hätte ewig so weitergehen können.

Ging es aber nicht. Nach einiger Zeit waberten neue Energien vom anderen Ende der Tafel herüber, als Theodores Stimme einen scharfen Ton annahm. Bis jetzt waren die Gespräche der anderen Gäste pure Hintergrundmusik gewesen, doch nun konnte Kit nicht mehr weghören und auch Mitzy schwieg.

»Es gibt keinen legitimen Grund für eine solche Bündelung von Kapital«, entgegnete Theodore soeben dem Kardinal.

»Armut ist eine Tugend«, stimmte der wohlwollend zu. »Aber sie ist eben auch hart zu ertragen.«

»Armut. Wer redet denn von Armut? Es ist genug für alle da. Alle können das Gleiche haben.«

Der Kardinal machte eine versöhnliche Geste. »Sicher, das könnten sie, aber wollen sie es auch? Denken Sie an das zehnte Gebot, junger Freund. *Du sollst nicht nach dem Haus deines Nächsten verlangen. Du sollst nicht nach der Frau deines Nächsten verlangen, nach seinem Sklaven oder seiner Sklavin, seinem Rind oder seinem Esel oder nach irgendetwas, das deinem Nächsten gehört.* Wenn alle das Gleiche haben, wird es immer jemanden geben, der einem anderen etwas wegnimmt und damit mehr hat als sein Nächster. Daran vermochte noch keiner etwas zu ändern. Sie glauben, die Marxisten schaffen, was nicht einmal Gott gelingt?«

»Gott!« Theodore sprang auf. Seine schmalen Wangen leuchteten wie im Fieber. »Wo war Gott, als wir in den Schützengräben lagen?«

»Setz dich, Theo«, ermahnte Sir Alfred seinen Sohn. »Es ist eine Ehre, für sein Vaterland zu kämpfen.«

»Eine Ehre, ja? Das Geschwätz deiner Klasse von Ehre und Pflicht hat uns alle in den Untergang getrieben. Eine ganze Generation ist verhunzt euretwegen. Die Russen haben es richtig gemacht und euresgleichen verjagt. Mit euch hätte man das Gleiche tun sollen!«

Sir Alfred sprang nun ebenfalls auf. »Ich verbiete dir, in Gegenwart der Prinzessin solche Reden zu schwingen! Was fällt dir ein?«

»Ich soll auf deine Mätresse Rücksicht nehmen?« Theodores Speichel flog über den Tisch und traf Truffino an der Soutane. »Du schwingst dich hier auf, als wärst du automatisch im Recht, Vater! Worauf bildest du dir eigentlich etwas ein? Auf deine Erziehung? Auf deinen Stand? Ich hätte es bevorzugt, liebende Eltern zu haben, anstatt von einer Privatschule auf die nächste geschickt zu werden. Schon als Kleinkind habe ich euch fast nie zu Gesicht bekommen. Mir ist erst vor Kurzem klar geworden, dass die Kindheitserinnerungen an meine Mutter in Wahrheit Erinnerungen an meine Nanny sind.«

Es herrschte betretenes Schweigen. Diese Themen gehörten nicht in ein Restaurant.

Theodore hatte sich allerdings in Rage geredet. »Was ist denn daran ehrenvoll, die eigenen Kinder so zu behandeln? Und sie dann auch noch in den Tod zu schicken, kaum dass sie erwachsen sind? Und ihr lebt einfach weiter und haltet euch für den Nabel der Welt. Ihr glaubt, dass euch alles zusteht, und blickt auf andere herab, die weniger Glück hatten als ihr, dabei habt ihr nichts geleistet. Nichts und wieder nichts!« Er stieß seinen Stuhl zurück. »Ich ertrage das alles nicht mehr!« Ohne ein weiteres Wort stürmte er davon. Natürlich nicht, ohne vorher seine Serviette von sich zu schleudern.

Auf der Terrasse des Gritti hätte man eine Nadel fallen hören können.

»Was ist denn in den Jungen gefahren?«, fragte Natasha den Konsul. »So habe ich ihn ja noch nie erlebt.«

Sir Alfred wirkte völlig verdattert. »Ich habe keine Ahnung.«

»Wie theatralisch«, flüsterte Mitzy. »Die Italiener scheinen auf ihn abzufärben.«

Kit presste die Lippen aufeinander, um sich ein Grinsen zu verkneifen. »Hab Mitleid mit ihm. Er ist sich im Krieg seiner eigenen Bedeutungslosigkeit bewusst geworden. Das ist eine schwere Erkenntnis für einen jungen Mann.«

»Hast du jemals deine eigene Bedeutungslosigkeit erkannt, Kit?«

»Natürlich nicht. Du etwa?«

»Grundgütiger, ich und bedeutungslos? Was redest du denn da!« Sie lachte und trank ihren Grappa aus. »Schreckliches Zeug. Aber es wirkt.«

Dem konnte Kit nur beipflichten. Von der Anspannung zu Beginn des Abends spürte er nichts mehr. Baron von Drachenfells war ihm gleichgültig, Onkel Daniel ebenfalls. Die beiden saßen schweigend da, während er sich königlich amüsierte. Sollten sie ihm doch alle den Buckel herunterrutschen. Er war hier am Tisch derjenige, der es am besten getroffen hatte. Er war reich, begabt, sah – wenn man die Allgemeinheit fragte – unverschämt gut aus und Jackie hatte ihn zum Mann gewählt. Sie konnten ihm nichts anhaben.

»Ich denke, wir werden jetzt gehen«, verkündete Sir Alfred vom anderen Ende der Tafel. »Ich habe das Gefühl, dieser Abend hat seinen Zenit überschritten.«

»Oh bitte, nein«, sagte Mitzy.

»Keine Widerrede, Kind.«

Kind? Wieso denn Kind? Kit drehte sich zu Mitzy um, die versonnen auf einem Minzblatt kaute. Er musste sich verhört haben.

»Aber Daddy, wir haben doch noch keinen Kaffee getrunken«, widersprach Elizabeth ihrem Vater. Obwohl sie an keinem der Gespräche teilgenommen hatte, schien sie das Dinner zu genießen.

Sir Alfred gab ihr zu verstehen, dass sie ihren Kaffee

genauso gut im Konsulat trinken könne, wenn sie die ganze Nacht wach liegen wolle.

Natasha schürzte die Lippen. »Das sehe ich auch so.«

»Darf ich noch ein Weilchen bleiben?« Elizabeth legte die Hände flehend vor sich auf den Tisch. »Der Duke muss doch sicher auch zum Konsulat zurück.«

»Ganz gewiss nicht. Ich werde seine Lordschaft nicht bitten, als Babysitter für dich zu fungieren. Wie du siehst, haben Lady Donaghue und er einiges zu besprechen. Also, auf geht's.«

»Aber Da...«

»Eine Szene reicht mir für heute Abend, Lizzy. Strapaziere meine Geduld nicht über Gebühr.«

Natasha erhob sich und sofort sprangen alle Männer am Tisch auf die Füße. »Guten Abend, meine Herren«, schnurrte sie. »Es war mir ein außerordentliches Vergnügen, Baron ... Daniel.«

Umständlich fummelte Elizabeth an ihrer Stola herum, die sie über die Lehne ihres Stuhls gehängt hatte, und ihre Haltung verriet, dass sie einen inneren Kampf mit ihrem Vater und der Prinzessin ausfocht.

Mitzy wandte sich an den Kardinal. »Ich für meinen Teil würde ja zu gern die Arbeiten des Dukes sehen, Hochwürden. Aber mein Zug in Richtung Triest geht schon morgen früh um sieben. Ich schiffe mich dort zu einer Kreuzfahrt ein. Wollen wir gleich noch einen Blick in die Basilika werfen?«

Truffino reichte gerade Sir Alfred die Hand. »*Buona notte,* Sir Alfred. – Jetzt sofort, Verehrteste?«

»Warum denn nicht? Wenn die Runde sich ohnehin auflöst? Oder gibt es etwa keine Lampen in der Kirche?«

»Ähm, nun ja ... nicht direkt.«

Kit sah dem Kardinal den Widerwillen förmlich an. Offensichtlich hatte er etwas Besseres vor. Gleichzeitig schien er die Gönnerin nicht vor den Kopf stoßen zu wollen.

Kit hatte durchaus Lust, Mitzy die Bilder zu zeigen. Warum sollte er schon ins Bett gehen, nur weil die Purcells sich von dannen machten? »Meine Arbeitsleuchten stehen noch in der Sakristei«, sagte er. »Sie müssen ja nicht mitkommen, *Monsignore*. Ich weiß schließlich, wie ich in die Kirche gelange.«

Der Kardinal lächelte, sichtlich erleichtert. »Na, das ist doch eine gute Idee. Wissen Sie, liebe Lady Donaghue, ich habe morgen früh einen unangenehmen Termin, auf den ich mich noch vorbereiten muss.«

Mitzy winkte ab. »Kein Problem. Kümmern Sie sich um Ihren Termin, wir kommen wunderbar allein zurecht, nicht wahr?«

»Ganz wunderbar«, stimmte Kit zu. »Daniel, möchten Sie uns vielleicht begleiten? Oder Sie, Drachenstein?« Warum nicht ein wenig Großmut zeigen an einem so schönen Abend ...

Daniel Dupont grinste breit und hob bedauernd die Arme. »Ich und Kunst? Nein, ich bin ein waschechter Banause. Kann einen Rembrandt nicht von einem Renoir unterscheiden.«

Eine glatte Lüge. Kit wusste aus sicherer Quelle, dass Onkel Daniel Experte auf dem Gebiet war. Besonders wenn es sich bei den Kunstwerken um Diebesgut handelte. Offenbar war es Daniels Art, sich durch Tiefstapeln unverdächtig und beliebt zu machen. Seine vermeintliche Nichte Jackie hielt es da ganz anders. Weder stapelte sie tief noch machte sie sich beliebt.

Laszlo gab ihnen kühl zu verstehen, dass er noch zu arbeiten habe und nun auf sein Zimmer gehe. Mit einem Nicken schob er sich an Sir Alfred und Natasha vorbei, die immer noch auf Elizabeth warteten. Die junge Frau hatte sich nun endlich zu ihrer Zufriedenheit in ihre Stola gehüllt und machte einen kecken Knicks.

»Gute Nacht, Duke, gute Nacht, Lady Donaghue. Gute Nacht, Monsignore, Mister Dupont, gute Nacht.«

»Gute Nacht«, sagten sie alle im Chor.

Mitzy sah ihr nach. »Ganz schön vorlaut, das Mädchen«, befand sie, nachdem die Purcells außer Hörweite waren. »Woher stammen die Narben?«

»Deutsche Fliegerbombe«, sagte Kit mit einem Seitenblick auf Onkel Daniel. »Beim Zeppelinangriff auf London. Hat die Mutter und die gesamte Dienerschaft ausgelöscht. Der Bruder war währenddessen mit mir an der Front.«

Daniel riss schon wieder die Arme nach oben. »*Mea culpa, mea culpa!* Ich weiß nicht, was ich mir dabei gedacht habe, Drachenstein zum Dinner zu bitten. Aber wenn ich ehrlich bin, habe ich schlicht und einfach gar nichts gedacht. Was mir alles im Kopf herumschwirrt. Nichts läge mir ferner, als lieben Freunden den Abend durch die Anwesenheit eines deutschen Piloten zu verderben. Nichts. Was für ein Debakel!«

»Nun denn, lieber Freund«, beschwichtigte der Kardinal. »Der Krieg ist vorbei. Wo kämen wir denn hin, wenn wir ab sofort alle Deutschen unter Generalverdacht stellten. Vergeben ist göttlich. Ein unglücklicher Umstand, das ist alles.«

Kit war sich da nicht so sicher. Er glaubte nicht an Zufall. Nicht, wenn es um jemanden ging, den Jackie Dupont seit Jahren als Boss der Detektei akzeptierte.

»Jedenfalls hat Miss Purcell einige Schäden davongetragen, die über das Äußerliche hinausgehen«, fuhr Kit fort. »Hin und wieder weiß sie nicht mehr, wo sie ist, oder erinnert sich nicht mehr an Dinge, die fünf Minuten zuvor geschehen sind. Es passiert ganz plötzlich und ohne Vorwarnung.«

»Entsetzlich.« Daniel hielt sich eine Hand vor die Augen. »Wie konnte ich nur.«

»Armes Ding«, sagte Mitzy ein wenig zu laut, denn sie war mittlerweile ziemlich angeheitert. »Immerhin ist sie jetzt eine gute Partie. Auch wenn sich ihr Wunschpartner schon für eine andere entschieden hat.«

»Wie meinen?«, fragte Truffino.

»Na Christopher. Sie ist ja ganz vernarrt in ihn.«

Kit schnappte nach Luft. »Wie bitte?«

Mitzy seufzte. »Männer …«

»Aber ich bin doch viel zu alt für sie«, protestierte Kit. »Da liegst du ganz falsch.«

»Armer Ahnungsloser.«

»Lassen Sie das nicht meine Nichte hören«, lachte Daniel. »Sonst macht sie Frikassee aus der Kleinen. Ich werde mich nun ebenfalls zurückziehen. Eine angenehme Nachtruhe allerseits.«

Der Kardinal breitete die Arme aus. »Meine lieben Freunde, auch ich möchte mich verabschieden. Ich habe es ja nicht weit bis zum Markusplatz. Schade, Lady Donaghue, dass wir kaum dazu gekommen sind, miteinander zu sprechen, aber dass Sie im Duke einen alten Freund wiedergetroffen haben, ist mir Trost und Freude zugleich.«

»Kardinal.« Mitzy küsste etwas ungelenk den Ring Truffinos.

Der Kardinal schenkte Kit währenddessen ein Strahlen, das die Damen seiner Kongregation direkt in die ewigen Jagdgründe katapultiert hätte. »*Buona notte amici*. Ich schlage vor, Sie lassen sich vom Hotel in einer Gondel zur Basilika bringen, die Lady Donaghue nach ihrem Besuch direkt wieder mit zurücknehmen kann.«

»Eine gute Idee«, antwortete Mitzy.

Kit reichte dem Kardinal die Hand. »Danke. Ich werde es umgehend an der Rezeption veranlassen.«

Eine halbe Stunde und ein oder zwei Grappa später überquerte Kit gemeinsam mit Mitzy Bubbles, die auf wundersame Weise zu Lady Donaghue geworden war, in einer Gondel des Gritti den Canal Grande. Die Überfahrt dauerte normalerweise kaum eine Minute, denn Basilika und Hotel lagen einander direkt gegenüber. Doch die beiden benötigten wesentlich länger, da Mitzy nicht mehr besonders sicher auf den Beinen stand. Beim Einsteigen schrie sie wie am Spieß, stolperte ins Boot und in letzter Sekunde fing der Gondoliere sie auf. Daraufhin bekam sie einen Lachanfall, der die gesamte Fahrt andauerte und ihr das Aussteigen zusätzlich erschwerte. Kit musste sich alle Mühe geben, selbst nicht ins Wasser zu fallen, als er ihr gemeinsam mit dem Gondoliere von Bord half. Kit wies den Mann in seinem entbehrlichen Italienisch an, auf Lady Donaghue zu warten, und steckte ihm vorsichtshalber ein beachtliches Trinkgeld zu.

Endlich an Land, schlenderten die beiden Arm in Arm über den Vorplatz der Kirche, wobei Mitzy andauernd versuchte, mit der freien Hand ihren Federhut geradezurücken, jedoch ohne Erfolg. Man wusste nicht, ob es am Hut oder an ihrer Trunkenheit lag. Kit war zwar selbst ziemlich angeheitert, allerdings bedurfte es größerer Mengen, um einen Mann seines Kalibers aus der Bahn zu werfen. Mitzy war immer noch so grazil wie in ihren besten Zeiten, stellte Kit fest. als er sie am Arm zur Basilika führte, und er fragte sich, wie alt sie wohl sein mochte. Wahrscheinlich Mitte vierzig.

»Warum habe ich nur diesen Gugelhupf aufgesetzt?« Mitzy versuchte einmal mehr, das Konstrukt auf ihrem Kopf in die Position zu bringen, die es bei ihrer Ankunft auf der Terrasse des Gritti innegehabt hatte.

Kit lachte. »Nimm das Ding doch einfach ab.«

»Es ist eine Kreation von Lady Duff-Gordon! Was, wenn ich sie verliere?«

»Wie du dir denken kannst, halte ich von Lady Duff-Gordon nicht sonderlich viel.«

»Weil sie allein mit ihrem Mann und ihren Windhunden von der *Titanic* gerudert ist?«, gurgelte Mitzy und machte einen eigenartigen Hüpfer an Kits Arm. Sie war offenbar mit einem Absatz in einer Fuge hängen geblieben.

»Genau«, antwortete Kit und hielt sie mit beiden Armen fest. »Hoppla. Von mir aus kannst du den Hut in den Canal Grande werfen.«

»Hoppla. Das verstehe ich natürlich. Ich werde nicht mehr von ihr sprechen. Aber den Hut werfe ich bestimmt nicht weg. Wie kommen wir überhaupt in die Kirche rein? Ist sie nachts geöffnet? Müssen wir über einen Zaun klettern? Ich habe dafür die falschen Schuhe an.« Sie schwankte gegen ihn.

»Nein, nein, es ist leider überhaupt nicht abenteuerlich. Es gibt einen Seiteneingang, für den ein Schlüssel an einer geheimen Stelle parat liegt. Die ist aber eigentlich nicht sonderlich geheim.«

»Ach, herrlich, wie in alten Zeiten, Kit!«, rief Mitzy und ihre Stimme hallte von den Mauern der Basilika wider. »Du und ich, beschwipst in einer warmen Sommernacht.«

»Pssst«, machte Kit, grinste aber übers ganze Gesicht. Es stimmte. Er fühlte sich herrlich unbeschwert. Der nächtliche Ausflug in die Kirche hatte etwas Verbotenes.

Gleich links neben der Basilika lag das Gebäude des Priesterseminars und dazwischen ein kleiner Garten, den

Kit und Mitzy nun betraten. Aus einer Nische in der Gartenmauer holte Kit von einem Haken hinter einer Laterne den Schlüssel hervor.

»Wie originell.« Mitzy schwankte neben Kit zu der Tür aus schwerem Eichenholz. »Vielleicht sollte ich es meinen alten Kumpels aus London verraten. Die könnten hier einen schönen Reibach machen. Das sind richtige Halsabschneider, weißt du? Diebe, Fälscher und Schlimmeres. Aber sie haben uns Mädchen immer gut beschützt. Ich konnte mich nie beklagen. Na, was weiß schon ein edler Duke von diesen Dingen.«

Kit hätte Mitzy an dieser Stelle einiges über seine eigene Karriere als Dieb und Fälscher erzählen können. Stattdessen sagte er: »Ich finde es sehr passend, beim Betreten einer Kirche über Zuhälter zu sprechen. Bringt Schwung in die Bude.«

Wie auf Befehl schwang die Tür nach innen und sie traten ein.

»In der Bibel wimmelt es doch nur so von Huren.« Mitzys Stimme hallte von den Wänden wider. »Uh, ein wenig gruselig finde ich es hier schon. Sagtest du nicht, es gebe Licht?«

»In der Sakristei bei meinem Gerüst. Dort stehen einige Scheinwerfer.«

»Und wo ist die Sakristei?«

»Hinterm Altar. Komm mit.«

Sie kreuzten das dunkle Kirchenschiff.

»Voilà«, sagte Kit, kaum dass sie hinter den Altar getreten waren.

»Also ich sehe gar nichts mehr. Du könntest jetzt sonst was mit mir anstellen.« Sie kicherte schon wieder.

Kit ignorierte die Bemerkung. »Einen Moment, hier muss irgendwo der Hebel sein.« Er fand ihn, legte ihn um und vor ihnen erstrahlte die *Hochzeit zu Kana*.

»Oh!«, entfuhr es Mitzy.

»Ja, das kannst du laut sagen.« Vom Übermut gepackt kletterte Kit auf das Gerüst. »Himmel, ist das grell.«

»Das macht der Grappa«, kommentierte Mitzy von unten. »Hältst du mir jetzt einen Vortrag, Herr Professor?«

»Genau das.« Er räusperte sich übertrieben und breitete die Arme aus. »Die Hochzeit zu Kana ist …«

»Also wenn das die Leute wüssten«, unterbrach Mitzy ihn gackernd. »Der Duke of Surrey deklamiert nachts in einer Kirche in Venedig vor seiner ehemaligen Hure. Was wohl die englische Klatschpresse dazu sagen würde?«

»Wahrscheinlich nicht viel. Und jetzt konzentrier dich, du Banausin.«

Er hörte, wie sich ihre Schritte auf dem Marmorboden entfernten.

»Und was«, rief Mitzy aus einiger Entfernung, »würde deine Verlobte dazu sagen?«

»Noch weniger, das kannst du mir glauben. Wahrscheinlich weiß sie längst davon. Sie lässt mich nämlich beschatten. – Willst du nun etwas über das Bild wissen oder nicht?«

»Je länger ich darüber nachdenke, desto mehr fällt mir ein, was ich alles über dich weiß, Kit.«

Kam es ihm nur so vor oder klang Mitzy auf einmal weniger betrunken? »Tja, Mitzy. Das bringt dein früherer Beruf eben mit sich. Aber ich war doch eigentlich gar nicht so böse...«

Wieder hörte er ihre Absätze. Sie stolzierte umher. Oder tanzte sie sogar? »Wie viel wäre dir deine reine Weste denn wert?«

Ein Schauer lief ihm den Rücken hinab. Hatte Mitzy ihn hergelockt, um ihn zu erpressen? Er fühlte sich auf einmal wehrlos, angreifbar, blind und exponiert auf seiner lächerlichen Bühne. Oder war es nur ein dummer Scherz?

»Ach, nicht viel«, zwang er sich zu rufen. »Zwei, drei Pennys vielleicht. Ist der Ruf erst ruiniert, lebt es sich gänzlich ungeniert.«

Er hörte sie prusten. Also nur ein Spaß. Zum Glück.

Rumms. Sie war wohl gegen eine Kirchenbank gelaufen.

»Mitzy?«

»Entschuldige. Mir ist ein bisschen schwindelig«, sagte sie nach ein paar Sekunden. »Ich glaube, ich habe wirklich zu viel getrunken. Und jetzt habe ich mich in einer Kirche verlaufen. Hier stehen überall Säulen herum.«

Kit atmete auf, obwohl ein bitterer Beigeschmack zurückblieb. »Warte, ich komme zu dir runter.«

»Das macht doch gar keinen Sinn, ich sehe ja das Licht. Ich komme zu dir. Mir ist ... so komisch. Ich glaube, ich muss zurück ins Hotel. Wo ist denn hier der Ausgang? Ach, da vorn ...«

Kit kletterte vom Gerüst und landete etwas unglücklich auf den Füßen. »Aua. Warte, Mitzy, ich helfe dir.«

»Huch! Alles in Ordnung bei dir Kit?«

»Ja, Mitzy. Moment, ich stelle noch die Scheinwerfer aus.«

»Ich muss … an die frische Luft.« Ihre Absätze klickten ungleichmäßig davon.

Kit löschte die Scheinwerfer. Ein Fehler, wie er sofort bemerkte, denn er war so gut wie blind. Es dauerte eine Minute, bis er die Sakristei verlassen konnte. Langsam gewöhnten seine Augen sich an die Dunkelheit. Gerade sah er, wie Mitzy vor ihm durch die Tür in den Garten entschwand und dabei immer noch versuchte, ihren Hut geradezurücken.

Kurz darauf erreichte Kit ebenfalls die Tür. Mitzy wankte schon über den Vorplatz der Kirche auf die wartende Gondel zu.

»He«, rief sie dem Gondoliere zu, »ich komme!«

»Mitzy, warte!«

»Ich … ich muss schnell ins Bett. Mir ist nicht gut.«

Sie taumelte in das Boot und erneut stützte der Gondoliere sie. Sofort lehnte sie sich über die Seitenwand und übergab sich in den Kanal.

Kit kam nicht umhin, an einen speienden Kakadu zu denken. Die Federn auf ihrem Kopf wippten hin und her. Er trat an die Gondel heran.

»Soll ich dich begleiten, Mitzy?«

»Um Gottes willen, nein. Ich will einfach nur ins Bett. Dieses … dieses Teufelszeug. Entschuldige Kit.«

Kit reichte dem Gondoliere einige Scheine. »Es passt doch zu unserer Freundschaft.«

»Da hast du recht. Adieu, Kit. Meine Güte, fahren Sie. *Avanti!*«

Lautlos glitt die Gondel davon und Kit blickte ihr nach. Er beobachtete, wie der Gondoliere Mitzy auf der gegenüberliegenden Seite von Bord half und einen Hotelpagen herbeiwinkte, der ihr einen Arm reichte. So verschwand sie aus seinem Blickfeld.

Kit trat den Rückweg durch die Gassen an, die in der Dunkelheit bedrohlicher wirkten als bei Tage. Hinzu kam, dass noch immer helle Punkte vor seinen Augen tanzten. Wenn nun ein Meuchelmörder hinter einer Ecke lauerte …

Er schalt sich einen Narren. Wer sollte denn auf ihn lauern? Ausgerechnet hier? Es war später Abend und nicht tiefschwarze Nacht. Er war nicht einmal allein in der Stadt unterwegs. Hier und da kamen Menschen vom Abendessen nach Hause oder von einem Rendezvous. Aus einem Fenster klang Jazzmusik aus einem Grammofon.

Mitzy war geradezu überstürzt aus der Kirche geflüchtet, dachte er beim Überqueren einer Brücke. Hatte sie etwa doch vorgehabt, ihn zu erpressen? Und dann die Übelkeit vorgeschoben, um davon abzulenken? Hatte sie etwa kalte Füße bekommen?

Der Gedanke trieb ihn immer noch um, als ihm der Diener die Tür zum Konsulat öffnete.

»Guten Abend, Sir«, sagte der Mann, sichtlich erleichtert, nicht bis in die Puppen auf den Duke of Surrey warten zu müssen.

Theodore, der vermutlich noch unterwegs war, besaß einen Schlüssel und musste nicht hineingelassen werden.

»Vielen Dank, dass Sie auf mich gewartet haben«, sagte Kit. »Ich wünsche Ihnen eine angenehme Nacht.«

»Sir, da ist ...« Weiter kam der Diener nicht.

Kit hörte das Geräusch von herannahenden Pfoten. Dann ertönte ein herzzerreißendes Winseln und im nächsten Moment flog eine weiße Kanonenkugel mitten in seine Arme. Er hielt Sargent fest umschlungen. Der Hund quietschte und gurrte, schmiegte sich noch enger an ihn und leckte ihm übers ganze Gesicht. Einen Moment später stieg ihm der Duft von Zigarettenrauch in die Nase und der Klang von hohen Absätzen auf Marmorboden drang an seine Ohren, zum zweiten Mal an diesem Abend. Doch diesmal nicht schwankend, sondern klar und sicher, wie der Taktstock eines Dirigenten.

Kit setzte den Hund auf dem Boden ab. Als er sich wieder aufrichtete, stand sie vor ihm.

Sie zog an ihrer Zigarettenspitze und ihre Augen funkelten wie Diamanten. »Hallo, Kit.«

Die Gedanken in seinem Kopf verstummten. »Hallo, Jackie.«

Langsam entwich der Rauch ihren Lippen. »Sir Alfred hat mir bei seiner Rückkehr gesagt, du seist noch mit einer alten Freundin in die Kirche gegangen.«

Der Diener eilte davon und Kit richtete sich zu seiner vollen Größe auf. Eine Weile musterte er sie. Seine Jackie.

Seine ... Diana. Ihr blondes Haar, ihren schlanken Körper, an den sich ein Abendkleid aus schimmernder silberner Seide schmiegte. Ihren roten Mund.

»Stimmt«, sagte er schließlich und nahm ihr die Zigarettenspitze aus der Hand.

»Und? Wurden deine Gebete erhört?«

Er schloss die Lücke zwischen ihnen und zog sie in die Arme. »Nicht alle. Bis jetzt.«

»Gut«, hauchte sie. »Bring mich ins Bett.«

**St. Petersburg,
12. Juli 1913**

VON: STAATSKANZLEI SEINER MAJESTAET ZAR NIKOLAUS II.

AN: DANIEL DUPONT, BOSTON USA

FABERGÉ-EI GESTOHLEN - STOP - VERDAECHTIGER TUTOR DER PRINZESSINNEN - STOP - SPURLOS VERSCHWUNDEN - STOP - ERBITTEN DRINGEND WELTWEITE FAHNDUNG - STOP - ABSOLUTE GEHEIMHALTUNG NOTWENDIG - STOP - KONTAKT SCHWARZE SCHLANGE

Aus den Memoiren der
JACKIE DUPONT

Ich wusste wirklich nicht, was alle an diesen alten Palazzi fanden. Düster und humorlos sahen sie aus. Wäre ich allein, dann wäre ich wie mein Onkel Daniel im Gritti abgestiegen. Modern, elegant, mit Service zu allen Tages- und Nachtzeiten. Aber nein, ich musste mich ja mit einem Herzog der britischen Krone verloben und wie es diese Adligen gewöhnt waren, hausten sie stets bei ihren Artgenossen, egal wo sie sich gerade befanden. Und das war überall. Sie machten keineswegs an den Grenzen ihres eigenen Empires halt, nein! Kaum schrieb einer ihrer Dichter einen Vers über irgendein italienisches Kaff, schon strömten sie dorthin, wanderten aus und gaben sich fürchterlich kultiviert, nur weil sie ihre krummen Zehen an dem Ort in die Fluten des Meeres hielten, wo einst Lord Byron seine Glieder ins Wasser getaucht hatte. Dabei bekam er gar nichts davon mit, weil er mit Drogen vollgepumpt war bis unter die Hutkante. In Venedig genauso. Sie lümmelten an jeder Ecke und taten so, als wäre die Stadt britisches Hoheitsgebiet. Die armen Italiener durften höchstens noch als Statisten durch den einen oder anderen Seitenkanal gondeln, während die Briten sich in einem Roman von Henry James wähnten.

Nicht so ich. Wie ich bereits erwähnte, verabscheute ich Venedig. Dieses elende Geschippere. Dieses grauenhafte Gepaddel. Wo waren die Autos? Und die Pferde? Wo die Eisenbahnen? Nicht einmal die Geschichte der Stadt fand ich sonderlich aufregend. Wer wusste heute noch, wie die Dogen von einst mit Namen hießen? Die Kaiser Roms, die waren mir ein Begriff, ja. Auch den Fürsten der Renaissance konnte ich einiges abgewinnen. Borgia, Sforza, Medici. Die hatten Schneid, die hatten Geld, die hatten Visionen. Aber die Dogen? Ich kannte nicht einen von ihnen. Alles, was ich von ihnen wusste, war, dass sie weiße Bärte und rote Hüte trugen. Kein Wunder, dass Marco Polo keine Lust hatte, zu Hause zu bleiben, und lieber bis nach China segelte, anstatt an der Lagune Trübsinn zu blasen und für Touristen noch längst nicht komponierte Opernarien zu trällern.

Nein, es gab hier nichts, was mich begeisterte. Außer Christopher. Für den hatte ich mich den größten Teil der Nacht begeistert, bis ich in einen unruhigen Schlaf fiel. Mein Körper simulierte dabei immer noch die Bewegungen eines Schiffes. Ich träumte, das britische Konsulat würde seinen Ankerplatz am Canal Grande verlassen und in Richtung Südpol aufbrechen, um den Touristen zu entkommen.

Dementsprechend übellaunig wachte ich auf. Es war noch früh und Christopher schlief neben mir wie ein Baby. Eine Weile betrachtete ich seinen wohlgeformten

Rücken. Die Küche Italiens und die Arbeit an den Gemälden hatten ihm gutgetan. Er war in wunderbarer Verfassung. Im Gegensatz zu mir. Ich fühlte mich schlapp und missmutig. Überhaupt nicht in der Stimmung, einen wild gewordenen Spion zu verfolgen. Drei Wochen Urlaub in den Alpen, das konnte ich gebrauchen. Hunger hatte ich außerdem.

Wie bei den Briten üblich, servierte man im Konsulat das Frühstück in einem dafür vorgesehenen Raum in Form eines Büfetts. Dort hatte jeder Gast vollständig bekleidet zu erscheinen. Eine überaus unangenehme Vorstellung.

Sollte ich versuchen, noch einmal einzuschlafen? Oder sollte ich darauf hoffen, dass die Dienerschaft die Spiegeleier bereits auf dem Feuer hatte, und einen Ausflug ins Erdgeschoss riskieren?

Am Fußende des Bettes rekelte sich Sargent, hob ein Augenlid, drehte sich auf die andere Seite und döste weiter. Offensichtlich hatte er noch keinen Appetit.

»Gut, dann gehe ich eben allein.«

So leise wie möglich öffnete ich meinen Schrankkoffer und entnahm ihm einen luftigen Zweiteiler im chinesischen Stil, bestehend aus einer weiten Hose und einer Wickelbluse aus Leinen, sowie ein Paar Tennisschuhe aus weißem Stoff. Rasch zog ich meinen Bademantel über, steckte mein Zigarettenetui hinein und schlüpfte durch die Zimmertür in den Flur. An dessen Ende lag das Badezimmer. Zum Glück war Christopher momentan der einzige Bewohner dieser Etage, denn nichts widerstrete mir mehr, als mir ein Bad mit fremden Menschen zu teilen. Fremde Haare im Waschbecken. Seifenflecken! Schon beim Gedanken daran wurde mir schlecht.

Leise schloss ich die Zimmertür und wollte gerade losmarschieren, als ich hinter mir ein Geräusch vernahm. Ich fuhr herum und ärgerte mich noch währenddessen über meine eigene Schreckhaftigkeit.

Auf der obersten Stufe der breiten Marmortreppe, die sich einmal durchs ganze Haus zog, stand ein junger Mann. Er sah Sir Alfred, dem Konsul, überaus ähnlich, was mich zu dem unweigerlichen Schluss kommen ließ, es handele sich um Kits ehemaligen Unteroffizier Theodore Purcell. Seine Kleidung verriet mir außerdem, dass er nicht wie ich soeben dem Bett entstiegen war, sondern sich auf dem Weg in selbiges befand. Zerknittert war hier wohl das angebrachte Adjektiv. Es traf nicht nur auf seine Kleidung zu.

»Guten Morgen«, sagte ich.

Er sah mich an, als wäre ihm ein Gespenst erschienen. Eigentlich war das Christophers Spezialität. Schließlich hielt er mich für seine beim Untergang der *Titanic* verschiedene Ehefrau. Aber auch Theodore hatte Schwierigkeiten damit, mich als Wesen aus Fleisch und Blut zu akzeptieren. Er schloss die Augen, schüttelte den Kopf, und öffnete sie wieder.

»Wer ... sind Sie?«, fragte er zögerlich.

»Mein Name ist Jackie Dupont.«

Er blinzelte. »Wer?«

»Jackie Dupont.«

Darauf sagte er gar nichts mehr. Stattdessen schwankte er sanft.

»Warum verschieben wir unsere Vorstellung nicht einfach auf später, Theodore?«, schlug ich vor. »Wenn Sie wieder nüchtern sind und ich mich angekleidet habe.«

»Äh.«

»Auf Wiedersehen.«

Ich musste wirklich dringend die Örtlichkeiten aufsuchen und eine Konversation mit einem benebelten Jüngling verschaffte mir in einem solchen Zustand keinen Lustgewinn. Also eilte ich davon und verschwand im Bad.

Als ich es wieder verließ, erfrischt und angezogen, war Theodore verschwunden. Ich schlug den Weg ins Erdgeschoss ein. Unten begegnete ich einem Hausmädchen, das ich fragte, wo der Frühstücksraum sei.

»Da vorne, Madam. Zweite Tür«, antwortete es und warf einen neidischen Blick auf meine modische Garderobe.

»Danke.«

Die Tür stand offen und ich trat hindurch. Zu meiner Überraschung war ich nicht die Erste, die sich im Frühstücksraum einfand.

»Natasha«, sagte ich. »Schon wach?«

Prinzessin Natalya Fyodorowna Oblenskaya saß mit einer Tasse dampfenden Kaffees an einem Tisch aus Ebenholz und ließ ihren berühmten Rosenkranz aus Granaten und Feueropalen durch die Finger gleiten. Einst nannten wir sie *Die schwarze Schlange*.

»Jackie ...« Ihre Stimme war tief wie eh und je. »Es war

wohl nur eine Frage der Zeit, bis du dich hier blicken lassen würdest. Hast du etwa Angst um deinen hübschen Duke?«

Ich zündete mir eine Zigarette an. »Du weißt, warum ich hier bin. Gibt es neue Informationen?«

Sie fuhr sich mit der Hand über die Stirn. »Ich wünschte, die gäbe es. Jeden Tag rechne ich mit einem Dolch im Rücken. Wenn die Bolschewiken die Liste mit den Namen der Doppelagenten in die Hände bekommen, ist das mein Todesurteil.«

»Berufsrisiko, Schätzchen. Aber dein Korsett wird dich beschützen. Walknochen aus Nowosibirsk sind sehr beständig – Muss man sich den Tee hier selbst einschenken? Meine Güte, ich wünschte, ich wäre im Gritti.«

Sie rümpfte die Nase. »Bei Laszlo?«

»Laszlo?«, ich drückte meine Zigarette im nächstbesten Aschenbecher aus und goss mir eine Tasse Tee ein. »Wieso Laszlo?«

Ein Grinsen breitete sich über Natashas sonst so kühle Züge aus. »Ich weiß etwas, das die große Jackie Dupont nicht weiß. Daniel hat es dir also nicht verraten?« Sie lachte. »Laszlo ist hier. Wir haben gestern alle zusammen im Gritti gegessen. Alfred, Benedetto, Daniel, Laszlo, ich, dein Verlobter ... und diese Freundin von ihm. Lady Donaghue.«

Ich hätte nicht geglaubt, dass meine Laune noch schlechter werden konnte. Aber es ging tatsächlich. Allein die Erwähnung von Laszlos Namen vermochte mir den Tag zu ruinieren. Nur würde ich mir das vor Natasha niemals anmerken lassen. Sie witterte Schwachstellen wie Sargent ein Rinderfilet.

»Meine Güte«, sagte ich stattdessen. »Glaubst du, wir halten einander Tag und Nacht auf dem Laufenden? Was das kosten würde! Wenn Daniel es für richtig hält, Laszlo hier anzuschleppen, soll es mir recht sein. Er wird seine Gründe haben. Laszlo ist ein überragender Agent, der gleichfalls ein Interesse daran haben dürfte herauszufinden, wer im Besitz der verfluchten Liste ist.«

»Ihr habt euch also arrangiert?«

Ich stellte meinen Tee auf dem Tisch ab und widmete mich dem Büfett. »Wen meinst du damit konkret?«

»Dich und Laszlo.«

Ich füllte meinen Teller mit Rührei. »Da gibt es nichts zu arrangieren. Wenn er uns in dieser Sache behilflich sein kann, bitte sehr.«

»Seit wann bist du so aufbrausend, Jackie?«

»Bin ich doch gar nicht. Aber ich habe mich auf ein paar Wochen Erholung mit meinem Verlobten und Sargent gefreut. Ich habe keine Lust, schon wieder durch halb Europa zu reisen.«

»Wie hast du gerade so schön gesagt? Berufsrisiko, Schätzchen.«

Ich setzte mich ihr gegenüber und betrachtete das Rührei mit Argwohn. »Von mir weiß jeder, dass ich der amerikanischen Regierung hin und wieder unter die Arme greife. Ich habe nichts zu befürchten.«

Sie ballte die Faust um den Rosenkranz. »Ich wünschte, der Zar hätte auf seinen hochverehrten Wunderheiler Rasputin gehört und wäre nie in den Krieg eingetreten.«

»Rasputin hat mir mal an den Allerwertesten gegriffen«, antwortete ich müde und stocherte in dem Ei herum.

»Wem nicht?« Sie legte die Kette beiseite und widmete sich ihrem Getränk. »Wenigstens hatte er heilende Hände.«

Eine Weile sannen wir über Rasputins Hände nach und aßen. Das heißt, eigentlich aß keine von uns. Natasha trank Kaffee und ich schob mein Essen mit der Gabel auf dem Teller hin und her.

»Wer kann es sein, Jackie? Wer?« Ihre Stimme war plötzlich voller Angst. »Wer jagt uns? Es muss doch einer von uns sein!«

»Lass mich zuerst mit Daniel sprechen. Derzeit tappe ich vollkommen im Dunkeln. Achtung, das sind Sargents Krallen auf der Treppe. Christopher kommt.«

Einen Moment später stand mein Verlobter in der Tür. Er trug eine beigefarbene Hose, dazu braune Schuhe, ein weißes Hemd und darüber einen dunkelblauen Sportpulli, auf dessen Brust das Wappen des Eton College prangte. Sein dunkles Haar lag perfekt, das Kinn war glatt rasiert, er war rundherum makellos. Hätte ich einen Aristokraten zeichnen müssen, genau so hätte er ausgesehen. (Wenn man einmal außer Acht ließ, dass ich des Zeichnens nicht mächtig war. Eine Tatsache, die ich gern für mich behielt.) Ich fragte mich außerdem, wie ihm die Verwandlung vom nackten Schläfer zum kessen Cricket Captain in so kurzer Zeit gelungen war. Bis mir wieder einfiel, dass es eine seiner besonderen Eigenschaften war, wie aus dem Nichts elegant zu sein, und ich ihn außerhalb des Bettes noch nie *en désordre* gesehen hatte, wie die Franzosen sagten.

Mein schöner Duke ... In Natashas Augen blitzte der Neid. Rasputin konnte einpacken. Na, das hatte er ja längst. *Nastrovje.*

»Guten Morgen, die Damen«, sagte Christopher in seinem herrlich britischen Tonfall und nahm sich einen Teller vom Büfett. »Ich nehme an, meine Verlobte hat sich Ihnen bereits vorgestellt, Prinzessin.«

Sargent sprang auf den freien Stuhl neben mir und bediente sich an meinem Rührei.

»Wir sind einander bereits bei anderer Gelegenheit vorgestellt worden«, erklärte Natasha vorsichtig. »Vor dem Krieg. Als unser guter Zar Nikolaus noch lebte, Gott hab ihn selig.« Sie schlug ein Kreuz vor der Brust.

Kit zwinkerte. Er hatte gute Laune. Kein Wunder. Hatte er mir doch erst kürzlich seine Freude über unser Wiedersehen demonstriert.

»Das Gegenteil hätte mich auch überrascht. Jackie kennt einfach jeden.«

Er hob Sargent mit der freien Hand vom Stuhl, setzte sich hin und platzierte den Hund anschließend auf seinem Schoß.

Natashas Augen wurden groß wie Teller. Sargent hielt nicht viel von Männern. Seine Misandrie war in ganz Europa bekannt. Dass er sich mit Christopher derart vertraut gab, war in der Tat bemerkenswert. Ich stand auf, schenkte Christopher eine Tasse Tee ein, brachte sie ihm und setzte mich wieder. Natashas Augen wurden noch größer.

»Hast du gut geschlafen, Darling?«

Ein Muskel zuckte in seiner Wange. »Ausgezeichnet.«

»Das freut mich.«

Er trank einen Schluck. »Möchtest du dir vielleicht später die Bilder ansehen?«, erkundigte er sich beiläufig, dabei wusste ich genau, wie viel es ihm bedeutete.

Kurz wollte ich ihn aufziehen und ihn fragen, ob er jetzt zum Reiseleiter mutierte, aber ich ließ es bleiben. Ich war ihm dafür gerade zu wohlgesonnen.

»Natürlich. Lass uns gleich nach dem Frühstück aufbrechen.«

Er strahlte. »Gern.«

»Ich werde Sie beide nun verlassen.« Natasha erhob sich und ihr Kleid aus schwarzem Brokat raschelte und rauschte. »Ich will für Russland beten. Offensichtlich gibt es doch noch Wunder auf dieser Welt. Vielleicht besteht Hoffnung für mein Heimatland, dass es eines Tages von diesen Revoluzzern befreit wird.«

»Nur zu«, sagte ich.

Sie schritt aus dem Raum und ich blieb mit meinen Kerlen allein. Die teilten sich soeben einen Streifen gebratenen Speck.

»Wer ist Lady Donaghue?«, fragte ich und betrachtete meine Fingernägel.

Kit schluckte. »Bist du etwa eifersüchtig?«

»Nein«, antwortete ich wahrheitsgemäß. »Ich habe nur noch nie von ihr gehört.«

»Schon wieder ein Wunder.« Er tupfte sich mit einer Serviette den Mund ab. »Nun, das war vor deiner Zeit.«

Spöttisch hob ich die Brauen. »Meinst du vor meiner Zeit als Jackie Dupont oder vor meiner Zeit als Diana?« Es faszinierte mich seit unserer Begegnung in Nizza im vergangenen Jahr, wie Kit felsenfest darauf bestand, dass ich seine verstorbene Frau sei.

Leider ließ er sich diesmal nicht von meinen Späßen aus dem Konzept bringen. »Vor beiden, meine Liebste. Während meines Studiums.«

»Ach, dann ist Lady Donaghue also schon älteren Semesters.«

Er legte die Gabel hin und sah mich direkt an. »Du bist ja doch eifersüchtig.«

»Unsinn.«

»Wann wolltest du mir eigentlich berichten, dass es sich bei Baron von Drachenstein nicht um einen älteren Herrn mit Monokel handelt?«

»Das habe ich nie behauptet.« Über Laszlo wollte ich nun wahrhaftig nicht sprechen. Schon gar nicht mit Christopher. Am liebsten nie. Er war alles, was ich als gut und schön empfand. Laszlo von Drachenstein war genau das Gegenteil. »Beeil dich bitte, ich bin zum Lunch mit Onkel Daniel verabredet.«

»Wann hast du das ausgemacht? Ich wüsste nicht, wann du ihn getroffen haben könntest. Oder sendet ihr einander Lichtsignale über den Kanal hinweg?«

»Gar nicht. Es ist einfach so. Er weiß es und ich weiß es. Derzeit gehen Dinge vor sich, von denen du nichts ahnst, *honey*, und ehe ich mit Daniel darüber gesprochen habe, kann ich dir dazu nichts weiter sagen.«

Er zuckte mit den Schultern und widmete sich seinem Frühstück.

Ich hatte keinen Appetit mehr. »Kommst du mit nach oben, Liebling?«, sagte ich zu Sargent und stand auf. »Ich muss mir noch eine Schusswaffe besorgen, bevor wir in die Kirche gehen.«

Der Hund ignorierte mich und bekam dafür von Christopher ein weiteres Stück Speck. Also ging ich allein hinauf.

Eine halbe Stunde später betraten wir zu dritt die Basilica Santa Maria della Salute. Ein barockes Ungetüm, wenn ich je eines sah. Wie ein explodiertes Baiser stand das Gebäude am Wasser. Innen war es kalt und düster.

»Die Gemälde sind hinter dem Altar«, erklärte Christopher und eilte voraus. »In der Sakristei.«

»Du bist ja richtig ungeduldig!«, rief ich ihm nach. »Man könnte glatt vergessen, dass du diese Vorführung erst gestern Abend gegeben hast.«

»Habe ich gar nicht.« Ein metallisches Geräusch erklang.

»Was machst du da?«

»Ich steige auf das Gerüst.«

»Und was meinst du mit hast du gar nicht?« Ich hielt auf den Altar zu und fragte mich, wohin Sargent verschwunden war. Dann schlüpfte ich am Altar vorbei in die Sakristei, wo Christopher auf einem Gerüst stand, hinter ihm ein knallbunter Renaissance-Albtraum.

Von seiner erhöhten Position sah er auf mich hinab. »Das ist sehr eigenartig. Jetzt, wo ich wieder hier oben stehe, erinnere ich mich viel genauer an gestern. Weißt du, ich habe einen Moment lang geglaubt, Mitzy, also Lady Donaghue, wollte mich wegen meiner Vergangenheit erpressen. Sie hat irgendwas von der Klatschpresse geredet und mich gefragt, wie viel es mir wert sei …«

Sargent bellte. Dreimal.

Ich hielt die Luft an.

Wieder. Dreimal.

»Was …?«, begann Christopher, aber ich hob die Hand.

Wuff, wuff, wuff.

»Verflucht!«, entfuhr es mir und ich hastete zurück ins Kirchenschiff.

Sargent wiederholte sein dreifaches Bellen wieder und wieder, bis ich ihn erreichte. Er war hinter eine der vielen Säulen gelaufen, die das Kirchenschiff von den seitlichen Kapellen trennten. Dort sprang er aufgeregt hin und her.

»Ist gut, ich bin da. Ich bin ja da.« Ich nahm ihn auf den Arm und endlich verstummte er.

Ich sah mich um. Weit und breit nichts zu sehen. Nichts außer Marmor.

Christopher kam von hinten angelaufen.

»Bleib stehen!«, befahl ich. »Rühr dich nicht vom Fleck.«

Er hielt neben mir an. »Was ist denn los?«

»Sargent hat dreimal gebellt.«

»Das habe ich gehört. Aber was hat das zu bedeuten?«

Ich schnappte nach Luft. »Mir ist schlecht. Hier, nimm den Hund.«

So schnell mich meine Slipper trugen, rannte ich aus der Kirche und übergab mich in den Kanal.

Venedig, Basilica Santa Maria della Salute, August 1921

Kit wusste nicht, wie ihm geschah. Nun rannte schon zum zweiten Mal innerhalb von zwölf Stunden eine Frau aus der Kirche und übergab sich. Was befand sich dort hinten in der Kapelle, dass es solche Übelkeit auslöste? War Mitzy am Ende nicht einfach nur betrunken, sondern vergiftet gewesen?

»Meine Güte.«

Sargent im Arm eilte er zu Jackie, die auf Knien am Kanal kauerte.

»Hilf mir auf«, bat sie.

Er zog sie auf die Füße. Ihre Hand fühlte sich kalt an, obwohl die Temperaturen draußen trotz der frühen Stunde schon hochsommerlich waren. Außerdem war sie blass und hatte dunkle Ringe unter den Augen.

»Was ist denn los, Jackie?«

Mit zittrigen Fingern zog sie die Zigarettenspitze aus dem Ärmel ihres Kleides, sagte aber nichts.

Automatisch holte Kit mit der freien Hand sein Feuerzeug hervor und zündete ihr die Zigarette an. »War es Gas?«

»Was?« Jackie zog so stark an der Spitze, dass die halbe Zigarette verglühte. »Oh nein. Sargent hat dreimal gebellt.«

»Und was bedeutet das nun?«

»Eine Leiche.«

Kit wurde schlagartig flau. Er kannte den Geruch von Verwesung nur zu gut aus den Schützengräben. »Aber ich habe in all den Wochen nie etwas gerochen. Wo liegt sie denn?«

»Oh, nein, nein.« Jackie wedelte mit der Zigarettenspitze und wirkte wieder mehr wie sie selbst. »Da ist niemand vermodert oder Ähnliches. Das wäre viermal bellen. Dreimal bellen ist eine frische Leiche. Sonst wäre während der Messe früher oder später bestimmt jemandem der Gestank aufgefallen. Obwohl die Leute bei diesen Temperaturen ja häufig schon Probleme haben, ihren eigenen Körpergeruch zu kontrollieren.«

»Eine frische L...? Jackie, willst du etwa sagen, dass da ... ein Toter liegt? In meiner Kirche?«

Ein vorbeilaufendes Touristenpaar warf ihnen einen irritierten Blick zu und Kit senkte die Stimme. »Da liegt jemand?«

Jackie überlegte kurz. »Nein, da liegt niemand. Aber es muss jemand dort gelegen haben. Ein frischer Toter. Innerhalb der letzten zehn, na, sagen wir, vielleicht zwölf Stunden. Er, oder sie muss in der Zwischenzeit weggeschafft worden sein.«

»Weggeschafft?« Kit war zu baff, um etwas Klügeres zu fragen.

»Ja. Von allein wird die Leiche nicht gegangen sein. Gespenster sind zweimal bellen und einmal heulen.«

Sargent gab einen Brummton von sich.

»Richtig, Sargent«, sagte Jackie und sah sich auf dem Vorplatz der Kirche um, ohne Kit dahingehend zu erleuchten, was der Brummton zu bedeuten hatte.

»Warum musstest du dich denn übergeben?«, fragte er nach einem Moment der Überlegung. »Frische Leichen machen dir doch sonst nichts aus.«

»Es überrascht mich selbst, ich dachte, ich wäre schon in Bulgarien damit durch gewesen.«

»Womit?«

»Mit der Übelkeit.«

»Welcher Übelkeit?«

»Der Morgenübelkeit. Ich bin schwanger.«

Er wurde blass.

»Fall nicht in Ohnmacht, Kit, ich habe kein Riechsalz dabei.«

»Wir ... wir bekommen ein Kind?«

Sie sah ihn nicht an, sondern fixierte die Terrasse des Hotels Gritti auf der anderen Seite des Canal Grande. »Ja, aber lass uns das ein anderes Mal besprechen. Wir müssen die Polizei rufen. Hier muss alles abgeriegelt werden. Die ersten Touristen sind schon da. Und ich muss mit Onkel Daniel sprechen. – He! Gondoliere!«

Sie rief etwas auf Italienisch und sofort änderte eine soeben vorbeifahrende Gondel die Fahrtrichtung. »Ins Gritti«, ordnete Jackie an und sprang hinein. Kit konnte ihr gerade noch nachsetzen.

Seine Gedanken überschlugen sich. Jackie war schwanger! Er wurde Vater! Sein größter Wunsch ging in Erfüllung.

Sosehr ihn die Neuigkeit durcheinanderbrachte, es blieb keine Zeit, sich länger damit zu befassen.

Der Gondoliere benötigte nur wenige Züge, um den Kanal zu kreuzen und Jackie sprang am Anleger des Hotels von der Gondel, noch bevor sie festgemacht hatte. Sargent befreite sich daraufhin aus Kits Armen, sprang ebenfalls und wetzte bellend hinter ihr her. Kit sah sich gezwungen, es ihnen gleichzutun, sprang an Land und rannte über die Terrasse in die Hotellobby, wohin seine Verlobte und der Hund bereits verschwunden waren. Allein aufs Bellen verzichtete er. Im Inneren des Hotels musste er seine Geschwindigkeit verringern. Der Boden war mit Marmorfliesen bedeckt, die ein schwindelerregendes Muster aus Schwarz, Weiß und Gold kreierten und nichts lag Kit ferner, als in eine der mit Teakholz getäfelten Wände zu krachen, weil er das Gleichgewicht verlor.

Jackie machte am Ende der Hotelhalle halt. »*Chiamate la polizia!* – rufen Sie die Polizei!«, brüllte sie dem vor Schreck erstarrten Hotelangestellten hinter der Rezeption entgegen.

Der Mann griff zum Hörer und wählte. Gerade wollte er drauflossprechen, als Jackie sich regelrecht über den Rezeptionstresen warf und ihm das Telefon entriss. In einem Schwall aus rasend schnellem Italienisch gab sie ihre Befehle durch und knallte zum Schluss den Hörer auf die Gabel.

»So, jetzt zu Daniel.« Sie verlangte die Herausgabe der Zimmernummer ihres Onkels.

Der Rezeptionist sah sich einer unbezwingbaren Macht gegenüber und gab die Information ohne zu zögern heraus.

Jackie kannte sich im Gritti aus, stellte Kit fest, denn schon stürmte sie durch die Lobby, an barocken Sofas und Marmorstatuen vorbei in einen Korridor, an dessen Ende eine Treppe nach oben führte. Sargent flog wie ein weißer Blitz neben ihr her.

»Einhundertzwölf!«, rief Jackie Kit von der Treppe zu und beschleunigte ihre Schritte weiter. Oben angekommen umrundete sie eine Ecke und hielt vor einer Tür.

Sie hämmerte dagegen. »Onkel Daniel, mach auf!«

Die Tür ging schneller auf, als Kit erwartet hatte. Daniel stand in der Tür, in Hemd, Hose und Hosenträgern. Hinter ihm war ein Fenster zu sehen. Das Zimmer lag direkt am Canal Grande und bot einen weiten Blick bis zur Basilica Santa Maria della Salute. Hatte er sie etwa kommen sehen?

Auf dem Antlitz des Detektivs zeigte sich ein charmantes Lächeln. »Hallo, meine kleine Jackie. Schön, dass du da bist. Sargent, mein Freund, hallo. Wie ich sehe …«

»Keine Zeit dafür«, unterbrach Jackie ihn barsch. »Sargent hat in der Basilika angeschlagen. Dreimal.«

Das Lächeln auf Daniels Gesicht gefror. »Verdammt! Wen hat es erwischt?«

»Das weiß ich nicht. Wir haben auf die Schnelle keine Leiche gefunden. Aber je eher wir handeln, desto größer sind die Chancen, dass wir eine Spur entdecken. Ich habe die Polizei angewiesen, die Kirche und den Vorplatz für die Öffentlichkeit zu sperren.«

»Ich komme.« Daniel drehte sich um und griff nach seinem Jackett. Dabei sah Kit, dass er einen Revolver im Hosenbund trug.

Daniel trat in den Flur hinaus. »Moment. Jackie, dein Auftritt bitte.«

Jackie versetzte Kit einen Stoß, sodass er einige Schritte zur Seite taumelte. Eine Sekunde später stand sie mit gezogener Waffe in der Hand da und richtete sie auf die Tür des Zimmers gegenüber.

Daniel klopfte an. Die Tür öffnete sich einen Spaltbreit, da trat er auch schon dagegen und Jackie stürmte hinein, gefolgt von Sargent.

»Auf den Boden!«, hörte Kit Jackie rufen. »Sargent, sichern.«

Nun betrat auch Daniel den Raum. Kit wollte es ihm nachtun. Doch das Bild, das sich ihm bot, ließ ihn im Türrahmen verharren.

Laszlo von Drachenstein lag flach auf dem Boden. Sargent stand auf seinem Rücken und fletschte die Zähne, bereit, dem Baron die Kehle auszureißen. Daniel und Jackie durchsuchten das Zimmer, rissen alle Schränke auf und die Tür zum Bad, schauten unters Bett und hinter die Gardinen.

»Er ist allein«, schloss Jackie und steckte die Waffe weg. Zu Sargent sagte sie: »Du bist jetzt fertig.«

Der Hund hüpfte vom Rücken des Deutschen, trabte

ein paar Meter über den Teppich und hob direkt vor Kit ab, in der festen Überzeugung, dass der ihn schon fangen werde. Erfahrungsgemäß reichte Sargents Sprungkraft ohne Anlauf nur für die Hälfte der Strecke. Kit schnappte ihn, wie ein Grizzlybär eine vorbeifliegende Forelle.

Laszlo kam auf die Beine. »Darf ich fragen, was das soll?«

Diese Frage hatte Kit sich längst abgewöhnt. Wenn Jackie in Fahrt war, konnte man entweder mitsegeln oder zurückbleiben.

»Reine Vorsichtsmaßnahme«, sagte Jackie, ohne den Baron eines Blickes zu würdigen.

Daniel nahm Laszlos Zimmerschlüssel vom Nachttisch. »Rühr dich nicht vom Fleck. Und lass niemanden rein.«

Der Deutsche blickte kalt in die Runde. »Willkommen in Venedig, Jacqueline.« Jackie ging wortlos aus dem Zimmer und so verweilten die eisigen Augen auf Kit, der noch immer im Türrahmen stand. »Sie werden sie nicht halten können, Surrey.«

Kit verspürte das dringende Bedürfnis, dem Mann die Faust ins Gesicht zu schlagen. Daran hinderte ihn allerdings Sargent, der keine Anstalten machte, Jackie zu Fuß zu folgen, sondern davon auszugehen schien, fortan durch die Gegend getragen zu werden.

»Ich habe gar nicht vor, sie zu halten«, sagte Kit stattdessen und war ziemlich stolz, zu so viel Selbstdisziplin in der Lage zu sein. »Niemand kann diese Frau halten. Sie kommt und sie geht wie die Flut von Venedig. Wer damit nicht umgehen kann, ist selber Schuld.«

»Beruhigt euch, Jungs.« Daniel bedeutete Kit, beiseitezutreten. »Wir haben andere Probleme. Ich wiederhole: Lass niemanden rein, Laszlo. Sollte jemand hier eindringen, dann schalte ihn aus.«

Laszlos Mundwinkel hoben sich zu einem zynischen Lächeln. »Aber Daniel, ich bin doch unbewaffnet.«

Daniel verdrehte die Augen, zog die Tür zu und schloss von außen ab. »Falls es mal zu einem Handgemenge zwischen euch beiden kommen sollte«, erklärte er Kit, »sei gewarnt, dass er dich mit einem einzigen Handgriff um die Ecke bringen kann.«

»Gut zu wissen.«

Sargent stupste Kit mit der Nase gegen das Kinn.

»Ich nehme an, das soll bedeuten, wir müssen Jackie folgen?«

Ein entschiedenes Schnaufen bestätige Kit in seiner Annahme und er setzte sich in Bewegung.

Jackie stand am Anleger und rauchte. »Wo bleibt ihr denn alle?«

»Immer mit der Ruhe, Miss«, antwortete Daniel. »Seht!« Er deutete auf das gegenüberliegende Ufer. »Unser Freund, der Kardinal, ist auch schon da.«

Kit schirmte seine Augen gegen das gleißende Sonnenlicht ab. In der Tat. Vor der Basilika stieg soeben Kardinal Truffino aus einem Motorboot. Er musste es sehr eilig haben, wenn er auf den Pomp seiner Barke verzichtete. Die Bewegungen des Kardinals waren so geschickt, dass Kit sich fragte, ob er früher einmal zur See gefahren war.

»Los, rüber.« Jackie winkte Kit und Daniel auf die Hotelgondel, die schon auf sie wartete. Es war ein anderer Gondoliere als am Vorabend, stellte Kit bei erneuter Betrachtung des Mannes fest. Er hatte kurz überlegt, sich zu erkundigen, ob Mitzy Bubbles sicher im Gritti angekommen war, aber auch Gondolieri mussten schlafen.

Alsbald fand sich Kit auf einer Bank im Heck des Bootes wieder. Es kam ihm mittlerweile vor, als spielte er in einer Kinokomödie die Witzfigur, die immer wieder mit der Gondel hin und her fuhr. Mal mit der einen, mal mit der anderen Frau, mal mit Hund, mal ohne. Das Orchester spielte einen drolligen Jig dazu und früher oder später warf ihm jemand eine Torte ins Gesicht.

Nicht nur Kits Gedanken hatten einen Schwenk in Richtung Musik genommen. Denn kaum hatte der Gondoliere das Ruder ins Wasser getaucht, hob er die Stimme und begann aus voller Brust zu singen. *»O sole mio ...«*

Offenbar hielt der Mann sie für amerikanische Touristen, die für genau solche Einlagen reichlich Trinkgeld gaben. Aber da war er an die falsche Amerikanerin geraten.

»Silenzio!«, brüllte Jackie in einer Lautstärke, die noch auf dem Festland zu hören war. »Ruhe!«

Eine Sekunde lang schien ganz Venedig in Schockstarre zu fallen. Dann erklang ein ohrenbetäubender Laut. Sargent heulte. Wie eine Londoner Sirene im Luftkrieg. Er heulte ... Ja tatsächlich, es war *O sole mio!*

»*Avanti, avanti!*«, rief Jackie, in der Hoffnung, Sargents Arie zu übertönen. »So rudern Sie doch!«

Zu ihrer aller Unglück kreuzten gerade zwei Vaporetti vor dem Gritti und an eine Weiterfahrt war nicht zu denken.

»Schscht, Schscht«, machte Kit. »Leise, Sargent, leise.«

Es half nichts. Der Hund heulte weiter.

»Du musst ihn wiegen!«, befahl Jackie von vorn. »Wiegen, hörst du?«

Kit wiegte Sargent vor und zurück. Ohne Erfolg.

Jackie sprang auf und streckte die Arme über Daniels Kopf hinweg aus. »Gib ihn mir. Gib ihn mir!« Die Gondel schwankte.

»Nein«, erwiderte Kit, »setz dich wieder hin, ich schaffe das schon. Du bringst uns noch zum Kentern.«

»Wirf ihn ins Wasser«, schlug Daniel vor.

Jackie stieß einen Schrei aus. »Wehe dir!«

Kit schunkelte den Hund. »Sargent, Sargent, komm, hör auf mit dem Geschrei.«

Die Gondel schnellte nach vorn.

»Oh Gott, gleich kommt das hohe C!«

Jackie, Daniel und der Gondoliere hielten sich die Ohren zu und die Gondel wurde langsamer. So war es Kit als Einzigem vergönnt, Sargents Vibrato in voller Lautstärke direkt auf dem Trommelfell zu spüren. Als die Gondel anlegte, rauschte es in seinen Ohren und er fühlte sich eigenartig benommen. Er verstand nicht, was Jackie beim Aussteigen zu dem Gondoliere sagte, er sah nur, wie Daniel dem Italiener entschuldigend eine Banknote zusteckte.

Sargent war mittlerweile verstummt und sah sich zufrieden um. Noch immer sah er keinen Anlass, Kits Arm zu verlassen.

»Wie soll das erst werden, wenn ihr eines Tages Kinder habt?«, drang Daniels Stimme durch das Rauschen.

»Dafür gibt es Nannys«, war Jackie zu vernehmen. »Du glaubst doch nicht, dass ich auch nur eine Sekunde lang Babygeschrei ertrage. – Komm her, Darling.« Sie drehte sich zu Kit um, nahm ihm Sargent ab und machte gleich wieder kehrt. »Du sollst doch nicht singen, ohne vorher deine Aufwärmübungen zu machen, Darling. Das hat Caruso dir anders beigebracht. Nachher üben wir in der Kirche. Da ist die Akustik besser …« Ihre Worte verklangen. Bald hatte sie das Portal erreicht, vor dem Kardinal Truffino mit zwei Polizisten in eindrucksvollen Uniformen stand.

»Jetzt komm schon!« Daniel packte Kit am Arm. »Sonst reißt sie wieder alles an sich.«

Kit wäre nie darauf gekommen, dass man Jackie daran hindern könnte, alles an sich zu reißen, aber er folgte ihrem Onkel auf dem Fuß.

Der Kardinal redete mit dem beiden Polizisten. Ihre Stiefel waren auf Hochglanz poliert, sogar Säbel trugen sie an der Hüfte. Dennoch strahlten sie nicht gerade Autorität aus, im Gegensatz zu Truffino. Wo war der eigentlich hergekommen und woher wusste er, dass etwas geschehen war?

Schnell hatten Daniel, Kit und Sargent zu Jackie aufgeschlossen.

»Warum ist hier nicht alles abgesperrt?«, fragte die gerade.

»Signorina Dupont«, sagte der Kardinal. »Ich habe gerade schon mit den beiden Herren gesprochen und sie sehen keine Veranlassung, den Vorplatz abzusperren. Es gibt keine Leiche und bisher auch sonst kein Indiz auf ein Verbrechen.«

Kits Herz sank in seine Magengrube. Wussten die Polizisten etwa nicht, mit wem sie es zu tun hatten?

Jackie blieb erstaunlich ruhig. »Ich möchte mit ihrem Vorgesetzten sprechen«, sagte sie nur.

Einer der Polizisten antwortete ihr, sprach aber so schnell, dass Kit ihn nicht verstand.

Daniel, der das zu ahnen schien, übersetzte. »Es ist August. Der Commissario ist am Lido und der Vicequestore auf Capri. In ganz Italien finden im August keine Morde statt, da fahren alle in den Urlaub, sogar die Mafia. Und ohne Leiche können sie ohnehin nichts tun. Soweit sie verstehen, gibt es nicht einmal Blutspuren.«

Jackie versuchte es noch einmal. »Sie werden also nichts unternehmen? Es ist gleich zehn Uhr, da kommen die Leute zur Messe. Die wollen sie nun alle hineinlassen, damit sie über meine Spuren trampeln?«

Die Polizisten schauten betreten drein.

»Nun, danke«, sagte Jackie in überraschend mildem Ton, bevor sie wie eine Königin die Stufen zum Kirchenportal emporschwebte. Huldvoll hob sie eine Hand zum Gruß. »Sie können sich entfernen. Ich bringe Ihnen die Leiche dann auf die Wache. Guten Tag.«

Aus den Memoiren der
JACKIE DUPONT

Wieder einmal typisch Venedig! Im Winter sah man vor Nebel nichts und im Sommer miefte es nach Fisch. Ich verstand nur zu gut, warum die Polizeiobrigkeit es vorzog, am Strand zu liegen, anstatt sich zu Hause um Leichen zu kümmern. In Zukunft würde ich es genauso machen. *Nein, Miss Dupont steht leider nicht zur Verfügung, Mr. President, sie urlaubt derzeit auf Rhode Island. Rufen Sie doch in einem Monat wieder an ...*

Stattdessen musste ich, *enceinte* wohlgemerkt, meine Leichen allein finden. Immerhin wusste ich, dass weder Daniel noch Natasha noch Laszlo in der Basilica Santa Maria della Salute, was ironischerweise Heilige Maria der Gesundheit bedeutete, ins Gras gebissen hatte. Hätte es Sir Alfred erwischt, wüsste ich längst davon. Truffino, das alte Wiesel, wie immer als Erster an Ort und Stelle, weilte ebenfalls noch unter uns. Damit waren alle mir bekannten Agenten in Venedig am Leben. Was sie nicht weniger verdächtig machte. In unserer Situation war nur der Tod ein sicheres Ausschlusskriterium. Natürlich konnte es sich um Zufall handeln, dass ausgerechnet in der Kirche, in der *mein* Verlobter Bilder restaurierte und in der die Hautevolee der europäischen Spionage ein und aus ging, ein Mord geschah. Zumal gerade direkt gegenüber, im Hotel Gritti, ein gewisser Mr. Daniel Dupont, seines Zeichens schärfster Bluthund der Vereinigten Staaten, einzog.

Christopher hatte zum Glück keine Ahnung, in welchem Wespennest er sich aufhielt. Schon als er mir damals von Truffinos Anfrage berichtet hatte, war mir nicht ganz wohl dabei gewesen, ihn Sir Alfred Purcell und der russischen Schlange zu überlassen. Allerdings kam die Einladung lange bevor ich oder sogar Daniel etwas von einer Mordserie und einer gestohlenen Liste ahnten. Und ich konnte dem Duke schlecht verraten, dass es sich bei Sir Alfred um einen der gewieftesten Agenten des britischen Secret Intelligence Service handelte, der sogar bei der Ermordung Rasputins die Finger im Spiel gehabt hatte. Selbst dass Natasha im Verdacht stand, selbigen Rasputin in die Falle gelockt zu haben, durfte ich Christopher nicht offenbaren. Diese Informationen unterstanden striktester Geheimhaltung. Gleichzeitig hatte er vor den beiden nichts zu befürchten, denn sie befanden sich mehr oder weniger im Ruhestand. Das Gleiche galt für Truffino. Der hatte seinen Posten in Rom aufgegeben und genoss nun die Früchte seiner Arbeit. Es gab kaum einen begehrteren Posten als das Patriarchat von Venedig. Dass Sir Alfred und Truffino beide ihren Alterssitz in Venedig fanden, war nicht ungewöhnlich. Wie ich schon einmal sagte, wollte eigentlich jeder in die Lagunenstadt. Außer mir. Die Briten belohnten ihre »verdienstvollen Diplomaten« genauso großzügig wie der Vatikan.

Bis vor Kurzem bestand überhaupt kein Anlass, sich um diese Leute Sorgen zu machen. Der Krieg war vorbei, die Deutschen verhielten sich ruhig, die Bolschewiken hatten kein Geld, um irgendetwas anzurichten, und der Rest der Welt wollte einfach nur tanzen.

Mittlerweile beschlich mich jedoch der leise Verdacht, Truffino hätte Christopher für die Restauration angeheuert, um auf sehr subtile Art und unbemerkt von eventuellen Verschwörern zu mir Kontakt aufzunehmen. Unsere Verlobung war zwar bislang der Öffentlichkeit nicht bekannt, aber Truffino hatte bestimmt längst davon Wind bekommen. Er bekam eigentlich immer Wind, von allem und vor allem als Erster. Ein Vorteil des Beichtstuhls. Katholizismus sollte verboten werden, wenn es bedeutete, dass die Leute dem ehemaligen Chef des vatikanischen Geheimdienstes meine Privatangelegenheiten auftischten.

So sinnierte ich, während ich die Basilika durchkreuzte, als mich plötzlich jemand ansprach.

»Entschuldigen Sie bitte, Madam? Sind Sie Miss Dupont?«

Eine junge Frau saß auf einer Kirchenbank und sah zu mir empor. Sie redete Englisch ohne Akzent, hatte ein schmales Gesicht mit großen grünbraunen Augen und trug ihr Haar zu einem dunklen Bob geschnitten. Um ihren Hals hing ein hübsches Amulett aus einem mit mehreren Brillanten eingefassten Türkis. Der Stein täuschte jedoch nicht über die breite Narbe hinweg, die sich über ihren Hals und ihre Wange zog.

»Miss Purcell, nehme ich an?« Ich nahm in Wahrheit gar nichts an. Das Mädchen sah seinem Vater und Bruder viel zu ähnlich. Wer sollte sie sonst sein, wenn nicht Elizabeth Purcell?

»Ja.« Sie lächelte. »Das war wohl leicht zu erraten.«

Hinter mir hörte ich Schritte. Die Herren waren endlich eingetreten.

»Haben Sie nach mir gesucht?«

Sie lächelte noch einmal und fuhr sich mit den Händen durchs Haar. Vor der Kulisse der mächtigen Marmorsäulen wirkte sie zart, regelrecht zerbrechlich. »Ich denke, ja ... also ich glaube, schon.« Sie lachte.

Ich muss sehr skeptisch dreingeblickt haben, denn sie sprach sofort weiter.

»Ich vergesse manchmal Dinge. Es ist ein wenig peinlich.«

Christopher erreichte uns. Er hatte wohl Erfahrung mit dem Gedächtnis des Fräuleins.

»Guten Morgen, Miss Purcell. Hat Ihnen vielleicht die Prinzessin gesagt, dass wir hier sind?«

Sie hielt sich eine Hand vor die Augen. »Jaja, richtig, Sir. Jetzt, wo Sie es erwähnen, weiß ich es wieder. Die Prinzessin sagte mir, Sie wären hier und ich sollte schnell rüberlaufen und fragen, ob Sie mit uns einen Ausflug an den Lido machen wollen. Wir starten in etwa einer halben Stunde.«

Ich setzte Sargent auf dem Boden ab, holte meine Zigarettenspitze heraus und zündete mir eine Benson & Hedges an. Mit denen hatte ich mich am Morgen im Konsulat versorgt. Leider waren sie nicht so geschmacksintensiv wie die Glimmstängel der bulgarischen Seeleute. »Tut mir leid, Kleines. Ich muss eine Leiche auftreiben.«

Sie blinzelte. »Wie ... wie bitte?«

Ich zog an der Zigarette. »Na, eine Leiche. Einen toten Menschen.«

Ihr Gesichtlein wurde ein wenig fahl. »Aber warum denn das?«

»Es ist mein Beruf.« Ich wandte mich an die Herren. »Kann mir mal jemand einen Aschenbecher besorgen?«

»Aber Signorina Dupont«, widersprach Kardinal Truffino, »wir sind doch in einer Kirche!«

»Ich sehe den Zusammenhang nicht.«

»Hier, meine Kleine.« Daniel reichte mir ein leeres Zigarettenetui.

An dieser Stelle möchte ich betonen, dass mein oft schlechtes Benehmen Teil meiner Methodik war. Ich konnte durchaus liebreizend sein, doch sobald ich ermittelte, war ich niemandes Freund mehr. Es ist meine feste Überzeugung, dass Menschen aus Empörung unaufmerksam werden und Dinge offenbaren, die sie eigentlich lieber für sich behalten.

»Christopher«, sagte ich, »warum begleitest du Miss Purcell nicht nach Hause? Du kannst doch heute mit Sir Alfred und der Prinzessin an den Lido fahren. Das ist bestimmt eine schöne Erholung für dich, nach all der Arbeit.«

Christophers von mir hochgeschätzter Mund verwandelte sich in einen schmalen Strich. Ich wusste, gleich würde er protestieren. Um dem vorzubeugen, nahm ich ihn an der Hand, stellte mich auf die Zehenspitzen und gab ihm einen Kuss auf die Wange. Dabei flüsterte ich: »Lass diese Leute nicht aus den Augen.«

Sofort änderte sich sein Gesichtsausdruck. Aus Unzufriedenheit wurde Spannung. Er nickte. »Eine gute Idee. Ich bin den Profis ja ohnehin nur im Weg.«

Ich hatte gar keinen Grund, ihn um die Beobachtung der Prinzessin und des Konsuls zu bitten, aber wenn er glaubte, er hätte eine wichtige Aufgabe, war er zufrieden, und seine Zufriedenheit lag mir am Herzen. Hier stünde er tatsächlich nur im Weg herum und die Dinge, die es zu besprechen galt, waren geheimer Natur.

Miss Purcell verabschiedete sich artig und die beiden gingen hinaus. Ich sah ihnen nach. Das Mädchen bewegte sich mit großer Eleganz, fast tänzerisch. Nicht unattraktiv, dachte ich. Und mich beschlich das Gefühl, als wäre sie Christopher gegenüber nicht gleichgültig eingestellt. Armes Ding. Na, sie war ja ganz hübsch und eine ordentliche Mitgift würde sie auch bekommen. Früher oder später fand sich gewiss ein Mann für sie. Nur eben nicht meiner.

»Was ist da los?«, fragte ich, als ich mit Daniel und Truffino alleine war. Das Benehmen der Kleinen kam mir schon ziemlich seltsam vor.

»Eine Art Trauma, Jackie.« Jetzt, da wir unter uns waren, benutzte der Kardinal meinen Vornamen. Immerhin war er ein guter Freund meines Onkels. »Das Haus der Familie wurde bei einem Luftangriff zerstört. In Greenwich, London. Alle Insassen des Hauses kamen um, Lady Purcell, die Angestellten ... Alle bis auf Elizabeth, weil sie sich im Garten aufgehalten hatte.«

»Wie unerfreulich. Zumal es wahrscheinlicher ist, in der Lotterie zu gewinnen, als von einer Zeppelinbombe getroffen zu werden.«

Daniel zuckte mit der Nase. Das tat er immer, wenn er mich schweigend ermahnen wollte.

»Aber natürlich, sehr tragisch«, fügte ich pflichtbewusst hinzu.

»*Molto* ...« Für einige Sekunden setzte der Kardinal eine betroffene Miene auf, die ihm sehr bekam und die er im Laufe seiner Karriere zur Perfektion gebracht hatte. Mich führte er damit jedoch nicht hinters Licht. Einzelschicksale konnten diesem Kirchenmann nichts anhaben. Er dachte globaler. Und siehe da, schon wich die Trübsal einer enthusiastischeren Attitüde. »Kommt, *amici*, wir müssen uns beeilen, gleich werden die Gläubigen zur Messe eintreffen. Wo genau hat denn die Leiche gelegen, Jackie?«

»Zeige ich euch sofort. Ich will aber erst mal prüfen, ob wir wirklich allein sind. Sargent, mein süßer Liebling, sieh doch bitte mal nach.«

Mein Hund legte allergrößten Wert auf die Anerkennung seiner Arbeit. Auf krude Befehle wie »Sitz!« oder »Such!« reagierte er mit einem müden Gähnen.

Selbstverständlich hatte ich den richtigen Ton getroffen und Sargent sauste flink wie ein Kaninchen durch die Kirche. Er schnupperte hier, roch da, flitzte von Säule zu Säule, wobei sein Schwänzlein ganz bezaubernd hin und her wackelte und seine kleinen Krallen herzerwärmend auf dem Marmorboden trippelten. Schließlich kehrte er zu uns zurück. Er machte keine Meldung. Wir waren also allein.

»Vielen Dank, mein Hase. Das hast du wieder ausgezeichnet gemacht, wirklich ganz *formidable*. Kommt mit, wir sind für den Moment ungestört.«

»Und du bist dir absolut sicher, *Cara mia*, dass es eine ... wie sagtest du so treffend? ... frische Leiche war?«

Daniel kam mir zuvor und erwiderte: »Wenn Sargent eine frische Leiche riecht, dann lag da eine frische Leiche. Die Frage ist nur: wer?«

»Jedenfalls keiner von uns. Wen gibt es denn noch in Venedig, Benedetto? Es kann ja wohl kaum angehen, dass hier jemand getötet wurde, der mit unserem kleinen Spionageproblem nichts zu tun hat.«

Er schüttelte den Kopf. »Schon gar nicht im August. Da sind ja alle im Urlaub. Sogar die Messgänger sind hauptsächlich Touristen aus dem Ausland. *Certo*, es gibt einige Diplomaten hier, aber soweit ich weiß, sind nur Sir Alfred und ich aus dem Bereich der Konterspionage vor Ort. In Rom wüsste ich ein paar Leute, in Mailand ebenfalls, aber hier niemanden.«

»Bis gestern«, sagte Daniel. »Jetzt sind die Duponts da. Und Laszlo. Laszlo nimmt an der Schneider Trophy teil, wie jedes Jahr. Das lässt sich nicht verhindern. Wir müssen seine Routine aufrechterhalten.«

Ich nickte, auch wenn ich mich am liebsten schütteln wollte.

Wir erreichten die Stelle, an der Sargent angeschlagen hatte. Ich bat ihn, mir die Spur genau zu zeigen, und das Bild, das sich daraufhin abzeichnete, ließ keine Fragen offen. Sargent lief immer wieder schwanzwedelnd zur Fundstelle, bellte dreimal und tapste dann weiter, mit der Nase auf dem Boden einer unsichtbaren Linie folgend.

»Die Leiche wurde nach draußen gezogen«, erklärte ich den anderen. »Dann wollen wir doch mal herausfinden, wohin. Folgen wir ihm.«

Der Grundriss der Kirche war ungewöhnlich. Ein Achteck mit angeschlossener Sakristei. Sargents Fundstelle lag hinter einer der Säulen, die das Kuppeldach stützen. Sie waren allesamt grau, bis auf zwei, die den Altar säumten. Diese beiden leuchteten in einem opulenten Muster aus Rot und Gold, wie auch der Tisch am Altar. Sargent passierte den Altar ebenso wie den Zugang zur Sakristei. Vor einer unscheinbaren Holztür am hinteren Ende der Kirche blieb er stehen und gab ein Gurren von sich. Die Tür war nicht verschlossen. Kaum hatte ich sie auch nur einen Spaltbreit geöffnet, schlängelte der Hund sich hindurch. Bis zum nächsten Kanal waren es nur wenige Schritte. Dort blieb Sargent stehen.

»Na prima«, seufzte ich. »Wie sollen wir ohne Polizei den Kanal durchkämmen?«

»Es würde mich schon sehr überraschen«, antwortete Truffino, »wenn irgendjemand direkt hier vorne eine Leiche im Wasser entsorgt hätte. Es ist viel zu flach. Man muss einen Körper ein Stück aufs Meer hinausfahren und ihn beschweren, gerade in dieser Jahreszeit steigt er sonst sofort wieder auf.«

Das stimmte. Wo hatte ich nur meinen Kopf gelassen? Diese Schwangerschaft bekam mir überhaupt nicht. Sie hinderte mich am Denken. »In der Tat, in der Tat.«

»Wohin führt der Kanal?«, fragte Daniel.

»Er verbindet den Canal Grande mit dem Canal della Giudecca.« So nannte sich der breitere Wasserweg zwischen dem Südrand der Altstadt und der benachbarten Insel Giudecca. »Er führt unter einigen Brücken hindurch und hinter dem Zollbüro vorbei.«

Ich beugte mich ein Stück nach vorn und sah am Ende des Kanals das Glitzern des Meeres. »Ich brauche ein Ruderboot.«

»Oh nein, bitte, nicht schon wieder«, stöhnte Daniel.

»Was meinst du?«, wollte Truffino wissen und griff alarmiert an das Kreuz aus Saphiren und Diamanten, das um seinen Hals hing.

Ein schönes Stück. Ich wünschte, ich könnte es mir bald mal in Ruhe ansehen.

»Sie will die Entsorgung nachstellen.«

Ich richtete mich auf und kurz wurde mir ein wenig schwindelig. Schnell lehnte ich mich gegen meinen Onkel, um nicht umzufallen. Der sah mich an, als wäre ich eine Aussätzige.

»Was tust du?«

»Ich schwanke.«

»Und warum?«

»Weil ich wochenlang auf einem alten Kutter unterwegs war.«

Er glaubte mir kein Wort.

Ich ignorierte seinen skeptischen Blick. »Benedetto, du besorgst ein Boot. Daniel, du legst dich in die Kirche.«

Truffino glättete sein ohnehin makelloses Haar. »Die Messe beginnt jeden Moment, Cara.«

»Das soll mich nicht stören. Und ich gehe nicht davon aus, dass der Patriarch von Venedig heutzutage selbst predigt.«

»Nur ab und zu im Markusdom …«

»Na also. Besorg mir ein Ruderboot. Ein möglichst kleines. Daniel, Sargent und ich müssen darin Platz finden. Mehr nicht.«

»Mehr nicht, eh? *Vabbene.*«

Daniel machte eine entschuldigende Geste. Sargent drückte keinerlei Bedauern aus. Er nutzte die kurze Pause für ein Sonnenbad auf den warmen Steinen und der Länge nach ausgestreckt auf der Seite.

Ich ging wieder auf die Hintertür der Basilika zu. »Wir sind hier nicht im Urlaub, mein Schatz.«

Der Hund blieb liegen und zuckte nur mit einem Ohr.

»Immer noch der Alte«, murmelte Daniel und ging an mir vorbei in die Kirche.

»Darling, bitte. Du warst schon sehr fleißig und du darfst dich gleich wieder erholen. Wir machen später einen kleinen Ausflug, aber jetzt komm doch bitte herein. Du weißt genau, dass es dir nicht guttut, zu lange in der Sonne zu liegen. Noch dazu auf diesen heißen Steinen.«

Er rekelte sich genüsslich und machte keinerlei Anstalten, sich zu erheben.

»Ich dachte, du willst vielleicht später noch Tauben jagen auf dem Markusplatz?«

Bei dem Wort Tauben sprang er auf und sah sich um. Nichts liebte er mehr, als Vögeln hinterherzujagen. Ich glaube, er rechnete immer noch damit, eines Tages selbst fliegen zu können, und dann gnade ihnen Gott.

Gott war das Stichwort.

»Darf ich also bitten? Sonst werden wir nie fertig.«

Er schüttelte sich und trabte in die Kirche, jedoch nicht, ohne vorher demonstrativ die Kirchenmauer zu markieren.

»Halleluja«, murmelte ich und folgte ihm.

Daniel wartete direkt hinter der Tür auf mich und zog mich in eine Nische.

»Ich hatte bisher keine Gelegenheit, es dir zu sagen«, flüsterte er. »Ich wollte es vor allem nicht vor deinem Verlobten und Truffino tun. Aber heute Morgen beim Frühstück hat mich ein Mitarbeiter des Gritti angesprochen. Ich kenne ihn von früheren Besuchen und er weiß, dass ich Detektiv bin. Er hatte uns außerdem am Vorabend beim Dinner gesehen und wollte lieber erst mich ansprechen, anstatt die Polizei zu informieren. Denen traut er ohnehin nicht, wie jeder vernünftige Mensch.«

Ich nickte, gespannt, was gleich kommen würde.

»Der Mann sagte mir, Lady Donaghue sei nicht erschienen, als sie am frühen Morgen zum Bahnhof gebracht werden sollte.«

»Was?«

»Ja, und in ihrem Zimmer war wohl alles unberührt.«

»Mir schwant Fürchterliches.«

»Mir auch.«

»Lass uns zurück zum Fundort gehen.«

Ich seufzte. »Ja.«

Mittlerweile waren einige Personen durch den Haupteingang in die Basilika gelangt und hatten auf den Bänken Platz genommen. Viele waren es nicht. Alte Italienerinnen mit schwarzen Schleiern auf dem Kopf, dazu einige Touristen. Ein Messdiener trug diverse Utensilien zum Altar.

Daniel hielt hinter der Säule, bei der Sargent angeschlagen hatte. »Ich nehme an, wir machen den üblichen Drill?«

»Genau den.«

Seine eisgrauen Augen wurden schmal. »Sag mal, was ist los mit dir? Du bist nicht du selbst. Du siehst nicht gut aus. Blass, obwohl du sonnengebräunt bist.« Er streckte eine Hand nach mir aus und packte mich am Handgelenk. »Warst du radioaktiver Strahlung ausgesetzt?«

»Nein.« Kurz zögerte ich, aber er würde es früher oder später sowieso herausfinden. Besser, er wusste Bescheid. »Ich bin schwanger.«

»Schwanger!« Das Wort schoss aus ihm hinaus und hallte durch die ganze Kirche.

Alle Köpfe fuhren zu uns herum. Eine alte Dame bekreuzigte sich und der Messdiener lief knallrot an.

»Psst! Sonst denken sie noch, du wärst der Vater!«

»Ein Tattergreis wie ich, also ich bitte dich. Ist es von …?«

»Schluss jetzt«, unterbrach ich ihn lachend. »Wir haben zu tun. Also bitte.«

Daniel hob mahnend den Zeigefinger. »Darüber reden wir noch, meine Liebe. Hier«, er zog seine Waffe aus der Hose und reichte sie mir. »Die wäre uns im Weg.«

Ein erstickter Schrei erklang aus den Reihen der Gläubigen. Jetzt bekreuzigten sich alle.

»Wir sind vom Film!«, rief ich. »Hollywood!«

Ein erleichtertes Raunen ging durch die Kirche und die Angst in den Gesichtern wich gespannter Neugier.

»Also bitte, hier kommt der übliche Drill.« Daniel legte sich auf den Boden.

Ich verstaute seine Waffe in meinem Umhängetäschchen, in dem sich schon mein Colt befand, und hockte mich neben ihn.

»Nicht, dass du davon Schaden nimmst«, warnte er. »In deinem Zustand muss man sehr vorsichtig sein.«

»So vorsichtig nun auch wieder nicht.«

Ich stand auf, beugte mich vor und umfasste seine Handgelenke. Daniel machte sich so schwer er nur konnte und ich zog an ihm.

Daniel war wirklich gut. Es war gar nicht so einfach, eine Leiche zu simulieren. Einerseits konnte der Mensch kaum anders, als seine Muskeln anzuspannen, wenn er gezogen wurde, andererseits spürte eine Leiche im Gegensatz zu einer lebenden Person nichts mehr und reagierte nicht auf schmerzvolle Manöver. Es war für uns jetzt überaus wichtig, festzustellen, was genau hier vor sich gegangen war. Wenn ein Mensch von hier bis zum Kanal gezogen und dort in ein Boot verfrachtet worden war, gab es bestimmte Parameter, die wir zu beachten hatten. Wären zum Beispiel zwei Täter an dem Mord oder zumindest an der Beseitigung der Leiche beteiligt gewesen, hätten sie den Körper mit Sicherheit getragen und nicht über den Boden gezogen. Gleichzeitig konnte das Opfer nicht übergewichtig gewesen sein.

Mich interessierte grundsätzlich die Frage, ob jemand überhaupt in der Lage gewesen wäre, eine solche Tat zu begehen. Dabei musste man stets die teils übermenschlichen Kräfte einrechnen, die einem Mörder in einer solchen Situation innewohnten.

Der Marmorboden war glatt und Daniel war ein schlanker Mann. Dennoch fiel es mir nicht gerade leicht, ihn zu transportieren. »Entweder haben wir eine leichte Leiche oder einen starken Mörder. Oder beides.«

»Der Täter könnte eine Decke mitgebracht haben«, sagte Daniel von unten. »Oder einen Mantel. Damit ginge es leichter.«

»So etwas muss man erst mal dabeihaben. Oder schnellen Zugriff darauf haben.«

»Oder im Ruderboot mitbringen, zu einer geheimen Verabredung, bei der man schon plant, den anderen zu töten.«

Sargent nieste.

»Ich nehme an, er weiß längst alles«, seufzte ich. »Er kann so vieles, nur leider nicht sprechen.«

Daniel erhob sich.

»Du guckst sehr verdrießlich, meine Liebe. Was ist deine Befürchtung?«

Ich gab ihm ein Zeichen, mir zu folgen, und wir betraten die Sakristei. Dort waren wir ungestört.

»Was weißt du über Lady Donaghue? Außer, dass sie eine Freundin von Benedetto ist? Oder war?«

»Nun. Sie wirkte sehr vertraut mit deinem Verlobten. Und er hat sich aufrichtig gefreut, sie wiederzusehen.«

»Ja, das hat er mir selbst erzählt. Woher kennt sie den Kardinal?«

»Er sagte, ihr Mann sei ein Gönner der Kirche gewesen. Ein Kanadier.«

»Das klingt doch sehr weit hergeholt, findest du nicht?«

Daniel zuckte mit den Schultern. »Venedig-Fans gibt es überall auf der Welt. Es ist so eine Manie. Wie mit den Kuckucksuhren.«

»Sonst hat sie niemanden in der Runde gekannt?«

Er schürzte die Lippen. »Doch, Sir Alfred. Aber weder ich noch Laszlo sind ihr je begegnet.«

»Das wissen wir nicht. Laszlo kann alles behaupten.«

»Das stimmt.« Er legte die Stirn in Falten. »Meine Güte, so einen Nebenschauplatz kann ich überhaupt nicht gebrauchen. Nichts ärgert mich mehr als Querschläger bei einer Ermittlung. Woher sollen wir jetzt wissen, ob die Tat etwas mit der verschwundenen Liste zu tun hat oder nicht? Es ist ja nicht so, als fänden ansonsten keine Gewaltverbrechen statt.«

Ich grinste. »Nicht im August.«

»Pah, wäre das nicht herrlich, wenn Agenten, Doppelagenten und Verräter Sommerferien machten? Wir könnten jetzt in Boston im Garten liegen und Eistee trinken. Bald gehe ich in Pension, das verspreche ich dir. Dann kannst du den Laden allein schmeißen.«

»Konzentrier dich, Onkelchen.« Ich deutete auf das Malergerüst, das noch immer unter dem Bild von der *Hochzeit zu Kana* stand. Darunter lagen mehrere graue Wolldecken, mit denen Christopher während seiner Arbeit den Boden geschützt hatte. »Ich denke nun schon geraume Zeit an etwas, das Kit gesagt hat, bevor Sargent anschlug. Er meinte, er habe für einen kurzen Moment das Gefühl gehabt, die Frau wollte ihn erpressen.«

»Und jetzt denkst du, Christopher hat die Dame umgebracht?«

»Nein«, widersprach ich, aber ich wusste nicht, ob ich das womöglich zu energisch tat. »Nein, er ist ja gestern Nacht nach Hause gekommen und war die ganze Zeit bei mir.«

»Er hätte sie vor eurer Zusammenkunft entsorgen können. Mit einigen Ziegelsteinen im Kleid bleibt sie eine Weile am Meeresgrund, wenn er vorher weit genug rausrudert.«

Ich stellte mir die Szene vor und ein Schauer lief mir den Rücken herunter. »Dann wäre er viel erschöpfter gewesen. Ich kann zuverlässig bezeugen, dass Christopher im Besitz all seiner Kräfte war. Außerdem hat er die Frau ja noch in die Hotelgondel gesetzt.« Zugegeben, ich spürte einen Hauch von Erleichterung. »Das hat er mir noch gestern Nacht erzählt. Der Gondoliere hat sie gesehen und die Hotelmitarbeiter auch.«

»Die beiden hätten sich ja auch später noch einmal verabreden können. Er ist ein starker Mann, Jackie Darling. Für ihn hätte es keine Schwierigkeit bedeutet, die Leiche verschwinden zu lassen.«

»Nein, nein, darauf wollte ich nicht hinaus«, widersprach ich sowohl ihm als auch den Bildern in meinem Kopf. »Außerdem hätte er sie wegtragen können und überhaupt nicht so viel Kadavergeruch hinterlassen. – Ach, was rede ich denn da, Kit ist kein Mörder. Er war die restliche Nacht bei mir und hätte den Erpressungsversuch mir gegenüber gar nicht erwähnen müssen. Meine Überlegung ist eher folgende: Was, wenn die Frau nicht nur Christopher erpresst hat? Was, wenn sie in die Kirche wollte, um sich umzusehen, etwa für eine spätere Verabredung? Das Hotel liegt direkt gegenüber und auch zu Fuß sind es kaum zehn Minuten über die Brücke, die direkt am britischen Konsulat vorbeiführt.«

Daniel überlegte, dann nickte er.

»Ehrlich gesagt«, gab ich zu, »war ich mir von Anfang an sicher, dass es sich bei der Leiche um diese Frau handelt. Auch die Art und Weise der Entsorgung spricht dafür. War sie schlank?«

»Oh ja, sehr zierlich gebaut. Nicht sonderlich groß. Eher Marke Floh. Warum lässt du dir das nicht von deinem Hund beantworten? Oder besser, warum hast du das nicht längst getan?«

Mir wurde kalt. »Zuerst wollte ich nach dir sehen. Dann war Truffino dabei. Dem wollte ich nicht alles offenbaren.« Außerdem wollte ich die Gewissheit noch hinauszögern. Ich wollte Christopher nicht im Verdacht haben müssen.

»Sargent«, fragte Daniel, »lag da ein Mann oder eine Frau? Einmal bellen bedeutet Mann, zweimal bellen bedeutet Frau.«

Sargent bellte zweimal.

Daniel verschränkte die Arme vor der Brust. »Da haben wir es.«

Ja, dachte ich. Da hatten wir es.

Venedig, Canal Grande, August 1921

Am Anleger des britischen Konsulats wartete bereits ein Motorboot, als Kit mit einer improvisierten Strandtasche unter dem Arm hinaustrat. Er hatte Badekleidung mit nach Venedig gebracht, war bisher aber nicht dazu gekommen, sie zu benutzen. Wenn er erst mal mit einer Restauration – oder einer Fälschung – begonnen hatte, hörte er nicht auf, daran zu arbeiten, bis das Werk vollendet war. Zwar wäre er lieber bei Jackie geblieben, aber wenn sie ihn darum bat, die Purcells im Auge zu behalten, stand er natürlich dafür bereit.

Dass hier nicht alles mit rechten Dingen zuging, war ihm spätestens in dem Moment klar geworden, als er merkte, dass Jackie und Kardinal Truffino einander kannten. Er mochte hin und wieder naiv sein, aber so einfältig war er dann auch wieder nicht. Im Hintergrund lief etwas ab. Wer darin verstrickt war, blieb ihm noch verborgen, doch er würde der Sache auf den Grund gehen.

Je länger er darüber nachdachte, desto verdächtiger kam ihm mittlerweile der Besuch von Mitzy Bubbles vor. Warum sollte eine Londoner Prostituierte, die mit einem

Kanadier verheiratet war, mit einem italienischen Kardinal befreundet sein? Das passte einfach nicht zusammen. Am Vorabend war er von der Überraschung, Mitzy wiederzusehen, überwältigt gewesen. Doch jetzt, bei Tageslicht und angesichts der Tatsache, dass Jackie und Daniel mit Revolvern wedelnd durch Venedig jagten, glaubte er nicht mehr an einen Zufall. Hatte Mitzy tatsächlich versucht, ihn zu erpressen? Steckte sie mit Truffino unter einer Decke? Hat sie den Erpressungsversuch abgebrochen, weil sie auf die Leiche gestoßen und ihr daraufhin schlecht geworden war?

»Ah, da sind Sie ja, Duke.« Sir Alfred winkte ihm von der Holzbank des Motorbootes zu. Neben ihm saß eine überaus zugeknöpfte Prinzessin Natalya mit einem gewaltigen Sonnenhut auf dem Kopf, den sie gerade mit einem Tuch befestigte. »Schade, dass ich Ihre Verlobte nicht kennenlernen darf. Natasha und die Kinder haben mir schon von ihr berichtet und ich muss sagen, ich bin fasziniert.«

Die Kinder, wie Sir Alfred sie nannte, saßen den beiden gegenüber. Theodore wirkte ziemlich blass und trug eine Sonnenbrille. Der helle Sommeranzug ließ seine Haut noch fahler erscheinen, als sie ohnehin schon war. Elizabeth hingegen wirkte frisch, in einem blau-weiß gestreiften Sommerkleid und einem passenden Tuch, das ihre Haare zusammenhielt.

Kit sprang aufs Boot und nahm in einer freien Ecke Platz. »Es ist fast schon ein Wunder, dass Sie Jackie nicht kennen, Sir Alfred. Sie kennt eigentlich jeden. Aber Ausnahmen bestätigen bekanntlich die Regel.«

Sir Alfred schenkte ihm ein geübtes Diplomatenlächeln. »Nicht dass ich mich erinnere, aber ich war sehr lange im Ausland. Ihr Onkel und ich kennen uns aus Zeiten, als Miss Dupont wohl noch ein Kind war.«

Der Motor heulte auf und Kit nickte, gleichermaßen lächelnd, jedoch ohne Sir Alfred Glauben zu schenken. Andererseits spürte er ein nagendes Gefühl der Unsicherheit. Hätte Sir Alfred schon damals von Jackies Existenz gewusst, wäre sie tatsächlich Daniel Duponts Nichte und nicht Kits Ehefrau Diana Gould. Sollte er den Konsul fragen? Wollte er den Konsul fragen?

Das laute Brummen der Schiffsschraube machte weitere Gespräche ohnehin unmöglich, daher versuchte Kit, seine abschweifenden Gedanken in den Griff zu bekommen und zu rekapitulieren, was er über Sir Alfred Purcell wusste.

Während des Krieges war der heutige Konsul im diplomatischen Dienst tätig gewesen, wie er es beschrieb »im Ausland«. Das konnte alles Mögliche bedeuten. Das Britische Empire war immerhin das Reich, in dem die Sonne niemals unterging. Es erstreckte sich von China bis in die Karibik und von Indien bis in die Sahara. Darüber hinaus bestand natürlich die Möglichkeit einer Stationierung in den diplomatischen Vertretungen von Stockholm über Buenos Aires bis nach Washington und Konstantinopel. Wann und wie war er wirklich an Prinzessin Natalya geraten? Die offizielle Version lautete, dass die Prinzessin auf ihrer Flucht aus Russland von der Ernennung Alfreds zum Konsul in Venedig erfahren hatte und ihn daraufhin aufsuchte, da er ein Freund aus Vorkriegszeiten war. Von der Côte d'Azur. Das war keine unwahrscheinliche Geschichte. Auch Kit hatte sich in den Wintern vor dem Krieg in Nizza mit polnischen, russischen und ungarischen Adligen herumgetrieben. Sir Alfred und Natalya hatten in Cannes miteinander verkehrt. Ob sie schon damals so intim verkehrt hatten, wie sie es heute taten, war unbekannt, doch selbst das wäre nicht ungewöhnlich. In Südfrankreich hatte Sir Alfred vermutlich auch Jackies Onkel Daniel kennengelernt. Wenn Kit sich richtig erinnerte, war Daniel an der Verhaftung mehrerer Juwelendiebe in der Region beteiligt gewesen. Gleichzeitig wusste Kit, dass Daniel Dupont in Geheimdienstaktivitäten verwickelt war. Das hatte er im vergangenen Jahr bei einem Dinner in der amerikanischen Botschaft in London erfahren. Wenn also Daniel Geheimdienstler war und Sir Alfred Diplomat mit unbekanntem Aufenthaltsort während des Krieges, konnten sie sich aus diesem Berufsfeld kennen?

Besonders verdächtig war in dieser Hinsicht die Gegenwart des Deutschen. Offenbar standen sowohl Jackie als auch Onkel Daniel regelmäßig in Kontakt mit Baron Drachenstein. Warum? Jackie schien ihm keineswegs wohlgesonnen zu sein. Mit welchem Recht sperrten sie den Mann in sein Hotelzimmer? Und warum drangen sie mit gezogenen Waffen in sein Zimmer ein, wenn sie ansonsten wochenlang Urlaube mit ihm verbrachten? Kit lehnte sich zurück und schaute in den Himmel, doch das unendliche Blau hatte keine Antwort für ihn parat.

Das Motorboot verließ den Canal Grande und schlängelte sich durch das Gewimmel aus Gondeln, Vaporetti und dem übrigen Schiffsverkehr. Kit schätzte, dass die Fahrt zum Lido etwa eine Viertelstunde in Anspruch nahm. Auf dem kurzen Weg von der Basilika ins Konsulat hatte Elizabeth ihm erklärt, dass die Familie Purcell über die ganze Saison einen Badepavillon im Grand Hotel Excelsior angemietet habe. Dort esse man nach Ankunft eine Kleinigkeit und gehe anschließend an den Strand. Es gab schlimmere Wege, Menschen zu observieren, dachte Kit, und ließ den Blick über die Lagune schweifen.

Die Basilica Santa Maria della Salute ragte hinter ihnen auf, während sich vor ihnen der Uhrturm der Piazza San Marco und der Dogenpalast erhoben. Kit betrachtete das Gebäude, in dem er die vergangenen Monate verbracht hatte. Auf einmal kam es ihm fremd vor, abstrakt.

Da fuhr eine Gondel aus dem dahinterliegenden Kanal und Kit setzte sich jäh auf. Am Bug der Gondel stand ein weißer Hund und schaute zielsicher in Richtung Giudecca, während am Heck nicht etwa ein Gondoliere stand, sondern eine blonde Frau in einem chinesischen Hosenanzug.

Beinahe wäre Kit über Bord gesprungen und zu ihr geschwommen. Was fiel seiner Verlobten – oder seiner Frau, je nach Betrachtungsweise – ein, in ihrem Zustand eine Gondel zu rudern? Bei sengender Hitze? Immerhin trug sie den Erben von Surrey unter dem Herzen!

Kit konnte seiner Entrüstung keinen Ausdruck verleihen, denn das Motorboot beschleunigte unverhofft und presste ihn gegen die Rückenlehne der Bank. Jackie und Sargent wurden schnell kleiner und verschwanden bald ganz aus seinem Blickfeld, als das Motorboot die Insel Giudecca umrundete und auf den Lido zuhielt.

Was hatte Jackie vor? Wohin war sie unterwegs?

Elizabeth Purcell warf Kit einen fragenden Blick zu und Kit begriff, dass sein Gesichtsausdruck seine Gefühle widergespiegelt hatte. Er winkte ab, lachte und machte eine Geste, um ihr zu bedeuten, er habe etwas vergessen. Dann zeigte er auf Theodore, der mit hängendem Kopf neben ihr saß, und hielt sich einen imaginären Becher an die Lippen. Sie lachte nun ebenfalls und nickte.

Der Lido di Venezia, jene Insel, die sich fast sieben Meilen in die Länge zog, schirmte die Lagune Venedigs vom offenen Meer ab und besaß daher eine der Stadt zugewandte Seite, die wie alle anderen Inseln der Umgebung von Kanälen durchzogen war, und eine der Adria zugewandte Seite mit einem langen Sandstrand, an dem Urlauber aus aller Welt dem *dolce far niente* frönten. Dort reihten sich luxuriöse Hotels aneinander und dort befand sich auch das Casino der Stadt.

Das Motorboot passierte die Klosterinsel San Lazzaro degli Armeni, wo sich eine der wichtigsten Bibliotheken orientalischer Handschriften befand, und bog dann auf Höhe der vom Militär genutzten Zwerginsel Lazzaretto Vecchio in einen Kanal des Lido ein. Es ging vorbei an einigen Villen, bis der Kanal breiter wurde und am Anleger des Grand Hotel Excelsior endete. Das Motorboot machte fest und der Motor wurde abgestellt. Sir Alfred besprach sich kurz mit dem Skipper und ließ anschließend die Gruppe wissen, dass die Abholung für sechs Uhr abends abgesprochen sei.

Das Grüppchen erklomm eine Treppe und überquerte die Gleise der berühmten Straßenbahn, um das Hotel zu betreten.

»Diese unglaubliche Dekadenz«, murmelte Theodore beim Betreten der Lobby.

Prompt verspürte Kit den Wunsch, ihm einen Schlag auf den Hinterkopf zu verpassen. Im Grunde war er immer noch Theodores Kommandant, wenn auch in Reserve, und er könnte sich durchaus zur laschen Haltung seines früheren Soldaten äußern. Dennoch stand es ihm nicht zu, den Umgang eines Kampfgefährten mit seinen Kriegserlebnissen zu verurteilen, ganz gleich, wie sehr er ihm auf die Nerven ging.

»Ich brauche Schatten«, verkündete die Prinzessin und sank auf einen Diwan in der Lobby. »Ständig diese Sonne, das ist nichts für mich. Ich vermisse den Winter in Sankt Petersburg.«

Kit sah sich um. Er war in jüngeren Jahren gelegentlich in Venedig abgestiegen und kannte das Excelsior. Der Bau erinnerte an einen Palast aus Tausend und einer Nacht, eine kleine Alhambra an der Adria. Die großen Bogenfenster waren zur Hälfte von geschnitzten Gittern bedeckt, wie sie für orientalische Paläste typisch waren. Sollten auf einmal verschleierte Haremsdamen in der Hotelhalle des Excelsior erscheinen, kämen sie Kit nicht fehl am Platze vor. Stattdessen watschelte gerade ein amerikanisches Ehepaar vorbei, beide breiter als hoch, und besprach in tiefstem Texanisch, oder so wie Kit sich Texanisch vorstellte, ob es besser wäre, im Hotel oder im Restaurant zu Abend zu essen. Kit riet ihnen innerlich von beidem ab und wandte den Blick zur Bar.

Dort stand ein hochgewachsener Mann in einem Mechanikeranzug und trank ein Glas Limonade. Oder einen Gin Tonic. Kit traute seinen Augen kaum. Es war Lazlo von Drachenstein. Unverkennbar.

Der Schreck fuhr Kit durch die Glieder. Sollte der nicht in seinem Hotelzimmer sein und niemanden hereinlassen? Warum trieb er sich im Excelsior herum?

Die Augen des Deutschen trafen Kits. Der Baron hob das Glas, hob einen Mundwinkel, prostete Kit zu und trank das Glas in einem Zug leer. Dann ging er langsam durch den Innenhof hinaus in Richtung Strand.

»War das nicht der Freund von Mister Dupont, Sir?«, fragte Theodore, der sich unbemerkt neben Kit gestellt hatte. »Dieser deutsche Pilot? Ich kann es kaum ertragen, diese Leute hier herumstolzieren zu sehen. Können sie nicht bei ihren Weißwürsten bleiben?«

Kit reagierte nicht auf ihn. Er fragte sich, was er jetzt tun sollte. Musste er Jackie und Daniel darüber informieren, dass Drachenstein keineswegs im Gritti Palace ausharrte, sondern am Lido Limonade trank? Nur wie? Jackie war mit einer Gondel irgendwo in der Lagune unterwegs und wo Daniel steckte oder wie er ihn erreichen konnte, wusste Kit genauso wenig. Außerdem wollte er die Purcells nicht aufscheuchen. Prinzessin Natalya, so bemerkte er jetzt, hielt den Blick noch immer auf die Bar gerichtet und ihre Miene war wie versteinert. Kannte sie Drachenstein etwa doch? Langsam schwante ihm, dass es in den Wassern dieser Lagune Strömungen gab, von denen er nichts ahnte.

Sir Alfred, der bei Ankunft direkt an die Rezeption gegangen war, verkündete der Gruppe, dass ein Lunch im Erfrischungsbereich des Badestrandes bestellt sei und sie direkt dorthin weitergehen könnten.

»Wunderbar!«, rief Elizabeth und eilte voraus. »Ich habe großen Hunger.«

Gemeinsam durchquerten sie den Garten des Hotels. Dort sprudelten Springbrunnen, die Besucher dösten im Schatten von Palmen und genossen kalte Getränke. Am Schwimmbecken spielte eine Jazzband und Menschen jeden Alters, zweifelsohne alle vermögend, zogen im Wasser ihre Bahnen oder verweilten am Beckenrand. Bis auf die Schwimmer trugen eigentlich alle Hotelgäste die grellbunten Pyjamas und Kimonos, die diesen Sommer in Mode waren. Kit wusste nicht recht, was er davon halten sollte, dass auf einmal alle aussahen wie Papageien, aber besser als die trübe Stimmung während der Kriegsjahre war es allemal.

Der Garten grenzte direkt an den Strand. Hier standen die Pavillons, eigentlich bessere Holzhütten, deren Mietpreise denen einer Stadtwohnung in London-Mayfair glichen. Einige Pavillons waren größer, andere kleiner, aber alle waren weiß gestrichen. Je nach Ausmaß des Pavillons befanden sich darin eine bestimmte Anzahl Liegestühle und Tische sowie ein vor Blicken geschützter Umkleidebereich. Vom Strand führte ein Holzsteg übers Wasser zu einem auf Stelzen stehenden Badehaus, wo die Hotelgäste, denen es nicht vergönnt war, einen Pavillon zu mieten, in weiteren Umkleidekabinen in ihre Badeanzüge schlüpfen konnten. Auch die privilegierten Strandmieter nutzten das Badehaus gern, um von dort direkt ins tiefere Wasser einzutauchen und sich den Weg durchs flache Wasser zu sparen.

Etwas abseits der Pavillons lag der Erfrischungsbereich mit Bar und Restaurant. Dabei handelte es sich um eine Art halb offene Pagode, die man für den Sommerbetrieb aus denselben orientalisch anmutenden Holztafeln aufbaute, wie sie in der Hotellobby zu finden waren. Auch ihn erreichte man über einen Steg, damit keiner der werten Gäste sich am heißen Sandboden die Füße verbrannte.

Elizabeth steuerte zielgerichtet darauf zu und fand bei Erreichen des Lokals sogleich den richtigen Tisch. Vor Betreten der Pagode schaute Kit sich noch einmal um, in der Hoffnung, Baron von Drachenstein zu entdecken, aber der war spurlos verschwunden.

»Bringen Sie uns Limonade, reichlich Limonade«, verlangte Prinzessin Natalya von einem der Ober, noch bevor sie ihren Hut vom Kopf zog. »Endlich Schatten.«

»Wo ist denn Ihre Verlobte, Duke? Ist sie schon im Wasser?«, fragte Elizabeth, während sie den Knoten ihres Kopftuchs löste.

»Meine Verlobte?« Kit sah sie fragend an.

»Miss Dupont ist in der Stadt geblieben«, murmelte Theodore und gab dem Barkeeper ein Zeichen, dass Limonade ihn nicht interessierte.

Elizabeth errötete. »Oh, das habe ich wohl vergessen.«

Kit zwinkerte Elizabeth zu. »Nicht schlimm, Miss Purcell.«

»Stimmt.« Das Mädchen schlug die Hände vors Gesicht. »Sie muss ja die Leiche aus der Kirche finden. Jetzt weiß ich es wieder.«

»Was für eine Leiche?« Die Stimme der Prinzessin war ungewohnt hoch.

Sir Alfred saß stocksteif neben ihr.

»Miss und Mister Dupont suchen eine Leiche«, erklärte Elizabeth, noch immer aufgeregt. »Deswegen konnten sie nicht mitkommen.«

»Rede keinen Unsinn, Lizzy.« Sir Alfred klang, als hielte ihn jemand im Würgegriff. »Das hast du bestimmt falsch aufgeschnappt.«

Natasha wedelte sich mit ihrem Hut Luft zu. »Was für eine alberne Geschichte. Also, ich muss schon sagen, liebes Kind …«

»Leider muss ich Miss Purcell recht geben«, sagte Kit. »Der Hund meiner Verlobten hat in der Tat eine Leiche in der Basilika gewittert.«

Theodore entledigte sich seines Jacketts. »Hat jemand einen Pfaffen umgelegt? Das wären ja mal gute Neuigkeiten.«

Sir Alfred umklammerte die Lehne seines Stuhls. »Wir

sind unter uns, du brauchst uns nicht mit solchen Reden zu beeindrucken, wie die Taugenichtse, die du Freunde nennst.«

»Bitte schweigt. Das geht uns überhaupt nichts an«, meinte die Prinzessin und bekreuzigte sich. »Lassen Sie uns über erfreulichere Dinge sprechen, Duke. Wie schön, dass Sie gestern Ihre Freundin Lady Donaghue nach so langer Zeit wiedergesehen haben.«

Der Ober brachte Limonade und tischte Vorspeisen aus eingelegtem Gemüse auf.

»Ja, das war wirklich eine Überraschung«, antwortete Kit. »Ich hätte nie damit gerechnet, sie jemals wiederzusehen.«

»Ich nehme an, Sie kannten die Dame in einem anderen Zusammenhang ...« Natasha spitzte vielsagend die Lippen. »Sie war nicht immer eine Lady, habe ich recht?«

»Das ist doch völlig gleichgültig«, kommentierte Sir Alfred.

»Nun, mein lieber Alfred, ich bin als Prinzessin geboren, ich werde immer eine Prinzessin bleiben. Die Herkunft eines Menschen kann man nicht ändern, hab ich recht, Surrey? Um Gottes willen, antworten Sie nicht, ich möchte nicht desillusioniert werden. Erst wenn die Briten ihr Klassensystem aufgeben, lasse ich meinen Glauben an die Aristokratie los.«

»Nie würde ich Sie enttäuschen, Prinzessin, aber Lady Donaghue ist von ehrenwerter Geburt. Ihr Vater war ein Vikar mit eigener Gemeinde. Ein Anglikaner.«

»Sie ist mir gleich bekannt vorgekommen«, fuhr Natasha unbeirrbar fort. »Als hätte ich sie gerade erst irgendwo gesehen.«

Theodore schluckte ein Artischockenherz in Olivenöl herunter. »Ja, mir auch. Stand sie vielleicht vor dem Krieg in London auf der Bühne?«

Kit wusste nicht, wie weit er sich auf dieses Gespräch einlassen oder was er über Mitzy Bubbles Vergangenheit verraten sollte. Andererseits war es kein Geheimnis, dass Mitzy, Lady Donaghue, einst in London geschauspielert hatte. »Nicht zu Ihrer Zeit, Theodore. Sie hat eine Weile am East End gespielt. Aber das ist bestimmt fünfzehn oder sechzehn, wenn nicht siebzehn Jahre her. Ich war zu jener Zeit in Oxford.« Das sollte als Information genügen.

»Nein, in meinem Internat wird sie kaum aufgetreten sein«, schloss Theodore. »Da gab es kein East End. Da gab es nur das Ende vom Stock.«

Sir Alfred hob die Stimme. »Was ist eigentlich seit gestern in dich gefahren, Sohn? Es steht dir jederzeit frei, deinen Lebensunterhalt selbst zu verdienen und nicht weiter unter meinem Dach zu leben. Ich frage mich allerdings, wie du das anstellen willst.«

»Für ein Gewehr hat es gereicht. Ich kann jederzeit wieder zur Armee gehen.«

»Bitte.«

Die Prinzessin legte Sir Alfred eine Hand auf den Arm. »Eigentlich wollte ich darauf hinaus, dass ich ein hervorragendes Gedächtnis für Gesichter habe. Seit gestern

Abend habe ich mir den Kopf darüber zerbrochen, woher ich Lady Donaghue kenne.«

»Sie sieht unserer Mutter ähnlich«, sagte Elizabeth und trank einen Schluck Limonade. »Die kanntest du ja, Natasha. Aus Cannes.« Die Spitze war eindeutig.

»Deine Mutter war nie in Cannes dabei«, erwiderte Natasha ruhig. »Sie war über Winter in Biarritz. Weißt du das nicht mehr? Du warst mit deiner Nanny in Cannes, nicht mit deiner Frau Mama. Deine Eltern haben nicht viel Zeit miteinander verbracht. Es gab da einen Golfspieler …«

»Natasha!«, zischte Sir Alfred. »Was soll denn das?«

»Deine Tochter ist erwachsen. Es muss ihr doch klar sein, dass deine Frau und du schon seit ihrer Geburt nicht mehr zusammengelebt habt.«

Elizabeths grüne Augen schimmerten. »Stimmt das, Theo?«

Theodore brummte. »Mehr oder weniger.«

»Es ist alles so verschwommen.« Elizabeth hielt sich eine Serviette vor die Augen.

»Na bravo«, sagte Theodore und verdrehte die Augen. »Das habt ihr ja mal toll hingekriegt. Wenn sie gleich einen Anfall bekommt, Gratulation. Ich gehe schwimmen.«

Er stand auf, nahm sein Jackett und verließ die Pagode. In mehreren Monaten hatte Theodore im Konsulat nicht ein einziges Mal den Tisch vorzeitig verlassen. Auch Kit kam es eigenartig vor. Seit dem Vorabend schien er plötzlich nicht mehr dazu in der Lage zu sein, seine Familie zu ertragen. Eine interessante Entwicklung, dachte Kit. Was hatte der junge Purcell erfahren oder was hatte er erlebt, dass er auf einmal einen solchen Widerwillen gegen seinen Vater und dessen Partnerin verspürte? Er hatte große Lust, Theodore nach draußen zu folgen, aber Jackie hatte ihn gebeten, diese Leute nicht aus den Augen lassen. Dabei fiel ihm auf, dass er gar nicht wusste, auf welche Purcells sie es im Speziellen abgesehen hatte, die Alten oder die Jungen. Außerdem saß ihm Laszlo von Drachenstein wie ein kalter Windhauch im Nacken. Wohin war der Mann verschwunden?

Natasha hatte noch nicht genug. »Je länger ich darüber nachdenke, desto genauer erinnere ich mich an die Winter in Cannes. Wie hieß die Nanny noch mal? Copthorne? Oder Callhoun? Eine Irin. Sie nannte dich ... wie hat sie dich noch genannt? Es hatte etwas mit deinen Ohren zu tun.«

Elizabeth schluchzte. »Ich weiß es nicht mehr.«

Sir Alfred schlug mit der Faust auf den Tisch. »Natasha, es reicht.«

Natasha erhob sich wortlos und erst jetzt sah Kit, dass ihre Hand zitterte. Die Frau war offensichtlich erregt, ja, geradezu ängstlich. Sie schwankte beinahe aus der Pagode.

»Entschuldige bitte Natashas Benehmen, Lizzy«, sagte Sir Alfred zu seiner Tochter. »Sie hat bedrückende Nachrichten aus ihrer Heimat erhalten.«

Lizzy nickte und schluchzte trotzdem weiter.

Eine Weile aßen sie schweigend und traten schließlich

den Weg zum Pavillon an. Dort saß Theodore in einem Sonnenstuhl und trug bereits seinen Badeanzug. Natasha fand sich einige Schritte hinter dem jungen Mann, auf einer Chaiselongue im Pavillon.

Kit suchte den Strand noch einmal nach Drachenstein ab, aber vergeblich. Er konnte überall sein. In einem Pavillon, im Wasser, auf dem Steg oder längst nicht mehr am Lido.

Wie auf Befehl fing in diesem Moment ein Motor an zu dröhnen und hinter dem Badehaus stieg ein Wasserflugzeug in den Himmel.

»Sehen Sie nur, Sir!«, rief Theodore Kit zu und schien kurze Zeit seine Abscheu für die weltlichen Vergnügungen zu vergessen. »Das Training für die Schneider Trophy beginnt.«

»Findet der Wettbewerb denn hier am Lido statt?«

»Ja, genau. In ein paar Tagen. Dann wird es hier gerammelt voll. Sie können an der Rezeption Eintrittskarten kaufen.«

Kit schützte seine Augen mit einer Hand vor der Sonne und versuchte, die Aufschrift auf dem Flugzeug zu lesen. War es Drachenstein, der da flog?

»Wer geht mit mir schwimmen? Theo?« Elizabeth kam aus dem Pavillon. Sie war in ein adrettes Schwimmkleidchen geschlüpft und reckte die langen Glieder in der Sonne. Kit versuchte, nicht hinzusehen, aber die Brandnarben auf der ansonsten glatten Mädchenhaut übten eine unangenehme Faszination auf ihn aus. Er war froh, als Theodore sich bereit erklärte, mit seiner Schwester ins

Wasser zu gehen, und die beiden auf ihren langen Beinen davonstaksten.

Unter der Markise des Pavillons rückte Sir Alfred sich einem Liegestuhl zurecht und legte sich hin. Er hatte sich aus dem Konsulat eine Zeitung mitgebracht, die er nun zu lesen begann.

Kit wünschte sich, er wäre auf dieselbe Idee gekommen, und überlegte, ob er einen Kellner bitten sollte, ihm eine Zeitung zu besorgen, doch er fühlte sich in letzter Konsequenz zu träge. Er ging an der Prinzessin vorbei in den Umkleidebereich des Pavillons und entledigte sich seiner Kleider, dann stieg er in seinen Schwimmanzug und trat wieder ins Freie.

»Ich hasse den Sommer«, sagte die Prinzessin, als er an ihr vorbeikam. Er blieb kurz stehen und blickte auf sie nieder, wie sie dalag in ihrem korsettierten Kleid mit dem Rosenkranz zwischen den Fingern. Eine Erscheinung aus einem Horrorroman. Ein Vampir, der das Licht der Sonne mied, am Strand des Lido. Surreal.

Kit klappte sich neben Sir Alfred einen weiteren Liegestuhl auf und ließ sich darauf nieder. Der Sand unter seinen Fersen war angenehm warm. Er beschloss, Baron von Drachenstein für den Moment außer Acht zu lassen, da der in seinem Wasserflugzeug ohnehin nicht zu erreichen war. Sein Auftrag lautete, Purcell und Co. nicht aus den Augen zu lassen, und daran hielt er sich.

Die Geräusche des Strandes umfingen ihn gänzlich. Die fröhlichen Rufe der Badenden, das Platschen, wenn jemand von einer Badeinsel sprang, die Musik der Band, die vom Pool herüberklang. Alle paar Minuten lief ein Hotelkellner vorbei, nahm Bestellungen auf und lieferte Getränke. Unweit stritt ein Paar aus Belgien oder den Niederlanden; und aus den wenigen Brocken, die Kit verstand, schloss er, dass es um den Gin-Konsum des Mannes ging.

Mit halb geschlossenen Lidern beobachtete Kit das Treiben am Wasser und auf dem Steg zum Badehaus, wo Menschen in Pyjamas und Kimonos auf und ab schlenderten, Damen mit Sonnenhüten, Herren mit Schiebermützen. Kinder waren keine unterwegs. Nur Erwachsene, die sich wie Kinder benahmen. Die Leute spielten Ball und tanzten, bauten Sandburgen und übten Handstand im Wasser. Das Ganze befeuert von einem nicht abreißenden Nachschub an alkoholischen Getränken.

Wie gern wäre Kit jetzt hier allein mit Jackie. Seiner Jackie, die sein Kind erwartete. Für ein paar Atemzüge wusste er kaum wohin vor Glück. Dann fragte er sich, nicht zum ersten Mal, wie und ob er Jackie zu seiner rechtmäßigen Ehefrau machen konnte. Immerhin glaubte er, längst mit ihr verheiratet zu sein. Sie müsste nur zugeben, in Wahrheit Diana St. Ives, geborene Gould zu sein, und schon war sie wieder die Duchess of Surrey. Sie hingegen beharrte darauf, Jacqueline Dupont zu sein, die verwaiste Nichte von Daniel Dupont. Kit schalt sich, seine Gedanken in diese Richtung driften zu lassen.

Im Pavillon gab Natasha ein Grunzen von sich. Kit warf einen Blick auf Sir Alfred, aber der war unter seiner Zeitung eingeschlafen und schnarchte.

Einige Minuten später kam Elizabeth aus dem Wasser. Ihr Haar klebte an ihrem Hals.

»Ich möchte mich schütteln wie ein Hund!«, rief sie Kit zu.

Sir Alfred schreckte hoch und begann einen hektischen Kampf mit dem Zeitungspapier auf seinem Gesicht.

»Musst du so schreien, Kind?«, mahnte er seine Tochter.

»Entschuldige Daddy, ich habe dich gar nicht gesehen.« Sie kicherte. »Hast du die Times besiegt?«

Sir Alfred knurrte unverbindlich. Er wirkte auf Kit eigenartig blass.

»Das Wasser ist herrlich warm, Sie sollten unbedingt hineingehen. Ich bin fast bis zum Hôtel des Bains geschwommen.«

»Mit Theo?«

»Nein, der hat es nicht über die Badeinsel hinaus geschafft. Ich nehme an, er bringt dort einigen Nixen den Marxismus näher.«

»Marnixmus, wohl eher«, konnte Kit sich nicht verkneifen.

Elizabeth lachte glockenhell und auch Sir Alfred schmunzelte.

»Nicht schlecht, Surrey.«

Das Mädchen blinzelte. »Was war nicht schlecht, Daddy?«

»Nichts, nichts. Geh dich abtrocknen.«

Elizabeth stand regungslos da.

»Lizzy?«, fragte ihr Vater.

Sie reagierte nicht.

Sir Alfred seufzte. »Ich besorge ihr Riechsalz. Sie ist zu weit rausgeschwommen. Das kennen wir leider schon.«

Er stand auf und verschwand hinter dem Vorhang, der den Pavillon verschloss. Dann kam der Schrei.

Noch nie hatte Kit einen Menschen so schreien hören, nicht einmal im Krieg.

Er war hin- und hergerissen. Sollte er hineingehen, um nachzusehen, was geschehen war? Oder sollte er bei Elizabeth bleiben? Die stand weiterhin wie erstarrt da. Wenn selbst der Schrei ihres Vaters sie nicht aus ihrer Apathie gerissen hatte, würde sie sicher noch einige Sekunden länger so stehen bleiben.

Also sprang Kit auf und zog den Vorhang beiseite. Sir Alfred kniete im Sand neben Prinzessin Natasha. Die lag noch immer auf der Chaiselongue, noch immer auf dem Rücken. Eigentlich sah sie nicht großartig verändert aus, bis auf die Tatsache, dass der Griff eines Dolchs aus ihrem Hals ragte.

Sir Alfred gab ein Gurgeln von sich. Er schien etwas sagen zu wollen.

Kit war von einer Sekunde zur nächsten im Gefechtsmodus. Er packte den Mann bei den Armen und zog ihn auf die Füße. »Was, Alfred? Was wollen Sie sagen?«

»Jackie«, hauchte Sir Alfred. »Holen Sie Jackie Dupont.«

Aus den Memoiren der
JACKIE DUPONT

»Hast du deine Antwort?«, fragte Daniel vom Boden der Gondel. »Es wird hier langsam unbequem.«

Truffino hatte uns zwar ein Bötchen besorgt, das mit einem Baldachin ausgestattet war, um die Passagiere vor der Strahlung zu schützen, aber die Sonne stand im Zenit und kein Wölkchen trübte ihr Scheinen. Hinter uns erstreckte sich die Stadt mit ihren unzähligen roten Dächern, Fassaden in Ockertönen, Türmchen und Kuppeln und Kanälen und Brücken. Eigentlich machten die Leute solche Ausflüge, um sich zu erholen, überlegte ich. Aber nicht wir, nein! Nicht die Duponts. Für uns gab es keinen Urlaub. Wir waren ja Tag und Nacht im Dienste Amerikas. Wäre ich doch bloß nicht hergekommen. Ich hätte Christopher in die Schweiz bestellen und mich mit ihm in einer Berghütte ohne Postdienst verstecken sollen.

»Es hat keinen Sinn«, antwortete ich gereizt. »Man muss einen Körper nur beschweren und über Bord werfen. Blubb, blubb, weg ist er. Oder sie. Das kann hier überall geschehen sein. Übernimm bitte das Ruder, wir drehen um.«

Besorgt sah Daniel zu mir hoch, während er sich in eine Sitzposition brachte. »Fühlst du dich nicht wohl? Du bist ja auch verrückt, in deinem Zustand zu rudern. In der prallen Sonne.«

»Nein, ich möchte eine Zigarette rauchen. Sonst kann ich nicht denken.«

Wir tauschten die Plätze und ich sank auf die gepolsterte Bank unter dem Baldachin. Sargent thronte darauf wie der Doge höchstpersönlich und hielt die Nase in den Wind. Ich brachte es nicht übers Herz, ihm zu verraten, dass er durch das Salzwasser weder Leichen noch sonstige Spuren wittern konnte.

»Mein liebes Onkelchen, du musst zugeben, es ist ein Albtraum, in Venedig einen Toten zu finden.« Ich kramte nach meinen Zigaretten. »Ich finde es regelrecht ungehörig. So viel Wasser.«

Daniel zuckte mit den Schultern und antwortete nicht. Stattdessen fokussierte sich sein Blick auf den Himmel. »Ich könnte schwören, das da oben ist Laszlo.«

Ich wand den Kopf. Ein Wasserflugzeug schwirrte südwestlich von uns durch den Himmel. Tatsache. »Ja, das ist er. Keine Frage.«

Daniel ächzte. »Der Kerl treibt mich in den Wahnsinn. Er sollte doch im Hotel bleiben.«

Ich zuckte mit den Schultern. »Er macht eben, was er will. Das ist seine Illusion von Freiheit. Aber sorge dich nicht. Er weiß genau, wenn er es zu bunt treibt, ist er der Nächste, der in der Lagune verschwindet.«

Daniel sah mich skeptisch an. »Ich bin gespannt, ob du

da wirklich ernst machen würdest. Angesichts eurer Vergangenheit.«

Ich antwortete nicht, sondern zündete mir meine Zigarette an.

Daniel wollte es offenbar wissen. »Er ist eine faszinierende Kreatur, unser Drachenstein.«

»Was soll denn dieser Kommentar?«, fragte ich gereizt. »Klar ist er eine faszinierende Kreatur, sicher. Eine ohne Gewissen, ohne moralisches Empfinden und mit einer übersteigerten Meinung von sich und ihrer Herkunft.«

»Kommt mir bekannt vor.«

Erinnerungen an düstere Zeiten stiegen in mir auf. »Und ein Mörder ist er auch.«

»Mit dem du viele Monate zusammengelebt hast.«

»Ja. So war es eben. Das war der Job.« Ich beschloss, nicht weiter auf Daniels Provokation einzugehen. Was zwischen mir und Laszlo von Drachenstein vorgefallen war, ging nicht einmal ihn etwas an. *Tempi passati*, sagten die Italiener. Vergangene Zeiten. »Warum gibt es überhaupt Listen von Doppelagenten?«, fragte ich stattdessen, um Daniel auf andere Gedanken zu bringen. »Wer ist so wahnsinnig, welche zu erstellen? Das ist doch fahrlässig.«

Daniel hörte gar nicht hin. »Was macht *der* denn da?«, fragte er stattdessen und ich entnahm seinem Ton, dass er beunruhigt war.

»Was ist?«

»Da kommt ein Motorboot auf uns zu, und zwar viel zu schnell!«

Ich zog meinen Colt aus der Tasche und Sargent begann zu bellen.

»Warte, warte.« Daniel hob die Hand. »Es ist Benedetto.«

Das Motorboot drehte im letzten Moment bei und legte sich neben uns.

Kardinal Truffino preschte in einem Sportboot heran. In seiner Soutane wirkte er völlig fehl am Platz. So ein Flitzer passte eher zu einem Playboy als zu einem Kirchenmann. Nun, das eine schloss das andere nicht aus. Nicht in Truffinos Fall.

»Wir müssen zum Lido!«, rief er und seine ganze Haltung sprach von großer Anspannung.

»Was ist passiert?«, fragte ich und drückte die Zigarette aus.

»Natasha! Es hat Natasha erwischt! Am Lido!«

Mir wurde flau im Magen. In einer einzigen Bewegung packte ich Sargent und sprang hinüber auf das Motorboot. Daniel setzte mir nach und Truffino gab Gas.

»Was ist mit Christopher?«, brüllte ich in den Fahrtwind.

»Ich weiß es nicht!«, brüllte der Kardinal zurück.

»Lass mich fahren!« Er kannte mich gut genug, um jetzt nicht mit mir zu diskutieren. »Festhalten!«, befahl ich und drückte den Hebel nach vorn. Ich wünschte mir inständig, ich könnte mich von einem Ort zum anderen zaubern. In meiner Vorstellung lag Christopher auf tausend Arten massakriert im Sand des Lido, während ein Röcheln seinen letzten Atemzug verhieß.

Sowohl Daniel als auch der Kardinal klammerten sich am Motorboot fest, so gut sie konnten, während Sargent zwischen meinen Füßen hockte und beleidigt jaulte, weil er nicht selbst das Steuer übernehmen durfte.

Ohne Rücksicht auf das gerade vorbeifahrende Vaporetto peitschte ich das Boot übers Wasser. Es war heiß genug. Eine kleine Dusche schadete den Passagieren der Fähre gewiss nicht.

»Zwischen den beiden Inseln entlang!«, brüllte Truffino. »In den Kanal!«

Ich donnerte an einem Fischerboot und einer Gondel vorbei in einen Kanal, der ziemlich abrupt endete und mich zu einer Vollbremsung zwang. Dabei traf ein Schwall Wasser eine Gruppe farbenfroher Damen, die am Anleger auf ihre Abholung warteten.

Daniel machte das Boot fest und ich klemmte mir Sargent unter den Arm, dessen Blut aufgrund der schnellen Fahrt ziemlich in Wallung geraten war. In einer solchen Stimmung hielt man ihn besser fest.

»Was fällt Ihnen ein?«, rief eine der Damen, eine Britin, entrüstet. »Wir sind klitschnass. Mein Kimono ist von Chanel. Der ist ruiniert!«

Ich ging an ihr vorbei, ohne sie anzusehen. »Das Beste, was dem Ding passieren konnte.« Meiner Meinung nach tat eine gewisse Mademoiselle Chanel nichts anderes, als mich zu kopieren. »Wohin, Benedetto?«

»Durchs Hotel.«

»Abmarsch.« Ich warf einen Blick auf seine Brust. »Wo haben Sie eigentlich Ihr Kreuz gelassen?«

»Ah, *cara mia*, immer einen Blick auf die Juwelen, nicht wahr? Das Kreuz ist im Safe. Salzwasser und Saphire sind keine gute Kombination.«

»Vorbildlich. Seine Juwelen muss man pflegen.«

Sargent bellte zustimmend. Auch er pflegte seine »Juwelen«, und zwar mit Hingabe.

Wenige Minuten später hatten wir die Lobby des Hotels durchquert und befanden uns auf direktem Weg zum Strand. Im Garten standen die Gäste des Hotels in Grüppchen beieinander und tuschelten. Eine Frauenstimme mit amerikanischem Akzent krähte: »Oh mein Gott, das ist Jackie Dupont!«, während andere mehr vom Erscheinen des Patriarchen von Venedig beeindruckt waren. Nun, er hatte eben Heimvorteil.

»Bringen Sie mir ein großes Glas Whiskey Soda«, sagte ich zum nächstbesten Kellner, der mir entgegenkam. Sein Gesicht war kreidebleich. »Oder haben Sie die Grippe? Sie sehen gar nicht gut aus.«

»Signora, am Strand ... Dort ist ... dort wurde ...«

»Meine Freundin Natasha umgebracht, ich weiß. Wenn Sie also keinen ansteckenden Infekt haben, bringen Sie mir den Drink direkt zu ihrer Leiche. Ich bin am Verdursten.«

Hinter fein säuberlich angelegten Gebüschen standen die Badepavillons des Hotelstrandes, einer an den anderen gereiht, wie eine Perlenkette. Jeder von ihnen besaß eine Tür, durch die der Benutzer den Pavillon von hinten betreten und verlassen konnte, um sich den langen Weg außen herum zu sparen.

Im Sommer herrschte hier ein reges Kommen und Gehen. Die Pavillons waren die ganze Saison über ausgebucht. Jetzt allerdings spannten zwei Polizisten in Uniform einen der Pavillons mit einem Seil ab. Es waren dieselben Polizisten, die mir am Morgen in der Basilika nicht geholfen hatten. Immerhin war Natashas Leiche nicht verschwunden, sonst würden sie sich die Mühe wahrscheinlich nicht machen.

Im Stechschritt hielt ich auf sie zu.

»*Signora,* Sie können hier nicht durch!«

Sargent knurrte und ich ging weiter. Ich öffnete die Tür des Pavillons und trat ein.

Die erste Person, die ich sah, war Christopher. Er stand mit verschränkten Armen gegen eine Wand des Pavillons gelehnt und fixierte einen kleinen, dicken Mann im Badeanzug, der neben einer Chaiselongue kniete. Mir entfuhr ein Seufzen. Christopher sah mich, machte einen Satz auf mich zu und riss mich in die Arme. Sargent gab einen Protestton von sich und sprang in den Sand. Fußböden besaßen die Pavillons nämlich keine.

»Es ist grauenhaft«, flüsterte er mir ins Ohr.

Ich gab ihm einen Kuss auf die Wange und löste mich aus der Umklammerung, auch wenn ich lieber noch dort verweilen wollte, denn er roch nach Sonne, Strand und Aftershave. »Das werde ich mir mal ansehen.«

Der dicke Mann im Badeanzug hatte sich in der Zwischenzeit erhoben. Als ich mich ihm näherte, schlug er die Fersen zusammen und salutierte, wobei sein Bauch fröhlich wippte.

»Signorina Dupont. Man sagte mir bereits, dass Sie in Venedig weilten. Gestatten, Commissario Delvecchio.«

»Dann wissen Sie sicher auch, dass die Polizei mir heute früh ihre Mitarbeit verwehrt hat.«

»*Sì.*« Er wedelte mit den Armen. »Eine Katastrophe. Ein Unding. Diese Idioten werden mich noch kennenlernen.« Je mehr er wedelte, desto mehr geriet sein Bauch in Wallung. »Das wird Folgen haben, Signorina, glauben Sie mir, das wird Folgen haben.«

Ich zündete mir eine Zigarette an. »Die hatte es vielleicht schon. Aber nun lassen Sie mich mal sehen. Und bitte nähern Sie sich meinem Hund nicht. In Ihrer derzeitigen Garderobe würde er nicht lange darüber nachdenken, wohin er Sie beißen sollte, wenn Sie verstehen.«

Der Commissario nickte und trat einige Schritte zurück. Dabei fuchtelte und fluchte er weiter, beschimpfte die beiden Polizisten vor dem Eingang des Pavillons. Er drohte ihnen die furchtbarsten Strafen dafür an, der berühmten Signorina Dupont nicht geholfen zu haben und die Polizei von Venedig zu blamieren. Des Weiteren erging er sich in Empörung darüber, dass auf die Schnelle niemand von der Spurensicherung und der Gerichtsmedizin aufzutreiben war, und fragte sich, wer die Unverfrorenheit besaß, im August einen Mord zu begehen.

Ich betrachtete derweil Natasha. Sie war wie immer unmöglich gekleidet und trug ein hochgeschlossenes Kleid mit voller Korsettage. Wie konnte man so an den Strand gehen?

Aus ihrem Hals ragte der Griff eines Dolchs, besser gesagt eines Stiletts. Eine venezianische Waffe, wie sie im Buche stand. Der Stoß war ein Volltreffer. Direkt aus dem Manual für Meuchelmörder. Hinter dem Kieferknochen nach oben und mitten ins Hirn.

»Sauber.«

»Wie bitte?«, fragte Christopher, der mir über die Schulter blickte.

»Gezielt, schnell, kraftvoll. Kein Blut. Sauber. Wenn Natasha währenddessen geschlafen hat, weiß sie nicht mal, dass sie tot ist.«

Christopher brummte etwas Unverständliches.

Der Griff des Dolchs hatte die Form eines Kreuzes und wies allerlei Schnörkel auf. »Man muss sagen, diese venezianischen Stilette zieren ungemein. Sogar wenn sie einem aus dem Hals ragen. Natasha hätte der Anblick sicher gefallen. Schade, dass sie ihn nicht bezeugen kann. Besonders das Kreuz wäre ein Detail ganz nach ihrem Geschmack.« Mein Blick fiel auf den Rosenkranz, den sie noch immer zwischen den Fingern hielt. Das fand ich eigenartig. Hatte sie tatsächlich geschlafen? Oder hatte sie den Mörder nicht für gefährlich gehalten? Natasha wäre einem unbekannten Eindringling nicht kampflos erlegen.

»Tja, *requiescas in pace* meine Liebe. Vielleicht triffst du im Jenseits ja auf deinen Freund Rasputin, dann kannst du dir von ihm bis in alle Ewigkeit das Gesäß streicheln lassen.«

»Du scheinst sie doch besser gekannt zu haben«, knurrte mein Verlobter. »Vielleicht erzählst du mir endlich mal, was hier vor sich geht.«

Ich lächelte. »Du solltest öfter deinen Badeanzug tragen. Er steht dir ausgezeichnet.« Bestimmt erzählte ich ihm nicht in Gegenwart des Commissario oder des Kardinals von meinen Vermutungen. Jetzt, da ich wusste, dass es ihm gut ging, wollte ich ihn so wenig wie möglich in diese Angelegenheit verwickeln.

Er schüttelte den Kopf und ging, wie ich es erwartet hatte, aus dem Pavillon. Dem Geräuschpegel nach zu urteilen, hatte sich davor eine Menschentraube versammelt, aber die kümmerte mich erst mal weniger. Wahrscheinlich waren Daniel und der Kardinal schon zu den Purcells gestoßen und befragten sie.

Wie auf Bestellung schwang der Vorhang des Pavillons auf und mein Onkel trat ins Zelt. Das löste ein erneutes Aufflammen der Wutrede des Commissario aus. Von Daniels Anwesenheit in Venedig hatte er noch nichts gehört.

»Beruhigen Sie sich, guter Mann.« Daniel lachte und klopfte dem Commissario auf die nackte Schulter. »Ich nehme an, Sie hatten gerade vor, die Zeugen zu befragen? Draußen warten schon eine Menge Leute auf Sie. Wir werden in der Zwischenzeit die Leiche bewachen, das verspreche ich Ihnen.«

Der Commissario nickte und eilte hinaus, während ich Daniel für seine Fähigkeit bewunderte, sich störender Personen zu entledigen, ohne sie zu beleidigen. Oder umzubringen. Er war eben ein geborener Charmeur und gerade ranghohe Polizisten älteren Semesters arbeiteten gern mit ihm zusammen, weil er ihnen die Pension vergolden konnte. Dass Kommissare und Inspektoren im

Ruhestand den Großteil der freien Mitarbeiter von Dupont & Dupont ausmachten, war in Polizeikreisen wohlbekannt und wir hatten eigentlich nie Schwierigkeiten mit den örtlichen Behörden.

»Himmel!«, rief Daniel, als er Natasha sah. »Das war ne schnelle Nummer, was?«

»Rein, raus. Keine Minute«, stimmte ich zu.

Er stellte sich neben mich und musterte die Tote. »Der Stich an sich ist nicht schwer auszuführen, nur wissen die wenigsten, wie man ihn korrekt setzt. So ein kleiner Dolch geht wie durch Butter in den Gaumen und die Spitze landet direkt im Gehirn. Die Halsschlagader bleibt intakt, daher ist kein Blut zu sehen. Ein Klassiker der Mordkunst. In London oder Paris bringen Profikiller die Leute heute noch auf offener Straße mit diesem Dolchstoß um, weil es sich so einfach machen lässt. Da können Revolver nicht mithalten.«

»Sehr hübsch, finde ich auch. Wenn das Ergebnis nur nicht so unerfreulich wäre. Natasha war zwar eine hinterlistige Schlange, aber ich habe sie gemocht.«

Daniel grinste. »Dein Verlobter hat mich gerade ein wenig erhitzt wissen lassen, dass Laszlo sich hier im Hotel rumgetrieben hat.«

»Der ist ihm eben ein Dorn im Auge.«

»Kein Wunder.« Daniel kniete sich in den Sand. »Aber Spaß beiseite. Ist dies die Tat unseres Killers oder ist das schon eine Racheaktion seitens der Russen? Vielleicht der Beweis, dass eine Übergabe der Liste mit den Namen der Doppelagenten bereits stattgefunden hat?«

»Wenigstens haben wir diesmal eine Leiche. Wenn der Täter die gute Mitzy genauso erledigt hat, erklärt sich jedenfalls, warum keine Blutspuren in der Kirche zu finden waren.«

»Santa Maria!« Kardinal Truffino trat durch den Vorhang und bekreuzigte sich. Er war gezwungen, es mit der linken Hand zu tun, da er in der rechten ein Glas trug.

»Ah, mein Whiskey Soda. Endlich.«

Der Kardinal reichte mir das Glas und ich trank es in einem Zug leer.

»Willst du dich nicht zwischendurch ein wenig hinlegen?«, fragte Daniel mich. »Ich komme hier allein zurecht.«

»Die Chaiselongue ist besetzt, wie du siehst.«

»Ein *stiletto*«, stellte Truffino nun seinerseits fest. »Fast vertikal nach oben gestoßen. *Molto interessante.*«

Ich war kurz davor, einige Schaulustige hereinzubitten. Ein wenig Schock und Entsetzen würden der Szene die Dramatik verleihen, die sie eigentlich verdiente. Wir waren allesamt viel zu abgestumpft.

»Was kannst du uns über deine Freundin Lady Donaghue erzählen, Benedetto?«, fragte Daniel.

Der Kardinal schaute verdutzt drein. »Glaubst du etwa, sie war es? Das kann nicht sein. Sie hat heute in aller Frühe den Zug nach Triest genommen.«

»Bist du dir da ganz sicher?«

»Oh ja.«

»Weißt du, alter Freund«, sagte Daniel und setzte ein trauriges Gesicht auf, »wir vermuten, das hat sie nicht getan. Wir befürchten nämlich, sie ist die Leiche aus der Kirche.«

»Was?« Truffino erstarrte.

Schon wieder bewegte sich der Vorhang und der Commissario trat ein, bevor Daniel oder ich unsere Vermutung präzisieren konnten. Er war in Begleitung eines Herren, der ebenfalls nur einen Badeanzug trug. Sargent knurrte bedrohlich und ich nahm ihn auf den Arm. Der Neuankömmling war hochgewachsen und so hager wie der Commissario füllig. Dazu trug er einen Schnauzbart, dessen Enden sich kunstvoll nach oben zwirbelten. Der Commissario stellte ihn als Professore Cavour vor.

»Zum Glück hat der Professore einen Pavillon am Hotel Rivamare gebucht, da mussten wir nicht lange nach ihm suchen. Er ist der oberste Pathologe von Venedig.«

Der Professore verneigte sich tief vor mir, dann vor Truffino. *»Eccellenza.«*

Der Kardinal bedeutete ihm, sich wieder aufzurichten. Das tat er auch, und zwar stramm wie ein Zinnsoldat. »*Signori*, Ich muss nun alle nicht der Polizei angehörigen Personen auffordern, den Tatort zu verlassen, damit ich die Leiche fachgerecht untersuchen und die Todesursache ermitteln kann.«

Daniel und ich sahen einander an. Er hob mahnend den Zeigefinger und ich schluckte meinen Kommentar. Man wusste ja nie ... Vielleicht war Natasha eines natürlichen Todes gestorben und der Dolch in ihrem Hals war nur ganz zufällig da.

Beim Verlassen des Zeltes schob ich mich dicht hinter

dem Commissario vorbei und flüsterte ihm zu, er solle am Abend ins Konsulat kommen.

Bevor ich hinaustrat, hielt Daniel mich am Arm fest. »Dein Kit war der Letzte, der Natasha lebend gesehen hat.«

»Ist das so?«, fragte ich gleichgültig.

»Spiel nicht das Unschuldslamm. Das steht dir nicht. Du weißt, es ist so, wenn ich es dir sage.«

»Wie du meinst.«

Er ließ mich los.

Vor dem Pavillon hatte die Polizei ein weiteres Seil gespannt, hinter dem sich nun die Schaulustigen drängelten. Sie trugen allesamt Badeanzüge oder bunte Sommerkleidung, Sonnenhüte und Sonnenbrillen. Einem Mörder fiele es leicht, hier unterzutauchen, überlegte ich. Alle sahen gleich aus. Schon war ein Polizist in Uniform dabei, die Leute zu befragen, und ich überlegte, wie er die Zeugen auseinanderhalten wollte. *Dame im roten Kimono hat nichts gesehen, Herr im gestreiften Badeanzug glaubt, es waren die Chinesen.*

Diesseits des Seils, unter einer Markise, warteten Christopher und die Purcells. Elizabeth saß regungslos auf einem Sonnenstuhl, eine Hand am Hals. Ihr Bruder und ihr Vater standen mit hängenden Armen nebeneinander und sahen aus wie zwei lang gezogene Fragezeichen.

»Hallo, allerseits«, sagte ich in die Runde.

Die Fragezeichen fingen an, sich zu drehen. Dann drehte sich auch der Boden unter mir. Sargent sprang quiekend von meinem Arm, da wurde mir auch schon schwarz vor Augen.

Lido von Venedig,
August 1921

»Jackie?« Kit fiel neben ihr auf die Knie. Panik kam in ihm hoch. Was, wenn sie eine Fehlgeburt hatte? Was, wenn sie starb? Bitte nicht schon wieder sterben!

Einer der Männer in Badekleidung, die vor einiger Zeit den Pavillon betreten hatten, trat auf ihn zu.

»Wer sind Sie?«, fragte Kit unwirsch.

Der Mann, hager wie der Tod persönlich, sagte: »Ich bin Professore Cavour, der Polizeiarzt von Venedig. Erlauben Sie?«

Skeptisch ließ Kit den Mann Jackies Puls fühlen. »Ist die Dame Ihre Frau? Keine Sorge, sie ist noch am Leben.«

Unter normalen Umständen hätten Kit sowohl die Frage, ob sie seine Frau sei, als auch die Frage, ob sie noch lebte, in eine existenzielle Krise gestürzt. Doch dafür war jetzt keine Gelegenheit.

»Ja«, sagte er und senkte die Stimme. »Sie erwartet ein Kind.«

»Herzlichen Glückwunsch. Na, dann ist es eine klassische Ohnmacht. Blut sehen wir keines, das ist ein gutes Zeichen. Bringen Sie Ihre Frau in den Schatten und geben

Sie ihr etwas zu trinken. Sie sollte aber besser keinen Alkohol zu sich nehmen und auch nicht rauchen. Sie muss ihre Nerven schonen, *sì?*«

»Sì.« Dem Arzt zu erklären, dass dieses Unterfangen völlig aussichtslos war, bedeutete nur Zeitverlust. Er nahm Jackie in die Arme und hob sie hoch.

»Wer trägt denn so was am Strand?«, fragte sie unverhofft, aber als er in ihr Gesicht blickte, sah er, dass ihre Augen geschlossen waren.

»Meinst du Natasha in ihrem Korsett?«

»Unverantwortlich … unverantwortlich … schönes Stück.«

»Aha.«

Jackie war offenbar in einer Art Trance.

Daniel trat an Kits Seite und legte die Stirn in Falten. »Wir organisieren am besten ein Zimmer im Hotel. Ich bringe dir Jackies Tasche und deine Kleidung mit.«

»Danke.«

Kit schleppte Jackie an den Badepavillons vorbei bis zu einer Lücke, die in den Garten des Hotels führte. Die Bewohner der Pavillons beäugten ihn dabei mit unverhohlener Neugier. Sargent klebte an seinen Fersen und knurrte in alle Richtungen. Kurz vor dem Durchgang zum Hotel verließ der Hund plötzlich seine Position. An der Wand des letzten Pavillons in dieser Reihe hatte er einen Sonnenschirm entdeckt, der offenbar keinen Besitzer hatte. Der Schirm war knallrosa und seine Form einem Flamingo nachempfunden. Sargent schnupperte ausgiebig daran.

»Was ist damit?«, fragte Kit den Hund.

Sargent nieste. Leider war Kit in Hundesprache nicht so bewandert wie Jackie.

»Sollen wir den Schirm mitnehmen?«

Wieder niesen.

»Meinst du, Jackie braucht Schatten? Ich trage sie ja schon ins Hotel.«

Sargent blieb stehen.

Wenn du meinst, wir sollen ihn mitnehmen, dann nimm ihn bitte mit. Wie du siehst, habe ich keine Hand frei.«

Der Hund verdrehte die Augen und stupste den Schirm mit der Nase an, sodass er in den Sand fiel. Gekonnt nahm er die Spitze des Schirmgriffs zwischen die Zähne. Mit einer Haltung absoluter Überlegenheit trabte er an Kit vorbei und der Schirm glitt im Sand hinter ihm her.

Jackie murmelte etwas. »Verblasst ... Sonne ... Salzwasser ... dummes Ding.« Sie war ganz eindeutig nicht bei Bewusstsein.

Moment. Trug der Kerl da vorne etwa einen Mechanikeranzug? Tatsache. Gerade verschwand er in einem Bogengang am Hotel im Schatten. War es Drachenstein? Dieser Schurke!

War er es? Es konnte auch ein anderer Pilot sein. Offenbar waren die Flugzeuge, die bei der Schneider Trophy gegeneinander antraten, sämtlich am Excelsior stationiert.

»Geheimnis ... Beichtstuhl ... Kreuz ... Liste ... Mussolini ...«

Was redete sie da nur? Es klang, als wäre sie der Meinung, der Kardinal habe im Beichtstuhl von Mussolini etwas über eine Liste erfahren. Und es stimmte, der Kardinal trug sein Kreuz nicht, wenn Kit sich richtig erinnerte. War es ihm gestohlen worden? Ein bedeutendes Schmuckstück vielleicht, das ein Geheimnis barg?

»Diamanten ... Feuer ... Dolch ... Mitzy ...«

Meinte sie den Rosenkranz von Natasha? Warum Mitzy? Was hatte Mitzy damit zu tun?

Daniel überholte ihn mit einem Bündel Kleidung unter dem Arm. »Wir sehen uns an der Rezeption.«

»Gut.«

»Idiotisch.«

»Jackie? Bist du wach?«

Keine Reaktion.

Sobald er konnte, würde er Jackie mitnehmen und mit ihr in ein Berghotel in den Alpen fahren. An einen Ort, an dem es nur frische Luft und gutes Essen gab und keine Meuchelmörder. Er fand es überhaupt nicht lustig, was seinem Erben hier zugemutet wurde. Trotz seiner Anspannung stahl sich ein Lächeln auf seine Lippen. Sein Erbe. Der nächste Duke of Surrey. Gemeinsam würden Sie durch die Wälder und Felder von Seventree reiten, Rebhühner schießen und die Bauern besuchen. Nicht umgekehrt, wie einige seiner Vorfahren es getan hatten. Wie würde sein Sohn wohl heißen? Würde er einen der Surrey-Namen tragen? Dominic? James? Alexander? Francis?

Was, wenn es gar kein Erbe würde, sondern eine Tochter? Wie würde er ein Mädchen nennen? Auch da gab es einige Familiennamen. Eugenia? Helena? Clara?

Er versuchte sich die Kinder vorzustellen. Würden sie dunkelhaarig sein wie er? Oder blond wie Jackie?

Blond mit eisblauen Augen. Er sah das Gesicht des Barons von Drachenstein vor sich. Von Poseidon persönlich aus einem Eisblock geschlagen.

Er erreichte die Lobby. Einige mondäne Gäste brachen gerade zu ihren Nachmittagsaktivitäten auf. Erst jetzt bemerkte er ein Werbeplakat, das im Eingangsbereich hing. »Mancini, Russell, Drachenstein. Erleben Sie die besten Piloten der Welt bei der Schneider Trophy. Abflug direkt vor unserem Hotel.«

Heiße Säure sammelte sich in seinem Herzen. Es gelang ihm gerade noch, Daniel nicht anzubrüllen, der kurz darauf von der Rezeption wiederkam.

»Sie hatten noch ein Zimmer im ersten Stock verfügbar, weil die Gäste erst heute am späten Abend eintreffen. Nummer einhundertvier.«

Kit nickte knapp und folgte Daniel durchs Hotel. In der Lobby warf man ihm skeptische, ja zum Teil angstvolle Blicke zu. Die Neuigkeit von dem Mord am Strand hatte sich offenbar wie ein Lauffeuer verbreitet. Wahrscheinlich dachte der ein oder andere, Jackie sei die Tote.

Als sie das Zimmer erreichten, legte Kit seine Verlobte aufs Bett, Sargent sprang dazu. Dann nahm Kit von Daniel seine Kleidung entgegen und zog sich um. Anschließend goss er Wasser aus einem Krug in ein bereitstehendes Glas. Er versuchte, Jackie etwas davon einzuflößen, aber wirklich viel trank sie nicht.

»Wasser ... Laszlo ... Sargent?«

Sargent piepste und schmiegte sich eng an sein Frauchen.

Schon wieder Laszlo! Kit setzte sich derweil auf einen Sessel und grub die Fäuste in die Stirn.

Wie sollte er das aushalten? Wie?

Aus den Memoiren der
JACKIE DUPONT

Ich erwachte in einem fremden Bett in einem fremden Zimmer. Für einen Augenblick glaubte ich, mich in einem Harem zu befinden. Sichtblenden aus Holz verdeckten die Fenster. Figuren aus dem Orient sowie Blumen und Blätter waren hineingeschnitzt.

Langsam fiel es mir wieder ein. Der Harem war – Gott sei Dank – das Hotel Excelsior am Lido von Venedig. An meinen letzten Aufenthalt in einem Harem wollte ich lieber nicht zurückdenken.

Nur was tat ich hier? Kurz versuchte ich, meine Gedanken zu ordnen. Richtig. Ich hatte das Bewusstsein verloren. Jemand hatte mir Riechsalz unter die Nase gehalten, mir Wasser eingeflößt, mich hochgehoben und durch eine Menschenmenge getragen. Das war alles, woran ich mich erinnerte.

Jetzt sah ich Christopher neben mir auf der Bettkante sitzen. Jemand musste ihm seine Straßenkleidung gebracht haben, denn er trug das helle Hemd und die Leinenhose vom Morgen. Sargent lag zusammengerollt an meinen Füßen.

»Habe ich lange geschlafen?«, fragte ich und sah mich nach meinen Zigaretten um. Leider fand ich nur meinen Colt und ein Glas Wasser auf dem Nachttisch. Allerdings hatte ich Durst, also trank ich.

»Geschlafen, ja?« Christophers Stimme klang verbittert. »Du bist in Ohnmacht gefallen, Jackie. In Ohnmacht.«

Ich legte ihm eine Hand auf den Rücken. »Darling ...«

Er sprang auf und starrte mich an. »Ist es von mir? Das Kind? Oder ist es von diesem Baron? Diesem Eisprinzen?«

»Wie bitte?«

Er fuhr sich mit den Fingern durchs Haar. »Das ist doch eine ganz einfache Frage: Bin ich der Vater deines Kindes? Oder weißt du es etwa nicht? Müssen wir warten, was am Ende herauskommt?«

Ich überlegte, wie ich auf diesen Angriff reagieren sollte. Christopher neigte gelegentlich zu unkontrollierten Wutausbrüchen, die von seinem Kriegstrauma herrührten und nichts mit seinen wahren Gefühlen zu tun hatten. Doch dieser hier schien keiner davon zu sein.

»Natürlich bist du der Vater. Glaubst du, ich habe Zeit, mir mehrere Liebhaber auf einmal zu halten? In meinem Job? Du hast Töne.«

»Du willst ja wohl nicht abstreiten, dass er mal dein Liebhaber war.«

Sargent setzte sich auf und heulte. Er hasste es, wenn Christopher und ich uns stritten.

»Liebling, sei leise«, bat ich ihn, aber er heulte weiter.

»Jetzt lass den Hund!«, schrie Christopher, um Sargent zu übertönen. »Antworte mir!«

»Ja!«, brüllte ich zurück. »Er war mein Liebhaber! Na und? Das war vor deiner Zeit. Ich habe nie behauptet, noch Jungfrau zu sein.«

Er lachte. »Vor meiner Zeit, ach so. Es gab für dich keinen Mann vor meiner Zeit, das weißt du genauso gut wie ich ... Diana!«

»Nenn mich nicht so.« Ich sprang nun ebenfalls auf und stand auf dem Bett. So war ich immerhin größer als er, wenngleich mein Stand ziemlich wackelig war. »Und dieses Gehabe kannst du dir gleich wieder abgewöhnen, du ehebrecherischer Trickdieb, sonst nehme ich mein Kind mit nach Amerika.« Ich kannte seine Achillesferse. Besser gesagt seine Fersen. Seine Schuldgefühle wegen Rose Munroe und seine Vorliebe fürs Kunstfälschen.

Wir funkelten einander an. Schweigend. Nur Sargent heulte. Und heulte. Und heulte. Irgendwann mussten wir lachen.

Christopher nahm meine Hand. »Ich habe vorhin einen Riesenschreck bekommen. Du musst dich unbedingt schonen, sagt Professore Cavour. Weniger Alkohol und nicht so viel rauchen. Das wirkt alles zu anregend auf deine Nerven und ist nicht gut fürs Kind.«

Ich sank auf die Knie und lehnte den Kopf gegen seine Schulter. »Dir ist schon klar, dass der Mann Pathologe ist? Er behandelt Leichen. Ich weiß nicht, was das über seine Therapieerfolge sagt. Glaubst du, er empfiehlt allen seinen Patienten, weniger zu trinken und zu rauchen? Aber da du mich ja schon immer für eine Tote hältst, passt es wohl.«

Er küsste mich auf den Scheitel. »Trotzdem, mit dem ewigen Hin und Her bei der Hitze ist jetzt Schluss. Das musst sogar du einsehen. Niemand kann eine bewusstlose Detektivin gebrauchen. Vor allem ich nicht.«

Ein warmes Gefühl durchströmte mich und ich schmiegte mich noch enger an ihn. »Oh, mein Kit ...«

Das war Sargent zu viel Geschmuse. Er sprang an uns hoch und wollte in die Umarmung einbezogen werden.

»Du kleiner Störenfried«, rügte Kit ihn liebevoll, ließ von mir ab und nahm stattdessen den Hund auf den Arm.

Ich seufzte und ließ mich wieder in die Kissen sinken. »So wankelmütig ist der Männer Herz. – Wo ist eigentlich Daniel?«

»Auf dem Weg ins Gritti. Er hat für heute Abend ein Treffen im Konsulat anberaumt und meinte, du hättest schon den Commissario eingeladen. Wohl wieder einer von denen, die auf eine vergoldete Pension hoffen, was?« Sein Blick wurde streng. »Sag mal, was ist hier eigentlich los, Jackie? Hättest du die Güte, mir das endlich zu erklären? Mir scheint, alle wissen hier mehr als ich. Ich habe außerdem den Eindruck, keiner von euch ist sonderlich von Natashas Ermordung schockiert. Nicht einmal überrascht. Sogar Sir Alfred machte mir eher den Eindruck, als wäre eine schreckliche Befürchtung eingetreten, keine unerwartete Tragöde.«

Ich nickte. »Das hast du richtig beobachtet. Leider. Aber das muss Daniel dir erklären. Ich bin nicht befugt, dir diese Dinge zu offenbaren.«

»Unglaublich«, sagte er zu Sargent. »Sie ist nicht *befugt*. Ich dachte, diesen Begriff kennt sie gar nicht. Das ist eine Weltpremiere.«

Sargent brummte.

»Der Hund ist ganz meiner Meinung.«

»Verräter.« Das Wort lag mir schal im Mund. Immerhin schien hier in Venedig ein Verräter ein übles Spiel zu spielen.

Nach einer Weile verließen wir das Zimmer und gingen in die Lobby des Excelsior. Es stellte sich heraus, dass Daniel in der Zwischenzeit ein Wassertaxi für uns organisiert hatte. Er selbst war mit Truffino in die Stadt gefahren. Vor unserem Aufbruch vertilgte ich zwei Tramezzini an der Bar und trank einen Aprikosensaft mit Mineralwasser. Christopher beobachtete mich dabei mit Argusaugen, damit ich auch ja nicht rauchte oder mir heimlich einen Martini bestellte.

Das Wassertaxi erwartete uns an dem Anleger, wo ich zuvor der Chanel-Dame die Dusche verpasst hatte. Christopher stützte mich beim Einsteigen, was völlig unnötig war. Ich fühlte mich vollkommen wiederhergestellt. Erst jetzt bemerkte ich, dass Kit einen Sonnenschirm in Form eines Flamingos dabeihatte.

»Wo hast du denn dieses Ungetüm her?«, fragte ich.

Er nahm Sargent auf den Schoß. »Gestohlen … nein, um ehrlich zu sein, hat Sargent ihn gefunden. Er ist wohl der Meinung, du könntest Schatten gebrauchen. Deshalb haben wir ihn mitgenommen.«

»Ihr seid so clever«, flüsterte ich und küsste ihn auf die Wange. Den Mann, nicht den Hund. Ausnahmsweise.

Der Fahrer des Wassertaxis fragte uns, ob wir besondere Wünsche hätten. Ich verneinte, sprach aber ein entschiedenes Gesangsverbot aus. Dann ließ er den Motor an und wir fuhren zurück in die Altstadt.

Nach einer Siesta verkündete ich Christopher, dass ich mich vor dem Aperitif kurz mit Onkel Daniel unterhalten wollte, um unser weiteres Vorgehen zu koordinieren. Ich hatte Daniel nach unserer Rückkehr eine Nachricht zukommen lassen und ihn darum gebeten, mich vor der allgemeinen Zusammenkunft privat zu treffen.

Ich erwartete Daniel am Anleger. Er kam nicht allein.

»Jacqueline.« Laszlo nickte mir zu. Er trug einen beigen Sommeranzug, dazu ein hellblaues Hemd. Sein Hut war verwegen in die Stirn gezogen. Seit unserer ersten Begegnung, in Montevideo kurz vor dem Krieg hatte er sich kaum verändert. Dazu das Wasser, die Sonne ... Ich wusste noch genau, was sich unter dem Anzug verbarg, die Muskeln, die Haut, von den Sommern in Afrika und Südamerika gebräunt.

Sargent, der eben noch den Anleger beschnuppert hatte, drängte sich nun eng gegen meine Beine und knurrte.

Ich nickte Laszlo brüsk zu. »Hello again. Ich sehe, du hast unsere kleine Attacke auf dich heute Morgen gut verkraftet.«

Ich erhielt keine Antwort.

Daniel rieb sich die Hände. »Also, dann wollen wir uns mal vorbereiten.«

»Gern.« Ich führte die beiden in ein Dienstzimmer, das gerade nicht durch Konsulatsmitarbeiter in Benutzung war. Der Raum war schlicht eingerichtet, mit einem Schreibtisch, einem Stuhl und zwei Sesseln für Besucher. Das Fenster lag zur Rückseite des Gebäudes und bot einen Ausblick auf eine Gasse, die nicht gerade von Interesse war. Sargent positionierte sich unter dem Schreibtisch, ich nahm dahinter Platz, während Daniel und Laszlo sich mir gegenüber hinsetzten, wie zwei Touristen, denen man den Reisepass gestohlen hatte. Laszlo nahm den Hut ab und legte ihn vor sich hin. Dabei sah er mir tief in die Augen. Sofort blickte ich zur Seite.

»Es kommt mir vor, als würde unser Mörder uns rechts außen überholen«, beklagte sich Daniel, der dem Knistern zwischen Laszlo und mir keine Beachtung schenkte. »Eben suchen wir noch nach Mitzy Bubbles im Kanal, schon liegt da eine neue Tote am Strand. Es würde mich nicht wundern, wenn der Kerl genau jetzt wieder zuschlüge … oder die Kerlin. Ich weiß, liebe Jackie, du legst Wert auf Gleichberechtigung.«

»Wenn ihr an meiner Meinung interessiert seid«, sagte Laszlo ruhig, »würde ich sie mit euch teilen.«

Ich verspürte Widerwillen, irgendetwas mit ihm zu teilen, aber ich musste zugeben, dass seine analytischen Fähigkeiten unübertroffen waren. Die konnte ich gebrauchen, da meine eigenen dank meiner körperlichen

Verfassung zu wünschen übrig ließen. Zum Glück habe ich nach unserer Rückkehr vom Lido den Five o'Clock Tea des Konsulats wahrgenommen. »Bitte halte dich nicht zurück.«

»Ich finde es bemerkenswert, dass euer Mörder sich die Mühe macht, die erste Leiche, womöglich Lady Donaghue, verschwinden zu lassen, nur um die Prinzessin dann mit so viel Effet zu präsentieren. Mit einem Dolch im Hals, wie im Mittelalter. Warum nicht auch die Erste? Gerade in einer Umgebung wie der Basilika wäre die Wirkung viel dramatischer als in einer Holzhütte.«

Ich dachte kurz nach. »Möglicherweise war die Ermordung Natashas eine Warnung an alle anderen, sich ruhig zu verhalten. Bei Mitzy ging es eventuell eher darum, eine Mitwisserin zu beseitigen.«

»Tot in der Kathedrale liegend hätte sie ihre Geheimnisse gleichermaßen für sich behalten. Dem Mörder musste doch klar sein, dass ihr Verschwinden nicht unbemerkt bleiben würde. Warum also die Mühe?«

»Um Zeit zu gewinnen?«, überlegte Daniel. »Damit Natasha sich nicht in Gefahr wähnte?«

Ich schüttelte den Kopf. »Natasha wähnte sich schon heute Morgen in Gefahr, noch bevor Sargent überhaupt in der Kathedrale angeschlagen hat. Warum sollte der Mörder Zeit gewinnen wollen? Gab es ein geheimes Geschäft, das Mitzy vereiteln konnte?«

»Warum ist Natasha aus dem Haus gegangen, wenn sie Angst hatte?«, fragte Laszlo. »Hier im Konsulat wäre sie in Sicherheit gewesen.«

»Ein geheimes Treffen, vielleicht? Christopher sagte etwas von einer Szene beim Mittagessen, nach der Natasha den Tisch früher verlassen hat als die anderen.«

»Soso. Sagt also dein Christopher.«

Die Bemerkung überging ich. »Habt ihr denn nichts Auffälliges bemerkt bei eurem Dinner im Gritti?«

Daniel kratzte sich am Kinn. »Wie du dir vorstellen kannst, meine Kleine, habe ich mir darüber schon stundenlang den Kopf zerbrochen. Mich haben Sir Alfred, Natasha und der Kardinal interessiert. Diese Frau, von der ich noch nie etwas gehört hatte, war mir völlig schnuppe.«

Laszlo fuhr sich mit der Hand übers Haar, das glänzte wie Gold. »Wenn es sich bei eurem Agentenmörder um eine einzelne Person handelt, muss er in den letzten Monaten durch ganz Europa gereist sein. Wer von den dreien soll denn von Portugal über Griechenland und Belgien bis nach Rom gekommen sein, und dort Spione zu massakrieren? Unbemerkt noch dazu? Wenn jemand von unseren Leuten hier die Finger im Spiel hatte, dann weil er über Partner verfügt, die solche Reisen für ihn unternehmen. Diese Lady Donaghue könnte eine solche Helferin sein. Vielleicht war sie sogar selbst die Mörderin und wurde jetzt von ihrem Auftraggeber ausgeschaltet.«

Es trieb mich regelrecht in den Wahnsinn, dass Laszlo all diese Einfälle hatte, die normalerweise ich hätte haben müssen. Aber in meinem Kopf war nur Watte. Dies war meine erste und letzte Schwangerschaft. Der Zustand bedrohte ja meine Existenz!

»Gut möglich.« Daniel stand auf und stellte sich ans Fenster. »Diese ganze Geschichte mit dem Ehemann, der einfach so Geld fließen lässt, könnte natürlich eine Farce sein.«

»Vorhin hast du noch behauptet, es sei wie die Liebe zu Kuckucksuhren und komme dir überhaupt nicht verdächtig vor«, widersprach ich.

»Sir Alfred hat die Dame gekannt.« Laszlo zückte ein Zigarettenetui aus der Innentasche seines Jacketts. »Von einer früheren Begegnung in Venedig. Palazzo *Ichweiß-nichtwie*, wie du sagen würdest, Jackie-Liebes.«

»Nenn mich nicht so.« Eigentlich hatte auch ich rauchen wollen, aber jetzt hätte es ausgesehen, als wollte ich ihn imitieren, ihn spiegeln. Dieser Eindruck sollte auf gar keinen Fall entstehen. Das Spiegeln von Bewegungen und Verhaltensweisen war ein alter Trick der Verführungskunst und nichts wollte ich weniger, als Laszlo verführen.

»Dein Verlobter kennt die Purcells schon länger, wenn ich es richtig verstanden habe?«

Bevor ich antworten konnte, redete Daniel schon drauflos.

»Jajajaja, das finde ich ein gutes Argument. Ehrlich, guter Punkt, Laszlo. Jackie-Darling, ich weiß, du willst das nicht hören, aber wo Christopher St. Yves sich aufhält, kreisen früher oder später die Geier. Menschen mit seinem Vermögen sind immer und überall von Hochstaplern und Betrügern umgeben, vor allem von welchen weiblichen Geschlechts. Könnte es nicht sein, dass Natasha deinem Kit in den letzten Wochen zu nahe gekommen ist? Nein, lass mich ausreden. Ich bin ein alter Detektiv, der mit allen Wassern gewaschen ist. Was ich sehe, ist ein reicher, ja, ein sehr, sehr reicher Mann. Ein Mann, der alles bezahlen kann, der alles beschaffen kann, der quasi über unbegrenzte Möglichkeiten verfügt. Du siehst ihn gern als den Künstler, den Restaurator, den Freigeist. Glaub mir, wir anderen sehen nur einen Milliardär, der seinen Hobbys nachgeht.«

»Was willst du mir damit sagen? Dass Christopher Mitzy und Natasha umgelegt hat?« Ich verschränkte die Arme. »Warum hätte er das tun sollen?«

Daniel sah mir eine Weile tief in die Augen. »Er hat nicht den besten Charakter.«

»Du kennst ihn doch überhaupt nicht.«

Wieder sah mein Onkel mich eindringlich an. »Ich will nur verhindern, dass dieser Mann dich ins Unglück stürzt.«

Ich lachte. »Du bist wirklich ein Meister der Verstellung. Ich dachte, er wäre dein liebster Schwiegerneffe. Abgesehen davon, mich kann man nicht so leicht ins Unglück stürzen. Eher umgekehrt.«

»Offenbar bringt es nichts, dieses Thema mit dir zu besprechen, Kind.« Daniel verschränkte die Arme. »Klammere den Duke aus, meinetwegen, aber erwarte nicht von mir, dass ich es tue. Wenn es um deine Männer geht, bist du auf einem Auge blind. Das beste Beispiel sitzt direkt vor uns.«

Jetzt zündete ich mir doch eine Zigarette an. Lieber lag ich bei Professore Cavour auf dem Tisch, als mir ein solches Gefasel länger anzuhören. »Die Selbstgerechtigkeit trieft förmlich aus deinen Worten, Daniel. Wenn ich mich richtig erinnere, hast du mich als Agentin der Vereinigten Staaten eingesetzt und mir den Auftrag erteilt, meine Beziehung zu Laszlo zu instrumentalisieren.«

»Ich dachte, du besäßest professionelle Distanz.«

»Wenn einer über professionelle Distanz verfügt, dann ja wohl ich. Meines Erachtens stellst du hier gerade das Persönliche über das Berufliche und mimst den besorgten Onkel.«

Daniel hob die Hände. »Es bringt nichts. Wir sehen uns im Kaminzimmer. Ich habe ohnehin noch mit Sir Alfred zu reden.« Damit ließ er Laszlo und mich sitzen.

Laszlo stand auf, kaum dass sich die Tür hinter Daniel geschlossen hatte. Er ging um den Tisch herum, bis er direkt neben mir stand. Sargent bellte.

»Es ist alles gut, mein Schatz«, beruhigte ich ihn. »Ich habe die Sache im Griff.« Dabei war ich mir dessen alles andere als sicher.

Laszlo hob die Augenbrauen. Er durchschaute mich. »Hast du das? Du siehst abgespannt aus. Du solltest mal Urlaub machen. Du bist kein Übermensch.«

Das Grinsen konnte ich mir nicht verkneifen. »Nein, wahrlich nicht. Das bist nur du.«

»Wenn mein Name auf der Liste der Doppelagenten steht und diese Liste in die Hände der deutschen Geheimdienste fällt, werden sie mich liquidieren.«

Er ging in die Hocke und legte mir eine Hand auf den Oberschenkel. Sargent jaulte unterm Tisch. »Wärst du dann traurig? Denk an die Villa in Marrakesch, da hatten wir es doch bequem. Dort könnten wir wieder hin.«

Seine Hand war überraschend warm, sein Griff sicher und sanft zugleich. Es dauerte einige Sekunden zu lange, bis ich hochschoss und ihm meinen Colt ins Gesicht hielt.

»Fass mich nicht an. Ich knall dich ab.«

»Ho, Jackie, ho.« Er lachte, furchtlos. »Ich sehe, du bist überspannt. Komm, lass uns deinem Onkel folgen. Ein Drink wird dir guttun.«

Ohne ein weiteres Wort zu sagen steckte ich die Waffe weg. Gemeinsam durchquerten wir den Korridor und betraten das Kaminzimmer.

Venedig, britisches Konsulat, August 1921

Das Kaminzimmer des Konsulats füllte sich allmählich. Der Raum wurde vom Licht zweier Tiffany-Leuchten erhellt, sofern man von Erhellen sprechen konnte. Die Wirkung der Lampen war eher gedämpft. Die Sofas und Sessel waren aus dunklem Leder gefertigt und die Wände in dunklem Holz getäfelt.

Die Purcell-Geschwister besetzten ein Sofa, ihr Vater, noch immer kreidebleich und apathisch, saß in einem Ohrensessel, der ihn klein und schmächtig wirken ließ.

Wie ein einzelner Tag einen Mann von Grund auf verändern konnte, dachte Kit. Eben war Sir Alfred noch ein kraftstrotzender Mann mittleren Alters gewesen, nun war er ein Greis. Von diesem Schock würde er sich nie vollständig erholen, das wusste Kit aus eigener Erfahrung. Auch er war seit dem Untergang der *Titanic* nicht mehr derselbe, auch wenn der ausschlaggebende Faktor für seinen Zusammenbruch erst der Brief der Damen aus Rettungsboot X gewesen war. Darin schilderten sie ihm, wie seine junge Braut Diana – vermeintlich – den Tod gewählt hatte, um seinem Liebesglück nicht im Weg zu stehen. Kit stutzte. Natasha war gar nicht die erste Frau, die Sir Alfred unter dramatischen Umständen verlor. Seine erste Ehefrau, Lady Purcell, die Mutter von Elizabeth und Theodore, war bei dem Bombenangriff auf London getötet worden. Jene Tragödie hatte Sir Alfred nicht nachhaltig verändert, soweit Kit beurteilen konnte. Er erinnerte sich an eine Szene auf dem Stützpunkt in Frankreich während des Krieges. Damals hatte er Theodore vor dessen Heimaturlaub gebeten, seinem Vater Kits Beileid auszusprechen. Der hatte geantwortet, dass sein Vater nicht zum Begräbnis von Lady Purcell erwartet werde. Kit war diese Information damals nicht weiter eigenartig vorgekommen. Es war Krieg und viele Männer, gerade die im diplomatischen Dienst, hielten sich am anderen Ende der Welt auf. Die Offenbarungen beim Lunch am Strand warfen jedoch ein neues Licht auf die Geschichte. Hatte Lady Purcells Tod Sir Alfred von den gesellschaftlichen Zwängen befreit, die ihn daran hinderten, ein Leben mit Natasha zu führen? Wie würde Sir Alfred wohl reagieren, wenn seine tot geglaubte Ehefrau auf einmal wie der leibhaftige Teufel vor ihm stünde? Was, wenn sie behauptete, jemand anderes zu sein? So wie Diana es tat?

In diesem Moment betrat Truffino das Zimmer. Hier, im Barock des Palazzos, zwischen den mit Samt bezogenen Stühlen, den mit Seide bespannten Sofas und der Täfelung aus purem Gold, kam er zur vollen Geltung. Er, der Kardinal, Fürst der Kirche, ein Mann mit Macht und Einfluss. Hatten sie hier etwa den Heiligen Vater der Zukunft vor sich?

Kit saß allein auf einem Sofa und gab dem Kardinal ein Zeichen, neben ihm Platz zu nehmen, was Truffino mit einem Lächeln und einem Nicken honorierte.

»*Buonasera, caro Duca*«, hauchte der Kardinal und setzte sich.

»Guten Abend, Hochwürden.«

Truffino schlug die Beine übereinander und legte die Hände in den Schoß, wobei seine Soutane leise raschelte. Den Rücken hielt er kerzengerade. In dieser Haltung nahm er sicher abtrünnige Priester in Empfang, wenn er ihnen die Leviten las, stellte Kit sich vor. Dann durften sie vor ihm zu Kreuze kriechen, bevor er sie wieder am Busen der Kirche willkommen hieß.

Truffino raunte wieder: »Jetzt wird es spannend.«

Er behielt recht, vor allem aus Kits Perspektive. Denn die Tür des Kaminzimmers hatte sich erneut geöffnet. Jackie trat ein, gehüllt in ein schneeweißes Abendkleid und eine weiße Pelzstola. An ihrem Hals, an ihren Armen und an ihren Ohren funkelten Diamanten. Ihr Anblick fraß sich in Kits Herz wie ein Dolch. Doch der süße Schmerz wich sogleich einem dumpfen. Denn wer betrat gemeinsam mit Jackie den Raum? Laszlo von Drachenstein. Da es sich um eine Abendeinladung handelte, trug er, wie alle anwesenden Herren außer Truffino, einen Smoking, der ihm besonders gut zu Gesicht stand. Jackie und er waren wie aus demselben Eisberg geschlagen. Gleißend und hart. Wesen aus einer kälteren Welt.

Gerade flüsterte Drachenstein ihr etwas ins Ohr und sie schürzte die Lippen. Kit kämpfte einen verzweifelten Kampf gegen seine Vorstellungskraft, die ihm Bilder zeigte, welche er nicht sehen wollte.

Daniel huschte hinter den beiden durch die Tür und schloss sie.

»Alle da?«, fragte er und sah in die Runde.

Drachenstein nahm auf einem der noch freien Sessel Platz, Jackie blieb neben Daniel stehen.

Ohne Vorankündigung plumpste Sargent auf Kits Schoß und machte es sich dort bequem.

Es klopfte. Daniel öffnete und rief: »Ah, Commissario, Sie haben uns noch gefehlt. Setzten Sie sich, gerade wollte ich beginnen.«

Commissario Delvecchio marschierte herein und verneigte sich tief. Er wirkte unverändert, obwohl er mittlerweile eine Uniform anstatt eines Badeanzugs trug.

Truffino rutschte dicht an Kit heran und klopfte auf das frei gewordene Polster neben sich. »*Venga qui, Commissario.* – Kommen Sie her.«

»*Grazie mille, Eccellenza, volontieri* – sehr gerne.«

Sargent fand das wenig unterhaltsam und rollte sich noch fester zusammen. In der Zwischenzeit sah Kit verstohlen zu den beiden Purcell-Geschwistern hinüber. Theodore hielt einen Gegenstand in den Fingern, den er unentwegt hin und her bewegte. Eine kleine Figur aus Metall. Eine Eule oder eine Katze. Die Anspannung war ihm deutlich anzumerken. Seine Schwester hingegen saß einfach nur regungslos da. Sie war aus ihrer Trance erwacht, so viel wusste Kit. Stan, der Hausdiener, hatte Jackie und ihm nach ihrer Rückkehr ins Konsulat anvertraut, dass es immer eine Weile dauerte, bis sie sich erholte. Offenbar waren solche Anfälle früher häufiger vorgekommen. Meist, wenn Elizabeth sich überanstrengt hatte. Eigentlich habe Theodore ein Auge auf sie, meinte Stan, aber der sei wohl abgelenkt gewesen.

»Nun, liebe Freunde«, begann Daniel und schenkte seinem Publikum ein bedauerndes Lächeln. »Ich habe Sie alle hier versammelt, weil ich Ihnen reinen Wein einschenken möchte über das, was hier vor sich geht. Einige von Ihnen haben bereits heute Morgen mitbekommen, dass meine Nichte und ich in der Basilica Santa Maria della Salute dem Hinweis auf einen Mord nachgegangen sind. Leider hat sich während unserer Bemühungen ein zweiter Mord ereignet, den wir mit der Tat in der Basilika in Verbindung bringen. Einige von Ihnen werden über die Informationen, die Sie gleich erhalten, erstaunt sein, und ich habe vorhin extra mit Washington telegrafiert, um mich zu versichern, inwieweit ich Sie über die Vorgänge in Kenntnis setzen darf. Darüber hinaus habe ich mich mit den relevanten Parteien abgesprochen, welche Details ich über sie preisgeben darf.«

Kit warf erneut einen Blick in die Runde. Dabei traf er den von Elizabeth Purcell, die sich genauso verwundert umsah wie er. Ihn hatte jedenfalls keiner gefragt. Sie vermutlich auch nicht. Das ergab natürlich Sinn, da weder er noch das Mädchen für den Fall Relevanz hatte.

»Beginnen wir mit dem, was viele bereits vermuten, und fangen direkt bei mir an. Meine Nichte und ich sind nicht nur als Privatdetektive tätig, sondern arbeiten bei

Bedarf auch für diverse US-Geheimdienste. Heutzutage sind unsere Einsätze offizieller Natur, doch zu Kriegszeiten operierten wir im Rahmen von Undercover-Missionen. Jacquelines Aufgabe bestand darin, feindliche Spione zu enttarnen und umzudrehen oder sie, wenn das nicht möglich war, auszuschalten. Gleichzeitig arbeitete sie mit einigen Agenten der Ententemächte zusammen. In diesem Zusammenhang machten wir die Bekanntschaft von Sir Alfred Purcell, Kardinal Truffino, Baron von Drachenstein und der verstorbenen Prinzessin Natasha. Letztere hat in Russland eng mit Sir Alfred zusammengearbeitet. Die Ergebnisse ihrer Arbeit betrachten die Bolschewiken heute als Verrat, doch Natashas Identität als Agentin war ihnen nicht bekannt, bis vor einigen Monaten das Leben eines Mannes in Lissabon ein jähes Ende nahm ...«

Die Geschichte, die Daniel nun zum Besten gab, hätte aus einem Roman stammen können. Es ging um Listen von Doppelagenten, Meuchelmorde auf der ganzen Welt, Schließfächer, Rasputin und rachsüchtige Russen. Das also hatte Jackie ihm zuvor nicht offenbaren dürfen.

Die Story klang absolut fantastisch. Und doch schaute niemand ungläubig drein. Nur der Commissario gab immer wieder laute Ausrufe des Entsetzens von sich. Allerdings glaubte Kit mittlerweile, dass der Mann ständig irgendetwas von sich gab.

»Wir müssen nun alle die Karten auf den Tisch legen. Ausnahmslos. Doch bevor wir das tun, möchte ich, dass der Commissario uns die Ergebnisse seiner Befragungen darlegt. Dann wissen wir alle, was sich zugetragen hat und in welchem Zeitraum Natasha ermordet wurde. Wenn Sie bitte übersetzen würden, Kardinal.«

»Sehr gern.« Neben Kit setzte Truffino sich nun gerade hin. Das Leder des Sofas knarzte zustimmend.

Der Commissario stand sogleich auf und streckte den Bauch nach vorn.

»Verehrte Damen und Herren. Nach den genauen Untersuchungen durch Professore Cavour und die Spurensicherung haben wir zweifelsohne festgestellt, dass die Principessa durch einen Stoß mit einem *stiletto* tödlich getroffen wurde. Ihr Tod trat sofort ein, und zwar in der Zeit zwischen dreizehn Uhr dreißig und vierzehn Uhr.«

Jackie zündete sich eine Zigarette an und verdrehte die Augen. Kit hüstelte, aber sie achtete nicht auf ihn.

»Die Tatwaffe konnten wir bislang niemandem zuordnen«, fuhr der Commissario fort, »und Fingerabdrücke haben wir darauf leider nicht gefunden. Die Waffe wurde vor dem Mord mit Alkohol gereinigt und während der Tat benutzte der Täter ein Tuch oder einen Handschuh. Wir können jedoch mit Sicherheit sagen, dass es ihresgleichen viele in Venedig gibt. Man kann sie auf jedem Markt kaufen und sie sind beliebte Souvenirs bei Touristen.«

»Um sich gegenseitig in der Warteschlange des Dogenpalastes zu meucheln?«, fragte Baron von Drachenstein.

Beinahe hätte Kit gelacht. Er musste zugeben, dieser Laszlo von Drachenstein übte eine gewisse Faszination auf ihn aus. Unter anderen Umständen hätte er sich gern mit dem Mann unterhalten.

»Psst«, machte Daniel.

Der Commissario zog seine Uniformjacke gerade, woraufhin sich sein Bauch darunter noch deutlicher abzeichnete. »Der Strand des Hotels Excelsior vor dem Pavillon und der Garten desselbigen auf der Rückseite waren zur Tatzeit stark frequentiert. Minütlich betrat oder verließ jemand einen der Pavillons durch die Türen in den Rückwänden. Einige Zeugen wollen einen Mann gesehen haben, der in einem bestickten Bademantel aus dem Pavillon der Familie Purcell trat. Der Mieter des Nachbarpavillons verfügt übrigens über einen ebensolchen Bademantel. Andere wiederum sagten aus, eine Dame in einem pinken Pyjama, ein Herr in einem gestreiften Badeanzug, ein Pudel und diverse Kellner hätten den Pavillon ebenfalls betreten.«

Jackie stieß Ringe aus Rauch in die Luft und wippte mit einem Bein. Sie wirkte ungeduldig.

»Einige von Ihnen haben mich wissen lassen, dass der Baron von Drachenstein sich in der Nähe aufhielt, er selbst gibt jedoch an, zur Tatzeit bereits im Flugzeug gesessen zu haben.«

Drachenstein zückte ein silbernes Etui aus der Brusttasche und entnahm ihm einen Zigarillo. »Meine Maschine hat technische Schwierigkeiten, die ich vor dem Rennen beheben muss.« Er entfachte ein Streichholz und zündete den Zigarillo an. »Außerdem stehe ich selbst auf der verfluchten Liste. Dank bestimmter anwesender Damen.«

Jackie drückte ihre Zigarette in einem Aschenbecher auf dem Kaminsims aus, beinahe so, als wollte sie nicht zeitgleich mit Drachenstein rauchen. Das verschaffte Kit eine gewisse Genugtuung. Wie viel Zuneigung es auch immer zwischen Jackie und Laszlo gegeben haben mochte, sie war nicht mehr vorhanden. Jedenfalls nicht auf Jackies Seite.

»Ich traue dir nicht, Laszlo«, sagte Sir Alfred aus seinem Ohrensessel. »Ich schwöre dir, wenn du sie umgebracht hast ...«

Die Zähne von Drachenstein blitzten. »Was dann? Willst du mich etwa im Gegenzug umlegen? Versuch es ruhig.«

»Meine Herren.« Daniel hob beschwichtigend die Hände.

Sir Alfred und Drachenstein kannten einander also, dachte Kit. Wer steckte hier eigentlich mit wem unter einer Decke? Das Getue auf der Terrasse des Gritti war eine reine Farce gewesen. Hatten sie ihn die ganze Zeit an der Nase herumgeführt? Oder, schlimmer noch, war er nichts Besseres als eine Requisite in diesem Stück, mit der einzigen Aufgabe, nach Belieben hin und her geschoben zu werden, damit die Damen und Herren Spione unentdeckt ihre Ränke schmieden konnten? Offenbar.

Theodore Purcell war wohl zu der gleichen Erkenntnis gekommen. »Warum ziehen Sie meine Schwester und mich in die Sache hinein? Sie bringen uns doch nur unnötig in Gefahr. Mir wäre es lieber, wenn ich nie von den Geheimdienstaktivitäten meines Vaters erfahren hätte. Was glauben Sie, wie es sich anfühlt, wenn man über Jahre hinweg belogen worden ist?«

»Und Mama ...«, hauchte Lizzy, die noch immer ihr Medaillon umklammerte. »Mama war ihm immer egal.«

»Der Commissario war noch nicht fertig«, sagte Daniel streng.

Kit fragte sich, warum Sir Alfred nicht dazwischenging. Doch der saß weiterhin in seinem Sessel und starrte die Wand an.

»Der letzte Mensch, der die Prinzessin lebend gesehen hat«, fuhr der Commissario unbeirrt fort, »sofern er sie nicht ermordet hat, war der *Duca di Surrey*.«

Kit spürte alle Augen auf sich. Was war das? Sofern er sie nicht ermordet hatte? Warum sollte er sie ermordet haben? Er war der Letzte, der sie gesehen haben sollte?

»Tatsächlich?«, fragte er verwundert. Wieso griff Jackie nicht ein? Hielt sie ihn für einen Verdächtigen? Das konnte er sich beim besten Willen nicht vorstellen.

»*Sì, sì, Signore!*« Der Commissario und sein Bauch wackelten auf und ab wie ein irrwitziger Heißluftballon. »Der Nächste, der sie sah, war Sir Alfred. Aber da war sie bereits tot.«

Kit erinnerte sich an den ohrenbetäubenden Schrei des Konsuls und es lief ihm eiskalt den Rücken herunter. Wieder schaute er zu Jackie, aber die betrachtete ihre Füße.

Warum war sie so passiv? Er hatte sie noch nie so zurückhaltend erlebt. Lag es an Daniel? Oder an der Schwangerschaft? Oder hatte es etwa damit zu tun, dass er, ihr Verlobter, plötzlich im Zentrum der Ermittlungen stand? War ihr das peinlich? Aber warum sollte ausgerechnet er verdächtig sein, wo er doch als Einziger nichts mit irgendwelchen Geheimdiensten zu schaffen hatte?

»Darüber hinaus hat der Duke«, mischte Daniel sich wieder ein, »Lady Camilla Donaghue ebenfalls als Letzter lebend gesehen, als er sie gestern Abend am Anleger in eine Gondel setzte. Mit Ausnahme des Gondoliere und eines Hotelpagen.«

»Wen?«, fragte Kit, doch schon während er die Frage stellte, wusste er, wie dumm sie war. »Ach, Mitzy. Moment, was ist mit Mitzy?«

»Schon wieder Lady Donaghue, Daniel?«, fragte Truffino im selben Moment. »Aber sie hat doch heute Morgen ausgecheckt. Was hast du nur immer mit ihr? Sie ist eine unbeteiligte Kanadierin.«

»Ich habe nach meiner Rückkehr vom Lido im Gritti Erkundigungen eingezogen«, antwortete Daniel. »Lady Donaghues Zimmer ist unberührt, ihr Gepäck ist noch da.«

Kits Magen zog sich zusammen. Er hatte sie dem Gondoliere überlassen. Eine wehrlose Frau, allein und betrunken. »Um Himmels willen!«

Sargent fühlte sich gestört und brummte aus Protest. Dabei bohrte er Kit den Ellenbogen unangenehm ins Bein.

»Es tut mir leid, dass diese Nachricht schmerzlich für dich ist, Kit, aber Jackie und ich vermuten, dass es sich bei der unauffindbaren Leiche aus der Basilika um Lady Donaghue handelt. Sie muss nach ihrer Rückkehr ins Hotel noch einmal den Kanal überquert haben, um dort ihren Mörder zu treffen.«

Schmerzlich war vor allem Sargents spitzer Knochen, dachte Kit und entschied, zunächst nicht weiter auf Daniels Andeutungen einzugehen. Eventuell verfolgte Jackies Onkel ein Ziel, wollte den wahren Mörder hinters Licht führen oder Ähnliches. Jackie arbeitete ständig mit solchen Methoden, insofern war davon auszugehen, dass auch Daniel es tat.

»Soll das derselbe Mörder sein, der Natasha auf dem Gewissen hat?«, fragte Theodore sichtlich erschüttert. »Aber die beiden Frauen hatten nichts miteinander zu tun.«

Endlich gelang es Kit, Sargent in eine bessere Position zu bringen, und er wandte seine Gedanken dem Hier und Jetzt zu. Woher wusste Theodore, dass die Frauen nichts miteinander zu tun hatten? Hier hatte doch jeder mit jedem zu tun. Irgendwie.

»Das wissen wir nicht und das gilt es nun herauszufinden. Deswegen habe ich Sie alle hergebeten. Nennen wir unser kleines Stück doch *Das Geheimnis der Lady Donaghue*. Was hat sie in Venedig getan, wen kannte sie in Venedig, wen traf sie in Venedig?«

»In unserer Situation müssen wir die Dinge immer aus mehreren Perspektiven betrachten.« Endlich redete

Jackie. »Der Überläufer, der die bisherigen Morde verübte, hat gefährliche Gegner. Zu Beginn seiner Mordserie war niemand vorgewarnt, doch jetzt halten sämtliche Geheimagenten in Europa die Augen und Ohren offen. Wir wissen also nie, ob wir es bei den Toten mit Opfern oder Tätern zu tun haben. Wir sind bisher von einem einzigen Verräter ausgegangen, aber es könnte auch einen Zusammenschluss mehrerer Agenten geben, die hier gemeinsam agieren. Darüber hinaus vermuten wir, dass der Verräter die Liste mittlerweile an einen oder mehrere Geheimdienste oder kriminelle Organisationen verkauft hat, die nun ihrerseits zuschlagen.«

Bis auf die Purcell-Kinder und Kit schien keiner der Anwesenden Probleme zu haben, dieses Statement zu verstehen. Truffino runzelte die Stirn, Drachensteins Lippen zuckten vergnügt und Sir Alfred faltete die Hände im Schoß. Wenigstens rührte er sich.

»Deswegen sagen Sie alle uns jetzt bitte, ob und wie Sie jemals mit Lady Donaghue in Kontakt standen«, ergänzte Daniel.

Jackie verschränkte die Arme. »Sie hat versucht, meinen Verlobten zu erpressen.«

»Moment!«, protestierte Kit. Es ging ihm alles viel zu schnell. »Das ... das war doch nur eine Vermutung. In letzter Konsequenz hat sie es ja gar nicht getan.«

»Wer weiß, was sie von der Idee abgebracht hat. Möglicherweise hat deine Reaktion ausgereicht. Andere waren vielleicht weniger gelassen.«

Kit schluckte. Das konnte er nicht verneinen.

»Wie sieht es eigentlich mit Erfrischungen aus?«, fragte Daniel.

»Oh.« Elizabeth Purcell erhob sich schwankend. »Ich kümmere mich darum.« Sie ging zur Tür und steckte den Kopf hinaus, um das Personal anzuweisen, dann huschte sie zum Sofa zurück und nahm wieder Platz.

Kit fiel auf, wie zart sie war. Er hoffte inständig, dass die Ereignisse des Tages ihr nicht zu sehr schadeten. Gerade warf sie ihm einen verlorenen Blick zu. Er nickte aufmunternd und sie lächelte.

Ihr Bruder lächelte ganz und gar nicht. Er schmollte und sah innerhalb weniger Sekunden mehrfach zur Uhr auf dem Kaminsims. Er hatte wohl noch eine Verabredung mit seinen Kommunistenfreunden.

»Fangen wir direkt mit dir an, Christopher«, bat Daniel. »Dass du Lady Donaghue kennst, wissen wir alle. Aber woher genau und wann hast du sie das letzte Mal gesehen?«

Kit fuhr sich mit der Hand übers Gesicht. Er sah kurz zu Jackie hinüber, deren Augen allerdings auf Sir Alfred ruhten.

»Ich habe Lady Donaghue noch als Mitzy Bubbles gekannt«, begann Kit. »Sie war Sängerin und Schauspielerin, aber sie verdiente ihr Geld damit, Männern aus der Oberschicht Gesellschaft zu leisten. Bei Tag und bei Nacht.«

»Du hast ihre Dienste in Anspruch genommen?«

»Ja. Ich war damals in Oxford an der Universität. Meine Freunde und ich sind bei jeder Gelegenheit nach London gefahren, um uns zu amüsieren.«

Neben sich hörte Kit Truffino und den Commissario miteinander sprechen. Offenbar übersetzte der Kardinal Kits Aussage und der Commissario war über den Inhalt bestürzt. Im Gegensatz zu dem Kirchenmann.

»Hatte sie einen Zuhälter?«, fragte Daniel.

Kit war baff. Darüber hatte er noch nie nachgedacht. »Ich habe ehrlich gesagt keine Ahnung. Ich war damals kaum zwanzig, ich habe mir keinerlei Gedanken über solche Dinge gemacht.«

Truffino räusperte sich. »Die Verbindungen zwischen Prostitution und organisiertem Verbrechen sind hinlänglich bekannt.«

Aus weiter Ferne glaubte Kit, Mitzys Stimme zu hören. »Wartet mal. Damals wusste ich von nichts, aber gestern Abend in der Kirche sagte sie dahingehend etwas zu mir. Sie sprach im Scherz von ihren früheren Kontakten in London, die aus den Kunstschätzen der Basilika Profit schlagen könnten. *Das sind richtige Halsabschneider, weißt du? Diebe, Fälscher und Schlimmeres. Aber sie haben uns Mädchen immer gut beschützt.* So hat sie es formuliert.«

»Sieh an.« Jackie zündete sich nun doch wieder eine Zigarette an. »Charmant. Und da wir schon mal dabei sind. London, Männer aus der Oberschicht. Sir Alfred, haben Sie Mitzy Bubbles vielleicht auch gekannt?«

Sir Alfreds langer Hals schoss nach vorn. Kurz sah er aus wie ein übergroßer Lurch. »Wie bitte?«

»Ich habe Sie gefragt, ob Sie Mitzy Bubbles, auch bekannt als Lady Camilla Donaghue, in ihrer Funktion als leichtes Mädchen in London kannten.«

Sein Adamsapfel vollführte einen regelrechten Sprung. Dann nickte er.

»Oh là là!«

Laszlo von Drachenstein rieb sich die Hände, während Theodore laut Luft durch die Nase ausstieß. Der Commissario schlug sich vor Entsetzen mit der Hand auf den Schenkel. Elizabeth Purcell schluchzte und putzte sich die Nase.

»Hat Lady Donaghue jemals versucht, Sie zu erpressen, Sir Alfred?«, fragte Jackie.

»Nein … Nein, nichts dergleichen.«

»Aber im Gegensatz zu Christopher haben Sie Ihre Bekanntschaft gestern Abend nicht offenbart.«

Sir Alfred fing sich ein wenig. »Ich bitte Sie. Meine Kinder waren anwesend. Außerdem war der Duke über Jahre mit ihr befreundet. Immerhin waren sie alle beide junge Leute, die um die Häuser ziehen wollten. Ich habe nur gelegentlich ihre Dienste beansprucht. Unser Verhältnis war rein geschäftlich.«

»Schon interessant«, spie Theodore, »dass du dir eine Nutte gesucht hast, die unserer Mutter ähnlich sah. Das war ja wohl immer dein Typ.«

Sir Alfred sprang auf und ballte die Faust. »Das verbitte ich mir!«

»Ruhig, ruhig, ruhig, ruhig, ruhig«, beschwor Daniel Sir Alfred. »Die Gefühle kochen hoch. Sie stehen unter Schock.«

In diesem Moment traten zwei Diener ein und brachten Gläser und Getränke.

»Ah, sehr gut. Jetzt nehmen wir erst mal ein Schlückchen und setzen unser Gespräch danach fort. Das entspannt.«

»Bevor jemand fragt, ich habe die Dame nicht gekannt«, verkündete Laszlo von Drachenstein. »Sie war nicht mein Typ. Und wohl auch nicht der des Kardinals.«

»Die Kirche ist mein Typ«, sagte Truffino gleichmütig und nahm von Daniel einen Sherry entgegen.

Nachdem Daniel die Getränke verteilt hatte, richtete er sein Augenmerk auf den Kardinal. »Was war mit dem Ehemann, Benedetto? War Sir Donaghue vielleicht in Geschäfte verwickelt, die mit unserem Problem in Verbindung stehen? War er eventuell ein Waffenhändler oder etwas in der Art? Bösartig? Durchtrieben? Hinterlistig?«

»Nein. Er war ein redlicher Kanadier. Ein Bauunternehmer. Hatte ein glückliches Händchen, war ansonsten aber arglos.«

Drachenstein feixte. »Ein gefundenes Fressen für eine Dirne kurz vorm Ruhestand.«

Sosehr Kit ihm diesen Spruch übel nehmen wollte, so sehr traf er doch ins Schwarze.

»So kann man wohl sagen«, schmunzelte Truffino.

»Warum fragst du den Kardinal nicht, woher er die Donaghues kannte, Onkel Daniel?« Jackie wurde langsam unwirsch.

Kit war ihre Körpersprache vertraut genug, um das beurteilen zu können. Er kam nicht umhin, ihre Laune mit Drachensteins Anwesenheit in Verbindung zu bringen. Was war nur zwischen den beiden vorgefallen?

»Sir Jerome, so hieß Lady Donaghues Mann, war Katholik und er liebte Venedig. Er hat mich um eine Audienz gebeten und mir Geld angeboten. Er wollte Venedigs Bauwerke erhalten. Wer mir Geld anbietet, ist mir stets willkommen. Für die Kirche, versteht sich.«

»Wieso lassen wir deinen Duke eigentlich so schnell von der Angel, Jacqueline?« Drachenstein legte die Hände vor der Brust aneinander. Seine Eisaugen richteten sich auf die Detektivin, die seinen Blick starr erwiderte. »Jetzt mal im Ernst, meine Liebe. Wie lange kennst du ihn?«

Jackie schwieg. Kit schwieg.

Die übrigen Anwesenden waren sich der Tragweite der Frage natürlich nicht bewusst. Jackie Dupont kannte Christopher St. Yves, den Duke of Surrey, seit Februar 1920. Diana Gould, Erbin eines Eisenbahnimperiums und verschollene Duchess of Surrey, kannte ihn hingegen bedeutend länger. Wenn auch nicht unbedingt besser, wofür Kit damals mit Nachdruck gesorgt hatte. Er fühlte, wie das Blut ihm gegen seinen Willen in die Wangen schoss.

Drachenstein redete weiter. »Etwas über ein Jahr, oder nicht? Und wie viel Zeit hast du mit ihm verbracht? Einige Wochen? Woher willst du wissen, dass er hier nicht sein eigenes Ding dreht? So eine Eisenbahn und Stahlvermögen profitieren ja nicht vom Frieden.«

»Jetzt komm, Laszlo, mein Junge.« Daniel trat zu ihm hin und legte ihm eine Hand auf die Schulter, und wenn Kit es richtig beobachtete, bohrten sich seine Finger ziemlich fest in den Muskel. »Wir wissen alles über ihn.

Wirklich alles, glaub mir. Denkst du, Jackie lässt ihren Liebling unbeobachtet?«

Jackie warf Daniel einen verächtlichen Blick zu, den Kit nicht zu deuten vermochte. Er hoffte, dass sie die beiden Männer nicht unterbrach. Er wollte wirklich gern wissen, wie es weiterging.

»Du meinst wohl ihren Schatz«, grummelte der Deutsche.

»Er mag einer der reichsten Männer der Welt sein, klar, aber er hat durchaus noch einige andere Attribute, die ihn auszeichnen. Schau ihn dir an, er sieht fast so gut aus wie du und verfügt obendrein über viel mehr Klasse. Das können nur die Briten, weißt du, ihr deutschen Landjunker seid einfach viel zu humorlos. Er hat es gar nicht nötig, die Weltmacht an sich zu reißen. Sie gehört ihm längst.«

»Was für ein überraschender Kommentar«, säuselte der Deutsche.

Laszlo von Drachenstein mochte zwar der Teufel in Person sein, humorlos war er Kit allerdings in den letzten Minuten nicht vorgekommen.

»Danke, Daniel«, sagte er, um nicht völlig apathisch zu wirken, immerhin ging es um ihn. Frotzeln konnte er ebenfalls. »Ich begnüge mich mit meinen Millionen und überlasse die Weltherrschaft anderen. So lebt es sich entspannter.«

»Schluss jetzt.« Jackie machte einen Schritt nach vorn. »Zwei Frauen wurden umgebracht. Ich habe keine Lust mehr, mich mit euren Männerspielchen zu befassen.

Wenn niemand etwas Sinnvolles zu sagen hat, breche ich diese Konferenz hiermit ab. Ich habe Hunger. Wir sehen uns dann im Esszimmer.« Sie machte auf dem Absatz kehrt und steuerte auf die Tür zu.

Sowohl Theodore als auch Christopher sprangen auf, aber Drachenstein war näher dran. Er riss die Tür auf und Jackie stolzierte hinaus.

**Ndola, Nord-Rhodesien,
2. Januar 1914**

VON: JACKIE DUPONT
AN: DANIEL DUPONT

AUF SMARAGDJAGD IN RHODESIEN - STOP - SARGENT UNFEHLBAR - STOP - ICH HASSE SMARAGDE - STOP - GIN SCHUETZT VOR MALARIA - STOP - TRINKE REICHLICH - STOP - ZUM BEISPIEL JETZT - STOP - IN EINEM MONAT MIT HAPAG NACH HAMBURG - STOP - VON DORT NACH NEW YORK MIT SS IMPERATOR - STOP - GROESSTES SCHIFF DER WELT - STOP - WAS KANN DA SCHON PASSIEREN - STOP - BLUBB BLUBB - STOP - KUESSE

Venedig, britisches Konsulat, August 1921

»Hast du gesehen, dass ich aufgegessen habe?«, fragte Jackie in die Dunkelheit des Schlafzimmers und schmiegte sich eng an Kit. »Bin ich ein braves Mädchen?«

»Sehr.« Kit schlang die Arme von hinten um sie und küsste sie auf den Hals. »Vor allem bin ich froh, dass du dein *Gorget* noch nicht trägst.« Eigentlich war Kit nicht zu Scherzen aufgelegt, aber wenn er mit Jackie allein war, fühlte er sich in Sicherheit.

Das Abendessen war eine Tortur gewesen. Niemand hatte ein Wort gesagt, aus Angst, die Dienerschaft könnte etwas mitbekommen. Theodore war vom Tisch aufgestanden, sobald es der Anstand erlaubte – immerhin ein Fortschritt zum Vorabend –, während der Rest unterschwellige Blicke wechselte. Zum Glück hatte Jackie danach direkt ins Bett gewollt.

»Meinst du, so ein Ringkragen würde mir stehen?«, fragte sie kokett. »Sehr venezianisch.«

»Molto.«

Passend zum Thema traf eine kühle Hundenase Kit im Nacken. Sargent hatte sich vom Fußende des Bettes angeschlichen und nachdem er sich versichert hatte, dass dieser Abend allein dem Kuscheln gewidmet war, reihte er sich ein und rollte sich auf Kits Kopfkissen zusammen.

»So ein Trickser.«

»Wer? Mein Onkel?«

»Nein, dein Hund.«

»Ach so, der. Ich habe das Gefühl er ist bald eher dein Hund als meiner.«

»Er weiß eben die Autorität eines Mannes zu schätzen.«

Sie gab ihm einen Klaps auf den Oberschenkel. »Autorität, was? Was hat die Autorität überhaupt von der Zeit vor Natashas Mord zu berichten?«

Kit hatte gehofft, dem Thema noch eine Weile entgehen zu können. Leichen am Strand mit Messern in der Kehle verursachten ihm Unbehagen. Nicht die Leichen an sich. Im Krieg war er durch Berge aus ihnen gewatet. Auch das Töten schreckte ihn nicht mehr. Er hatte unzählige deutsche Soldaten erschossen, ja, sogar einige mit dem Bajonett niedergemetzelt. Nein, es war die Niedertracht. Die Heimlichkeit. Das Lauernde. Die Ungewissheit. Es war der Umstand, dass hier, unter der Sonne der Adria und umgeben von einem Meer aus Türkis, jemand den Wunsch hegte, Menschen einen Dolch in den Hals zu rammen. Jemand, den er womöglich kannte. Jemand, der heute Abend womöglich in diesem Hause war.

»Die Prinzessin hat Nachrichten aus der Heimat erhalten und war schlechter Stimmung.«

Jackie machte einige Atemzüge. Kit fiel auf, dass sie schon seit einiger Zeit nicht mehr geraucht hatte. Nahm sie sich Professor Cavours Empfehlung etwa zu Herzen? Seine Hand glitt auf ihren Bauch. Er war immer noch flach, aber ein wenig weicher als früher.

Er legte seine Lippen dicht an ihr Ohr und flüsterte. »Spürst du schon was?«

Sie schwieg eine Zeit lang. »Wann kommt die Post üblicherweise?«, fragte sie schließlich.

»Wann sie eben kommt.« Kit konnte seinen Ärger über ihr Verhalten nicht unterdrücken. »Wir sind nicht in London oder New York. Die Italiener lassen es lieber entspannt angehen.«

»Da kennst du aber Mussolini schlecht.«

Kit verdrehte die Augen. »Du dagegen kennst ihn natürlich sehr gut. Wie jeden auf der Welt.«

»Er ist mir schon mal begegnet, ja. Ich persönlich kann den Mann nicht ausstehen. Aber glaube mir, spätestens nächstes Jahr übernimmt dieser fahnenwedelnde Möchtegern-Imperator hier den Laden. Na, bis dahin sind wir hoffentlich lange weg aus Venedig. Ich frage dich nur nach der Post, weil Natasha heute Morgen beim Frühstück noch guter Dinge war. Wir haben über Rasputins heilende Hände diskutiert und sie glaubte daran. Ich fand sie eher schwitzig.«

Trotz seines Ärgers konnte Kit sich ein Lachen nicht verkneifen. »Jetzt auch noch Rasputin. Das wird ja immer schöner.«

»Oh ja«, antwortete sie ganz selbstverständlich. »Den Romanows ist ein Ei abhandengekommen, deshalb musste die kleine Jackie nach Sankt Petersburg.«

»Wer hat es denn gestohlen? Lenin?«

»Jetzt werd nicht frech. Du hast ja keine Ahnung, was für einen Rattenschwanz das nach sich gezogen hat. Von Sankt Petersburg bis nach Kapstadt ging die Odyssee, weil sich ein ganzes Schmugglernetzwerk auftat, das weltweit Schmuck und Edelsteine versetzte.«

»Das du natürlich gesprengt hast.«

»Schön wär's.« Sie streckte die Hand in Richtung Nachttisch aus, wo ihre Zigaretten lagen, zog sie dann aber wieder zurück. »Leider haben die deutschen Geheimdienste dahintergesteckt, die so ihre verdeckten Agenten finanzierten.«

»Ah, daher weht der Wind. Womit wir wieder beim Thema wären. Natasha hat deinen Landjunker übrigens ebenfalls am Lido gesehen. Durchaus möglich, dass sie seinetwegen so aufgebracht war und nicht wegen irgendwelcher schlechter Nachrichten.«

Jackie machte eine lange Pause, bevor sie sprach. »Mein Landjunker ist ein deutscher Spion von hohem Rang, den ich während des Krieges derart kompromittiert habe, dass er gezwungen war, für die Vereinigten Staaten zu arbeiten, um sein Leben zu retten. Er ist der gefährlichste Mann, den ich kenne. Ich traue ihm jede Schändlichkeit zu. Dennoch weiß ich, dass er rund um die Uhr von amerikanischen Agenten überwacht wird. Er konnte nicht mal eben nach Lissabon oder nach Tripolis, nach Thessaloniki oder Wien fahren, ohne dass es jemand bemerkt hätte. Ab und zu darf er eine Reise machen, damit seine Leute in Deutschland denken, er wäre immer noch für sie tätig. Meistens übernehme ich dann die Observation, weil wir den deutschen Diensten als Liebespaar bekannt sind, das sich immer wieder trennt und dann doch zusammenfindet. Daniel und ich statten ihm regelmäßig Besuche ab und melken ihn, zu allem, was er weiß. Wenn Laszlo will, dass du stirbst, dann stirbst du einfach und niemand käme je darauf, dass es ein Mord war. Er ist bestimmt nicht in einem pinken Pyjama oder einem gestreiften Bademantel in den Pavillon der Purcells geschlichen. Da halte ich den Pudel für verdächtiger.«

Kit bekam eine Gänsehaut. Er war sich da nicht so sicher. Doch er spürte, dass die Sache für Jackie vorerst erledigt war. »Wer denn dann?«

Sie zuckte mit den Schultern und traf dabei Kit am Kinn. Der wich zurück und Sargent schnaubte empört.

»Entschuldige, Darling.« Kit war sich sicher, nicht gemeint zu sein. »Nun denn, ich habe verschiedene Ideen. Nichts Ausgereiftes bisher.«

»Vielleicht ein alter Komplize von Mitzy?« Kit wurde schon wieder flau im Magen, wie immer, wenn er in den letzten Stunden an seine frühere Freundin gedacht hatte. Mein Gott, Mitzy. Gerade erst wieder da und jetzt sollte sie tot sein? »Es kann doch auch noch andere Gründe für ihr Verschwinden geben, außer ihren Tod.«

»Welche zum Beispiel?«

»Vielleicht hat sie euren Verräter entlarvt und ist so schnell geflohen, wie sie nur konnte. Untergetaucht.«

»Mit untergetaucht hast du auf alle Fälle recht, Honey.« Sie gähnte. »Um deine Frage von eben zu beantworten, die Schwangerschaft ist nicht unbedingt mein liebster Zustand. Ständig ist man müde und verwirrt. Ständig will ich irgendwas sagen, aber ich vergesse es sofort. Ich würde vorschlagen, wir lösen jetzt erst mal die beiden Mordfälle auf und beschäftigen uns anschließend mit unserem Privatleben. Komm, hör auf zu grübeln und lass uns schlafen. Sargent hört jeden Meuchelmörder kommen, lange bevor er hier ist.« Zur Bestätigung schnarchte Sargent aus vollem Herzen. »Gute Nacht allerseits.«

Jackie zog sich die Decke über die Schultern, während Kit noch eine Weile mit offenen Augen liegen blieb.

Anfangs pflegte er seinen Groll, bis er sich eingestehen musste, dass Meuchelmord und Babygespräche schlecht zueinander passten. Schließlich ließ er die Ereignisse des Tages Revue passieren und fragte sich, ob er etwas Entscheidendes übersehen hatte, bis die Erschöpfung seine Lider schwer machte und er einschlief.

Mitten in der Nacht wachte er auf. Er stützte sich auf die Ellenbogen und sah sich im dunklen Bett um.

»Verflucht!«, zischte er und schlug mit der Faust auf die Matratze.

Jackie und Sargent waren verschwunden.

Aus den Memoiren der
JACKIE DUPONT

Es tat mir jedes Mal furchtbar leid, Christopher zu hintergehen, aber wenn ich ihm meine Pläne verraten hätte, dann hätte er mit allen Mitteln versucht, mich davon abzubringen. Zum Glück kannte ich die Schlafphasen meines Verlobten gut genug, um abzuschätzen, wie lange ich warten musste, bis Sargent und ich aufbrechen konnten. Unsere Tarnkleidung hatte ich schon vorher im Korridor versteckt, als Christopher im Badezimmer war.

Sowohl Sargent als auch ich waren ganz und gar in Schwarz gekleidet und er saß in der Tragevorrichtung auf meinem Rücken. Die Rote 9 war im Halfter an meiner Hüfte und zwei Wurfmesser steckten in meinen Stiefeln. So fühlten wir uns gerüstet.

Wir verließen das Konsulat durch das Fenster des Frühstücksraums. Durch den Garten ging es hinaus in die Stadt.

Der Geruch von Salzwasser und Algen drang mir in die Nase und ich erinnerte mich daran, wo ich mich befand. In Venedig. Sargent war nicht etwa festgeschnallt, weil ich ihn bei mir behalten wollte, nein, nein. Ich wollte ihn daran hindern, sich in den nächsten Kanal zu stürzen und fortan nach Fisch zu stinken. Ein solcher Duft konnte jede Tarnung sprengen.

Mein Ziel war ein Haus im nördlichen Stadtteil Cannaregio, wo sich Theodore Purcell mit seinen Freunden traf. Die gekonnte Bestechung von Hausangestellten hat noch immer zu Ergebnissen geführt und Stan hatte sich nicht geziert, mir von diesem Treffpunkt zu erzählen. Zwar hielt ich Theodore keineswegs für einen Mörder, aber ich hielt ihn für die Sorte Mann, die sich schnell hinters Licht führen ließ. Die Bolschewiken waren in Europa gut vernetzt. Immerhin hatte ein Großteil ihrer Anführer in der Zeit vor der Revolution hier im Exil gelebt. Theodore war ein gefundenes Fressen für solche Leute. Wenn Lenins Agenten von Natashas Geheimnis Wind bekommen hatten, war es nicht unwahrscheinlich, dass sie sich bei Theodore Informationen über ihren Aufenthaltsort beschafft hatten. Dass Natasha im britischen Konsulat wohnte, war zwar kein Geheimnis, aber so leicht war es dann eben doch nicht, als Wildfremder dort hineinzuspazieren und eine Prinzessin umzubringen. Das tat man besser, wenn sie außer Haus war.

Nach der Zusammenkunft im Kaminzimmer hatte Commissario Delvecchio mich über den neuesten Ermittlungsstand der venezianischen Polizei in Kenntnis gesetzt. Bis auf einige widersprüchliche Zeugenaussagen von beschwipsten Badegästen des Hotel Excelsiors gab es leider keine Erkenntnisse. Davon war ich auch nicht wirklich ausgegangen. Unser Mörder hatte sicher dafür gesorgt, dass er nicht gesehen wurde. Profis beherrschen das in Perfektion. Ich zum Beispiel.

Wie eine Katze schlich ich mittlerweile durch die Gassen, immer darum bemüht, im Schatten zu bleiben. In einigen Fenstern brannte noch Licht, doch viele Venezianer waren zurzeit nicht in der Stadt, ganze Häuserfronten waren unbeleuchtet und ich begegnete in den ersten zehn Minuten keiner Menschenseele.

Außer dem beständigen Murmeln des Wassers war kaum ein Laut zu hören. Auf dem Stadtplan hatte ich mir den Weg herausgesucht und eingeprägt. In der Dunkelheit war es schwer, sich zu orientieren. Das Haus, in dem die Kommunisten tagten oder vielmehr nächtigten, lag etwa fünfundzwanzig Minuten in Richtung Norden und aufgrund der vielen Kanäle wurde es eine elende Zickzacktour. Es half zudem nicht, dass Sargent leise in mein Ohr fiepte, und zwar eine Melodie, die verdächtig nach *O Sole Mio* klang.

Ich überquerte einen Kanal namens *Rio de Ca'Foscari* und hielt mich anschließend links. Eine Weile ging es geradeaus, dann stieß ich wieder auf den Canal Grande, der dank seiner unsäglichen Mäander überall zu sein schien, ganz egal wie weit man glaubte, sich von ihm zu entfernen. Ich bog am Kanal rechts ab, kreuzte ihn an der *Ponte di Scalzi*, und schlug mich wieder in die Gassen. Hier traf ich zum ersten Mal auf einen Menschen, einen angetrunkenen Italiener. Wenn ich sage, ich traf ihn, dann meine ich, dass er an mir vorbeilief, während ich mich für ihn unsichtbar im Schatten versteckt hielt. Sargent hatte

Anstand genug, währenddessen seinen Gesang zu unterbrechen.

Den *Canal di Cannaregio* kreuzte ich an der *Ponte di Guglie* und machte mich langsam auf meine Ankunft gefasst. Besagtes Kommunistennest lag in der *Calle Colonna*, einer Sackgasse unweit der Kirche San Leonardo.

»So, mein Freund«, flüsterte ich Sargent zu, »ab jetzt heißt es selbst laufen und benehmen.«

Er wackelte zur Bestätigung mit der Nase, wenn auch nicht sonderlich einsichtig. Ich zog ihm seine eigens für ihn bei Gieves & Hawkes in der Savile Row angefertigte Sturmhaube über den Kopf, bis nur noch Maul und Nase frei blieben. Seinen Ganzkörper-Tarnanzug für den Sommer, aus derselben Schneiderstube, trug er bereits. Dieser hatte seinerseits Öffnungen an allen relevanten Körperstellen, die der männliche Hund gelegentlich zum Einsatz bringen musste. In Ermangelung von Bäumen bevorzugt an Hauswänden, was im brütenden italienischen Sommer niemandem zum Vorteil gereichte. Aber zurück zu meiner Expedition.

Die Sackgasse lag vor uns. Aus einem Haus an ihrem Ende drangen Stimmen zu mir durch. Das waren sie wohl, die Kommunisten.

Ich näherte mich dem Gebäude auf leisen Sohlen, dann legte ich meine eigene Sturmhaube an.

Sargent wusste, was zu tun war. Er hielt sich dicht neben mir, ohne mir jemals vor die Füße zu laufen. Vor der Haustür stoppte ich und drückte sanft dagegen. Verschlossen. Kein Problem. Ich zog eines meiner Messer aus dem Stiefel und schob es in den Türspalt. Klick, schon sprang der Riegel zurück. Es war Sargents Aufgabe, das Treppenhaus zu sondieren. Er war für mich in der Dunkelheit kaum noch zu sehen. Die Stimmen hallten jetzt lauter. Ein Gemisch aus Englisch und Italienisch, von Muttersprachlern und Nicht-Muttersprachlern. Vehement stritten sie miteinander, durcheinander, gegeneinander und doch bezog sich kein Satz auf den anderen.

Da Theodore das Haus bald nach dem Abendessen verlassen hatte, nahm ich an, dass der Zenit dieses Gespräches längst überschritten war. Dennoch bestand offenbar weiterhin Redebedarf. Das mochte einerseits am Gesprächsthema, andererseits an der allgemeinen Redseligkeit der Italiener und einer Menge Rotwein liegen, die man üblicherweise bei solchen Zusammenkünften konsumierte.

Ich presste ein Ohr an die Tür.

»Wir müssen selbst tätig werden«, rief ein Italiener. »Jetzt erst recht. Sie soll unsere Märtyrerin sein.«

Ich stutzte. *Sie?*

»Das hätte sie nicht gewollt.« Hier sprach ganz klar Theodore Purcell, in stark akzentuiertem Italienisch. »Sie war eine einfache Soldatin. Sie ist im Kampf gegen die Faschisten gefallen.«

Mir schwante Unglaubliches.

»Woher weißt du, was sie gewollt hätte? Soweit ich weiß, ein freies Russland.«

Ach, du grüne Neune.

»Ich habe schon längere Zeit mit ihr unter einem Dach gelebt«, erklärte Theodore, wenn auch grammatisch nicht so korrekt wie in meiner Übersetzung. »Ich habe ihr wahres Ich gekannt.«

Das wurde ja immer schöner.

»Wir reden seit Stunden um den heißen Brei herum«, sagte ein weiterer Unbekannter. »Viel wichtiger ist doch herauszufinden, wer sie umgebracht hat, damit wir uns an ihm rächen können. Ich bin sicher, es war einer von Mussolinis Schergen.«

»Diese Detektive aus Amerika schnüffeln jetzt überall herum«, erklärte Theodore. »Ich verstehe überhaupt nicht, warum die Polizei das zulässt.«

Das hätte ich ihm erklären können.

»Diese elende Korruption«, wütete der Nächste. »Die Amerikaner wedeln mit ihren Dollars und schon springen sie alle. Das ist Kapitalismus, wie Marx ihn beschrieben hat. Wenn die Internationale es nicht schafft, sich dagegen zu wehren, ist die Welt dem Untergang geweiht.«

Ich gähnte. Sargent tat es mir nach.

Theodore stöhnte. »Es muss ein Profi gewesen sein. Wer sonst weiß, wie man ein Messer in jemanden steckt.«

»Wahrscheinlich waren es die Amerikaner selbst. Sie haben die Prinzessin ausgeschaltet, weil sie herausgefunden haben, dass sie in Wahrheit für die Sache des Kommunismus kämpfte. Ein armes Bauernmädchen aus Sibirien.«

Ich konnte kaum an mich halten. Ein armes Bauernmädchen? Natasha? Was hatte sie diesen armen Jungs nur erzählt? Und warum? Wollte sie mögliche Agitatoren aus Russland den Wind aus den Segeln nehmen, indem sie selbst zu Rädelsführerin der Gruppe avancierte? Ich traute es ihr allemal zu. Natasha stünde nicht zu unrecht auf der Liste der Doppelagenten. Sie spielte das Spiel mit Bravour. Nun denn, sie hatte es gespielt, bis am Nachmittag jemand auf die Idee gekommen war, sie auszuschalten. Trotzdem musste ich Genaueres herausfinden. Auch Theodores Rolle in dieser Farce war keineswegs geklärt. Immerhin war er Sir Alfreds Sohn und möglicherweise gar nicht so verbrämt, wie er sich gab. Womöglich fand hier eine konzertierte Aktion statt, bei der sich sowohl Theodore als auch Natasha in diesen Kreis eingeschleust hatten, um etwaige Hintermänner oder Finanziers zu identifizieren.

Aber was machte ich mir Gedanken? Ich würde die Antwort ja doch nicht erraten. Besser war es, zur Tat zu schreiten.

Vorsichtig entfernte ich mich von der Tür und Sargent tat es mir nach. So leise, wie wir gekommen waren, verschwanden wir wieder aus dem Treppenhaus und traten in die Nacht hinaus. Dort schnallte ich mir den Hund wieder auf den Rücken und machte mich davon. Ich musste mich mit Theodore allein unterhalten. Allerdings an einem Ort fernab von seinen Genossen.

In den nachtschwarzen Gassen war es jetzt totenstill. Bis auf das Plätschern von Wasser. Der Geruch von Tang hing schwer in der Luft und ich hätte mich an traumhafte Sommernächte an der Küste Liguriens erinnern können, wäre ich nicht in Venedig einem Mörder auf der Spur.

Es gab verschiedene Wege, um aus Cannaregio zum britischen Konsulat zurückzukehren. Ich musste mich also möglichst dort in der Nähe aufhalten, um sicherzugehen, dass Theo mir in die Falle ging. Sofern er überhaupt nach Hause zurückkehrte und nicht irgendwo nach Trost im Alkohol oder in den Armen einer willigen Partnerin oder eines willigen Partners fand.

Sargent und ich verschanzten uns letztendlich an der *Ponte delle Maravegie*, wenige Hundert Fuß vom Konsulat entfernt, in einer Nische. Sargent setzte sich vor mich hin. Außer seinen Augen konnte ich kaum etwas von ihm erkennen, aber die waren spekulativ auf den Kanal gerichtet.

»Wehe dir«, flüsterte ich. »Wir sind im Einsatz.«

Durch ein Brummen tat er seinen Missmut kund, legte sich aber flach auf den Boden.

Das konnte ich gerade noch gebrauchen, dass er mir im Tarnanzug ins schwarze Wasser sprang. Ich fragte mich nicht zum ersten Mal, wie ein Lebewesen so intelligent und gleichzeitig so unvernünftig sein konnte.

Die Zeit wollte kaum vergehen. Außerdem war es viel zu dunkel, um etwas auf meiner Taschenuhr erkennen zu können. Also tat ich, was man eben so tut, wenn man allein in einer dunklen Nische steht und jemandem auflauert. Ich dachte über passende Namen für mein Kind nach. Wenn man schon mal ein Kind mit einem englischen Adligen bekam, sollte der Name ja wohl möglichst hochtrabend sein. Altgriechisch mindestens. Wenn nicht sogar Altägyptisch. Immerhin würde unser Kind ein zukünftiger Herzog, oder eine Herzogin. Ja, ich würde persönlich dafür sorgen, dass das Erbrecht der Surreys eine Änderung erfuhr. Nur die männliche Linie. Dass ich nicht lachte!

Leider konnte ich während meiner Wartezeit nicht rauchen, auch wenn das meine Kreativität angeregt hätte, doch der Duft von Zigarettenrauch war viel zu verräterisch.

Wie wäre es mit Nefertiti? Oder Hatschepsut? Oder Ptolemäus, für einen Jungen? Ich würde meinen Christopher ja auch noch heiraten müssen. Das durften wir nicht vergessen. Wollte ich eine große Hochzeit in aufwendiger Robe? Oder eher ein Dinner mit Freunden und Verwandten, ganz dezent. Die Familientiara der Surreys musste natürlich sein. Es würde jedenfalls keine so förmliche Veranstaltung sein wie die Hochzeit von Christopher mit Diana Gould. In einer dunklen Kathedrale und mit geklöppelten Schleiern.

Anubis? Osiris?

Schritte. Hoffentlich Theodore. Hoffentlich allein. Niemand sprach und die Länge der Schritte deutete auf eine hochgewachsene Person hin.

Nun denn, ich würde es gleich herausfinden. Ich wartete, bis die Person an der Nische vorbeigegangen war, dann glitt ich hinaus und griff zu. Ein Hebelgriff und der Mann lag am Boden. Sofort sprang Sargent hinzu und platzierte sich neben der Kehle unseres Opfers. Theodore.

Ich setzte mich rittlings auf ihn und presste ihm eine Hand auf den Mund. Mit der anderen zog ich die Rote 9.

»So, mein Freund. Dann wollen wir uns mal unterhalten.« Sein Körper entspannte sich. Er hatte wohl mit jemand anderem gerechnet. »Ach, für wen haben Sie mich denn gehalten, wenn ich fragen darf? Wie kommt es, dass Sie so erleichtert sind, dass ich es bin?«

Er gab ein Geräusch von sich und ich erinnerte mich daran, dass ich immer noch meine Hand auf seinen Mund gepresst hielt.

»Leise, wenn ich bitten darf«, befahl ich und nahm sie weg.

»Miss ... Miss Dupont ...«, lallte er.

»Tun Sie nicht so, ich habe sie eben in Cannaregio noch völlig normal sprechen hören.«

Er sagte nichts.

»Also. Ich frage jetzt ganz dumm: Sind sie so naiv oder haben Sie Natasha ihren Kommunistenfreunden vorsätzlich vorgestellt? Hat sie darauf bestanden?«

Er ahnte wohl, dass Widerstand, auch innerer, zwecklos war. »Sie hat mich erpresst«, ächzte er.

Das sah ihr schon ähnlicher.

»Und womit?«

»Ich habe Konsulatsgelder abgezwackt. Nicht für mich ... für die Sache.«

Ich steckte die Rote 9 ins Halfter und holte meine Zigarettenspitze hervor. Jetzt konnte ich endlich rauchen. Hier würde Christopher mich nicht ertappen. Schlecht für das Kind? Dass ich nicht lachte. Man musste sich nur mal meinen Freund Winston Churchill ansehen. Der rauchte Tag und Nacht, sogar in der Badewanne, und sah aus wie ein Baby.

Zu meiner Freude fand ich ein Zigarettenetui in Theodores Hosentasche. »Sie erlauben?«

Er nickte.

Rauchend verhörte es sich einfach besser. Mit qualmender Zigarette setzte ich die Befragung fort. Sargent rollte sich derweil zusammen und schlief ein. Er war noch nie ein Nachthund.

»Da haben Sie die Gelegenheit ergriffen und Natasha ausgeschaltet?«

»Nein.« Er hustete. »Dazu wäre ich niemals imstande.«

Ich sog ausgiebig an der Zigarettenspitze. Dann bekam ich doch ein schlechtes Gewissen und drückte die Zigarette am Boden aus. Pathologen sahen immerhin die Leute am Ende von innen.

»Theo, Sie waren mit Christopher an der Front. Sie haben Dinge gesehen und getan, die sich niemals rückgängig machen lassen. Die Hemmschwelle sinkt ungemein, wenn man erst mal Übung im Töten hat.«

»Mein Vater hat sie geliebt. Sie hat ihn glücklich gemacht. Sie ahnen ja nicht, was er für ein Mann ist, wenn er unglücklich ist. Er tut immer so charmant, aber er ist jähzornig. Als Kind hatte ich schreckliche Angst vor ihm. Natasha hatte ihn im Griff.«

Er konnte mir zwar viel erzählen, wenn der Tag lang war. Oder die Nacht. Aber ich glaubte ihm zumindest das.

»Und Sie sind finanziell auf Ihren Vater angewiesen.

Der Kommunismus ist eher ein Hobby, das Ihnen einen Nervenkitzel verschafft. Und Sie wussten, wenn Ihr Vater herausfindet, dass Sie die Krone bestehlen, ist es aus mit der Gemütlichkeit.«

Er nickte.

»Christopher hat mir berichtet, dass Sie Ihrem Vater in den letzten Tagen mit Verachtung begegnet sind. Woran lag das?«

»An Lady Donaghue.«

Damit hatte ich nicht gerechnet.

»Lady Donaghue? Mitzy Bubbles?«

»Ja. Camilla Bubbles. Ich glaube, sie war mal meine Gouvernante.«

Für einen Augenblick war sogar ich sprachlos. »Ihre was?«

»Meine Gouvernante. Lady Donaghue war meine Gouvernante, ich bin ziemlich sicher. Ich habe sie sofort erkannt. Ich weiß nicht, ob mein Vater sie auch erkannt hat, aber ich schon. Wissen Sie, ich habe sie lange für meine Mutter gehalten. Bis zu dem Tag, an dem mein Vater sie in einem Tobsuchtsanfall aus dem Haus warf. Für mich hat damals eine furchtbare Zeit begonnen. Prügel und kalte Schlafräume in grauenhaften Internaten.«

Ich presste die Schenkel vor Wut zusammen. »Und Sie haben vorhin im Kaminzimmer keinen Anlass gesehen, uns das zu offenbaren? Stattdessen haben Sie etwas von Nutten krakeelt, die Ihrer Mutter ähnelten?«

Er ächzte. »Ich … ich dachte nicht, dass es relevant wäre. Und meine Schwester war ohnehin schon so aufgebracht. Sie hätte keine weiteren Überraschungen vertragen.«

»Meine Güte.«

»Sie wissen nicht, wie es für Lizzy war. Wochenlang lag sie im Krankenhaus. Alle waren tot. Unsere Mutter, unsere Angestellten, all ihre Vertrauten. Unser Vater war weit weg. Sie hatte nur mich. Und das, obwohl wir einander kaum kannten.«

Ich drückte die Zigarette aus. »Rührend. Bewegend. Und trotzdem hätten Sie es jemandem sagen müssen. Wenn nicht Daniel oder mir, dann zumindest Christopher. Dem trauen Sie ja wohl über den Weg.«

Er wollte die Hände heben, um zu gestikulieren, aber die waren im Klammergriff meiner Schenkel gefangen. »Ich war doch selbst viel zu überrumpelt. Auf einmal liegt Natasha mit einem Dolch im Hals da. Erst dachte ich, dass meine Freunde uns auf die Schliche gekommen seien. Sie ahnen ja nicht, mit welcher Angst ich heute Abend zu diesem Treffen gegangen bin.«

»Und, als ich Sie eben überfallen habe, dachten Sie, es sei um Sie geschehen und jemand sticht Ihnen ein Stilett ins Hirn.«

»Ja.«

»Ich hoffe, Sie haben nicht vor Schreck uriniert. Sonst gibt es gleich ein böses Erwachen für uns beide.« Ich stand auf. »Nein, wir sind noch trocken. Da hat sich Ihr Aufenthalt im Schützengraben immerhin gelohnt. Ihre Blase ist schockresistent. – Komm Sargent, ab ins Bett. Ich bin hundemüde.«

Sargent nieste.

»Entschuldige den Scherz. – Ich würde Sie, Theodore, bitten, einmal in Ihre Kindheitserinnerungen einzutauchen und herauszufinden, was Sie noch von Ihrer früheren Gouvernante wissen. Hätte Elizabeth sie nicht auch erkennen müssen?«

Theodore kletterte auf die Füße. »Nein, unsere Mutter war mit ihr schwanger, als Camilla rausflog. Die Erinnerungen sind sehr verschwommen. Dass Camilla und meine Mutter nicht ein und dieselbe Person sind, ist mir erst im Erwachsenenalter klar geworden.«

Ich wurde hellhörig. »Obwohl Sie beobachtet haben, wir Ihr Vater die Frau vor die Tür gesetzt hat?«

»Auch das konnte ich erst als Erwachsener einordnen. Die Ähnlichkeit der beiden war erheblich. Sie waren genau der gleiche Typ Frau. Nicht wie bei Zwillingen, aber eben so, dass man die eine für die andere halten konnte, wenn man nur einer von ihnen begegnete und nicht näher mit ihnen bekannt war. Mein Gott, wenn ich daran denke, was danach aus ihr geworden ist. Eine Prostituierte.«

»Eine Prostituierte, die Ihr Vater frequentiert hat.«

Er sog die Luft ein. »Das wird mir nun bewusst.«

»Vielleicht hat er sie auch schon vorher frequentiert. Als die gute Mitzy noch Ihre Gouvernante war. Sehen Sie? Das ist das Drama meines Berufes. Neue Antworten werfen immer neue Fragen auf. So, nun wollen wir aber schön still sein, wenn wir uns der Heimat nähern.«

Wir erreichten das Konsulat und ich zog Sargent und mir die Sturmhauben vom Kopf. Theodore besaß einen Schlüssel, mit dem er die Tür aufschloss.

Schweigend gingen wir die Treppe hinauf. Auf dem Absatz hob ich Sargent hoch, nickte Theo zu und schritt zu Christophers Tür, während Theo seinen Weg nach oben fortsetzte.

Leise drückte ich die Klinke nach unten und öffnete die Tür.

Ich spürte seine Gegenwart, noch bevor ich ihn sah. Ich hatte seine Gegenwart immer gespürt. Er war wie ein Sender, der magnetische Wellen zu mir aussendete.

Laszlo. Laszlo war hier.

Und er hatte Kit.

Montevideo, Uruguay, 19. August 1914

Liebe Tante Lissy,
nun sind Onkel Daniel und ich schon seit zwei Wochen in Montevideo. Das Wetter hier ist leider nicht so schön, weil auf der Südhalbkugel gerade Winter ist. Dafür ist unser Hotel umso schöner. Wie du weißt, sind wir einer Gruppe von Schmugglern auf der Spur, die in großem Stil Smaragde über Montevideo aus Südamerika schaffen, und es wird vermutet, dass unser Hotel der Dreh- und Angelpunkt der Schmuggler ist.
Im Moment haben wir einen sehr gut aussehenden Baron aus Deutschland im Visier und ich sage dir, es ist eine reine Wonne, ihn auszuspionieren. Er ist groß, blond, hat Augen wie aus Stahl und ebensolche Muskeln und er kann stundenlang von Wagner schwärmen. Ich glaube, er hat sich unsterblich in mich verliebt. Schließlich entspreche ich voll und ganz seinem germanischen Ideal. Natürlich hält er mich für die Tochter des Bankiers, für den Onkel Daniel sich ausgibt, und er amüsiert sich sehr über meinen schweizerdeutschen Akzent. Außerdem ist er, so vermuten wir, der Kopf der Schmugglerbande und unterstützt mit den Smaragden die Kriegsanstrengungen des Kaisers. Onkel Daniel und ich befürchten, dass er nach Deutschland aufbrechen wird, noch bevor wir ihn dingfest machen können.
Ein gerissener Hund, dieser Laszlo von Drachenstein. Was für ein Name! Ich vergebe ihm fast seine Vorliebe für Smaragde. Und so schön.
Deine Jackie

Venedig, britisches Konsulat, August 1921

Kalt war die Waffe an seiner Schläfe. Kalt die Stimme, die nun sprach.

»Da bist du ja endlich. Du machst dir keine Vorstellung, wie langweilig es ist, einem Mann beim Schlafen zuzusehen. Obwohl mich die Fantasien darüber, wie ich ihn ermorden könnte, einigermaßen bei Laune gehalten haben.«

Kit blinzelte. Er begriff kaum, was geschah. Jemand hatte das Licht angeschaltet. Jetzt erinnerte er sich. Er war aufgewacht und hatte Jackie neben sich vermisst. Wohl wissend, dass er ihr mehr im Wege stünde, als ihr zu helfen, hatte er sich resigniert auf die andere Seite gedreht, und auf ihre Kompetenz vertraut. Sie hatte genug gegessen und getrunken, es war nicht mehr heiß, sie hatte Sargent dabei und die Rote 9 lag nicht mehr unter dem Kopfkissen. Also war er wieder eingeschlafen.

Der Nebel des Schlafs lüftete sich schnell. Aus dem Augenwinkel, vorbei am Lauf der Waffe, erkannte er Laszlo von Drachenstein. Der Deutsche würdigte ihn keines Blickes, denn in der Tür stand Jackie. Sie trug einen schwarzen Kampfanzug und ihr Haar war zerzaust. Neben ihr saß Sargent, ebenfalls in Kampfausrüstung, still und stumm wie eine Statue.

Kit hielt die Luft an. Jede Sekunde würde Jackie einen ihrer Kunstschüsse vollziehen. Er musste nur im richtigen Moment beiseiterollen, falls Laszlo aufs Bett stürzte. Gleich würde Sargent über ihn hinwegspringen und Laszlo die Kanone entreißen und Jackie ein Wurfmesser hinterherwerfen. Gleich würde …

»Was willst du, Laszlo?«, fragte sie stattdessen, mit einer Stimme, die Kit seit vielen Jahren nicht gehört hatte. Das letzte Mal, als er sie auf seinem Stammsitz Seventree zurückgelassen hatte, um sich in London mit seiner Geliebten Rose Munroe zu vergnügen. Als Diana.

Diana! Da war sie, ihre Stimme!

»Wir machen jetzt alle einen kleinen Ausflug«, sagte Laszlo ruhig. »Na los, Surrey, stehen Sie bitte auf.«

Es kam Kit eigenartig vor, aber er war dankbar, in der kurzen Wachphase seine Pyjamahose angezogen zu haben. Nackt vor Laszlo von Drachenstein aus dem Bett zu steigen, wäre ihm fast noch unangenehmer, als von ihm erschossen zu werden.

Kit hatte keine Angst vor dem Tod. Er hatte ihm auf dem Schlachtfeld zu oft ins Auge geblickt. Schon lange war er nicht mehr der verwöhnte Bengel, der einst Diana hintergangen hatte. Ohne Hektik stieg er aus dem Bett. Dieser verfluchte Baron sollte nicht die Genugtuung haben, ihn in Panik zu sehen. Was, wenn er ihm einfach selbst die Waffe aus der Hand schlug?

»Nein, Kit.« Da war sie wieder, die Stimme. Jackie hatte

seine Körperspannung wohl richtig gedeutet. »Bitte tu einfach, was er sagt.«

»Hören Sie auf Ihre Verlobte, Herzog. Die Dame kennt ihre Grenzen.«

»An Höflichkeit lassen Sie es immerhin nicht fehlen«, zischte Kit.

»Gewiss nicht. – Nach dir, Jackie. Ich habe ein Motorboot am Steg liegen.«

»Ich werde mich jetzt hinunterbeugen, um Sargent auf den Arm zu nehmen«, sagte Jackie, und zwar wieder nur Jackie. Diana war verschwunden. »Es ist zu seiner Sicherheit. Du kennst sein Temperament.«

»Ich bitte darum. Dem kleinen Liebling soll schließlich nichts zustoßen.«

Jackie hob Sargent hoch und ging in den Flur hinaus.

»Bitte«, sagte Laszlo wieder. »Nur voran.«

Kit setzte sich in Bewegung. Die Waffe berührte ihn jetzt nicht mehr, aber er spürte ihre Gegenwart im Nacken. Ein Licht erstrahlte. Laszlo hatte offensichtlich eine Taschenlampe dabei.

Schweigend schritten sie über die Marmortreppe hinunter ins Erdgeschoss und den langen Korridor entlang bis zum Anleger. Die Gittertür, die sonst über Nacht stets verschlossen blieb und das Konsulat vor unliebsamem Besuch schützen sollte, stand offen. Ein Boot bewegte sich in den Wellen des Canal Grande. Damit war der unliebsame Besuch also hergekommen.

Laszlo schien Kits Gedanken zu lesen. »Wir müssen uns leise verhalten. Eigentlich hatte ich vor, ein Schlafmittel in die Suppe zu geben, damit uns niemand hört, aber ich brauche Sie mobil, Herzog. Und der lieben Jackie wollte ich auch nichts einflößen, in ihrem Zustand. Ich bin ja kein Unmensch.«

Jackie zuckte sichtbar.

»Denkst du denn, ich errate das nicht, Jacqueline? Ich kenne deine Taille seit sieben Jahren. Und deinen Busen auch.«

Am liebsten wollte Kit sich umdrehen und zuschlagen. Doch er glaubte weiterhin daran, dass Jackie einen Plan hatte. Außerdem gab es auch noch Daniel. Der bekam sicher bald mit, was Sache war. Solange sie lebten, bestand Hoffnung. Und wenn Laszlo ihn hätte töten wollen, dann hätte er es längst getan. Wie hatte Daniel noch gesagt? Mit bloßen Händen.

Nein, der Deutsche wollte etwas. Er wollte etwas, das Jackie ihm geben konnte. Nur was?

»Der arme Daniel war fürchterlich von meinem Verrat überrascht.« Schon wieder schien Laszlo genau zu wissen, welche Richtung Kits Gedanken nahmen. »Sonst wäre er schneller gewesen, als ich ihm eben den Revolver abnahm. Schade, dass ich wohl nie erfahren werde, ob er es schaffen wird. Schusswunden sind unberechenbar. Darf ich bitten?«

Jackie warf einen Blick über die Schulter. Ihre Augen waren hart wie Diamanten.

Sie bestieg das Boot.

Laszlo stellte sich neben Kit. »Der Herr.«

Kit folgte Jackie und Laszlo folgte ihm.

»Bitte direkt Platz nehmen, werter Herzog. – Du wirst den Hund auf dem Boden absetzen müssen, Jackie. Du gibst den Steuermann. Ach, was sag ich. Den Kapitän. Wie war das? Kapitänspatent von Massachusetts? Ich weiß nie, wie man das schreibt.«

»Wohin des Weges?«, fragte Jackie.

Laszlo löste die Leine. »Zum Lido. Zu den Flugzeugen.«

Schon Laszlos Bemerkung über Daniel hatte Kit einen Schlag in den Magen versetzt. Die neueste Information sorgte nicht für Besserung. Wollte er sich mit Jackie absetzen? Oder wollte er mit Kit verschwinden und ihn irgendwo erschießen? Kit schwor sich, das nicht kampflos über sich ergehen zu lassen. Aber er musste Ruhe bewahren. Noch war nichts verloren.

Jackie startete den Motor und lenkte das Boot aus dem Canal Grande. Am Horizont graute langsam der Morgen. Nur wenige Schiffe waren unterwegs. Zügig umrundeten sie die Giudecca, dann die nördliche Spitze des Lidos. Entlang des nicht enden wollenden Sandstrandes lagen die Hotels Seite an Seite. In vielen Fenstern brannte schon – oder noch – Licht. Im Gegensatz zur Altstadt von Venedig tobte im August hier das Leben. Sogar die eine oder andere Gestalt in Hemd und Fliege torkelte durch den Sand.

Im Zwielicht erhob sich nach einigen Minuten das Badehaus des Grand Hotel Excelsior aus dem Wasser.

Jackie hielt direkt darauf zu, als wollte sie zwischen seinen Stelzen hindurchfahren. Sie wollte nicht nur, sie tat es auch. Bisher hatte Kit dieses eigenartige Gebäude nur von der Landseite aus gesehen, doch jetzt bemerkte er, dass sich auf der Wasserseite unzählige Umkleidekabinen befanden. Wie in einem Taubenschlag sah es aus. Bei Tage liefen die bunten Gestalten hier hin und her. Nicht wie Tauben, sondern wie Flamingos.

Was Kit nicht ahnte, war, dass die Flugzeuge, die an der Schneider Trophy teilnahmen, über Nacht unter dem Badepavillon festgemacht wurden. Jackie hatte es wohl gewusst. Aber was wusste sie nicht?

Sie stoppte neben einem Flugzeug und Laszlo befestigte das Boot an einem Haken, der aus der nächsten Stelze ragte.

»Dein Verlobter und ich nehmen meine Maschine. Du kannst dir eine aussuchen, meine Liebe. Sie müssten alle vollgetankt sein. Soweit ich mich erinnere, beherrschst du jedes, aber auch wirklich jedes Flugzeug, das ein Ingenieur je gebaut hat. Was haben wir Piloten für ein Glück, dass du noch nie an der Schneider Trophy teilgenommen hast. Wir wären alle umsonst am Start. Aber das ist ja nun gleichgültig. Also, liebe Freunde, dann wollen wir mal.«

Mit erstaunlicher Sachlichkeit erläuterte Laszlo daraufhin, wie Kit das Flugzeug zu besteigen hatte. Erst nach vorne lehnen, auf die Kufe steigen und an der Tragfläche festhalten, dann auf die Tragfläche steigen und auf dem Sitz niederlassen. »Wir haben Glück, dass mein Flieger für den Kriegseinsatz konzipiert ist und daher über zwei Plätze verfügt. Eines Tages werden wir Deutschen mit unseren Maschinen über Großbritannien herfallen wie die Heuschrecken, glauben Sie mir.«

»*God save the King*«, sang Kit. Auf eine so provokante Aussage konnte er nur mit Spott reagieren, ganz egal wie viele Pistolen auf ihn gerichtet waren.

»Meine Güte.« Laszlo nickte anerkennend. »Da ist sie, die *stiff upper lip*. Langsam verstehe ich, was du an ihm findest, Liebling. Ich dachte bisher, es wäre allein eine Frage der Optik und des Vermögens.«

»Du denkst eben sehr viel«, sagte Jackie ohne jegliche Intonation.

»Ha.« Es war ein bitteres Lachen und die erste Gefühlsregung, die der Deutsche an den Tag legte. »Also hinauf.«

Kit erhob sich und erklomm das Flugzeug so, wie Laszlo es ihm geschildert hatte. Auf dem vorderen Sitz ließ er sich nieder.

Kit war noch nie geflogen. Auch wenn er einer der reichsten Männer der Welt war, hatte diese besondere Art der Fortbewegung auf ihn nie einen Reiz ausgeübt. In dem engen Sitz in einer wackeligen Kiste aus – ja aus was eigentlich? – konnte er sich auch jetzt nicht dafür erwärmen. Nur wenige Sekunden nach Kit, und wesentlich behänder, sank Laszlo auf den hinteren Platz.

»So, jetzt sind wir unter uns. Keine Sorge, ich habe während des Krieges das Eiserne Kreuz für meine Flugkünste verliehen bekommen. Zwanzig britische Flieger habe ich abgeschossen. Während der Bombardierung von Ramsgate und Dover.«

»Ich wüsste nicht, inwiefern mich das beruhigen sollte«, sagte Kit. Er fühlte sich eigenartig taub, jetzt, da Jackie nicht mehr bei ihm war.

»Nun denn, ich bin ein hervorragender Pilot. Ich werde das Schiff schon schaukeln. Darf ich Ihnen einen Schluck Brandy anbieten? Echten, aus Spanien? Den hole ich mir ab und zu in Ceuta. Bis dorthin lassen sie mich fliegen, meine amerikanischen Wachhunde.«

»Nein, danke. Ich bevorzuge Whiskey.«

»Ihr Pech.«

Kit hörte den Korken poppen, dann die Schlucke.

»Einmal vollgetankt.« Eine Wolldecke landete in Kits Schoß. »Einhüllen.«

Kit folgte der Anweisung. Er hatte vollkommen vergessen, dass er nichts als eine Pyjamahose trug.

Vor ihm setzte sich der Propeller in Gang und das Wasserflugzeug kam unter dem Badehaus hervor. Im Osten stieg soeben der rote Ball der Sonne empor und tauchte das Wasser der Adria in ein Meer aus Flammen. Das Flugzeug gewann rasch an Geschwindigkeit. Der Lärm dröhnte Kit in den Ohren. Ringsherum schossen funkelnde Tropfen in die Höhe, dann hoben sie ab. Kit fühlte sich leicht, ja, schwerelos. Nie hatte er etwas Ähnliches empfunden. Säße hinter ihm nicht der ehemalige Liebhaber seiner zukünftigen Frau mit einer Waffe in der Hand, hätte er das Gefühl als betörend bezeichnet. Doch in seiner Situation behielt er sich eine Wertung erst einmal vor. Wer wusste, wie lange er noch lebte?

Kurz glaubte Kit, es wäre schon mit ihm zu Ende, weil das Flugzeug sich plötzlich zur Seite neigte und er unter sich nichts als Wasser erblickte. Doch dann richtete es sich wieder auf und Kit sah Venedig vor sich. Der

Anblick war atemberaubend. Die Kuppeln, die Ziegeldächer, der Turm am Markusplatz, alles war ins rotgoldene Licht des Sonnenaufgangs getaucht. Und dahinter, wie Riesen aus einer anderen Welt, erhoben sich in all ihrer Majestät die Dolomiten.

»Wunderschön, nicht wahr?«, schrie Laszlo ihm von hinten ins Ohr. »Das sieht man nur am frühen Morgen, bevor das Wasser verdunstet.«

Kit konnte nicht anders, als zu nicken.

»Die Venezianer nennen es *stravedamento*, wenn man die Alpen von Venedig aus sehen kann.«

Langsam konnte auch Kit verstehen, was Jackie jemals an dem Deutschen gefunden hatte. Außer der Optik.

»Beindruckend!«, rief er.

»Absolut.«

Das Flugzeug gewann weiter an Höhe. Bald hatten sie das Wasser hinter sich gelassen und steuerten weiter auf die Berge zu, die schnell und bedrohlich näher kamen. Wollte Laszlo sich mit ihm in eine Felswand stürzen? Um Jackie zu bestrafen? Was auch immer er vorhatte, er leitete zunächst eine sanfte Linkskurve ein. Immerhin schien er nicht wahllos draufloszufliegen. Rundherum erhoben sich die Felsentürme aus dem Boden. An einigen Stellen lag sogar Schnee und in der Ferne ragte weiß der Hauptkamm der Alpen in den Himmel. Es war ein unglaubliches Schauspiel. Nur wo war Jackie? Folgte sie ihnen?

Plötzlich sackten Kits Innereien ab, als das Flugzeug in den Sinkflug ging.

Wo wollte Laszlo denn hier landen? Mitten im Gebirge? Mit einem Wasserflugzeug?

Dann sah Kit das Glitzern. Obwohl er wusste, dass dort unten gewiss nichts Gutes auf ihn wartete, verspürte er tiefe Erleichterung. Zwischen Felswänden und Wäldern hindurch steuerte Laszlo die Maschine zielsicher nach unten und landete schließlich auf einem See, dessen Wasser von einer Farbe war, wie Kit sie sich in seinen schönsten Träumen ausmalte. Auf seiner Palette würde er wohl Türkis und Azurblau mit Smaragdgrün vermischen. Nein, nicht mit Smaragdgrün. Jackie hasste Smaragde. Besser Papageiengrün. Um der Sättigung der Farbe Genüge zu tun. Sollte Kit hier heute sterben, so überlegte er, täte er es immerhin an einem Tag, an dem er sowohl an Papageien als auch an Flamingos gedacht hatte. Und in einem menschengemachten Flugtier war er auch noch geflogen. Dem Himmel so nah.

»*Nearer my God to Theee*«, sang er aus vollem Herzen, als die Maschine am Ufer zum Stehen kam. Wenn der Deutsche nonchalant sein wollte, würde Kit ihm in nichts nachstehen. Ganz sicher würde er sich nicht ängstlich oder eingeschüchtert zeigen.

»Sie sind mir vielleicht ein komischer Vogel«, kommentierte Laszlo. »Ich glaube, Sie sollten doch einen Brandy trinken. Sie sind *high*, wie Sie Briten so schön sagen. Das passiert vielen beim ersten Flug.«

Laszlo hielt Kit die Flasche hin und diesmal griff er zu. Heiß rann der Brandy seine Kehle hinab.

»Mit Ihnen kann man was erleben, Drachenstein.«

»Danke. Jetzt wollen wir aber aussteigen und auf die Hauptdarstellerin warten.«

Unbeholfen entledigte Kit sich der Wolldecke, was er gleich bereuen sollte. Es war überaus kühl. Nach Monaten in der Hitze Italiens kam ein Morgen in den Alpen einem Besuch der Arktis gleich.

Laszlo stand bereits auf festem Boden. »Willkommen am Pragser Wildsee. Ein Traum, oder?«

»Wo sind wir hier?«, wollte Kit wissen.

»Im Hochpustertal. Südtirol. Tja, bis vor Kurzem war hier noch Österreich. Jetzt ist es Italien. Eine Schande. Diese elenden Verräter. Aber das wird sich bald ändern, wenn Benito an die Macht kommt. Lange dauert es sicher nicht mehr. Endlich vernünftige Leute am Ruder, was? Der Blick muss in die Zukunft weisen. Industrie, Moderne, darum muss es gehen. In Deutschland suchen wir noch einen, der da vorneweg schreitet.«

»Machen Sie es doch selbst.«

Drachenstein strahlte. Sein schönes Gesicht wurde nur noch schöner dadurch. »Ich bin doch nicht verrückt! Warten wir lieber mal ab, ob sich nicht noch ein Idiot finden, der sich da hinstellt. Es gibt vielleicht schon einen Kandidaten. In München. Na, das ist alles Zukunftsmusik, hier höre ich die Töne der Gegenwart. Da kommt sie, die Walküre, auf den Schwingen ihres geflügelten Rosses.«

Plötzlich kniete Kit auf dem Boden. Er wusste nicht, wie er dorthin gekommen war. Nur dass er den kalten Stahl wieder an der Schläfe spürte.

»Ein Griff aus dem Judo. Was haben wir miteinander gerungen, Jackie und ich. Wissen Sie, ich besitze einen Teppich aus Eisbärfellen. Sie machen sich keine Vorstellung ...«

Hinter einer Felswand brauste ein rotes Flugzeug heran, sank und setzte auf dem See auf. Es tuckerte bis auf wenige Meter heran.

Jackie hatte in der Maschine wohl eine Fliegerhaube gefunden. Mit dieser auf dem Kopf und Sargent, der selbst eine merkwürdige Maske auf dem Kopf trug, im Arm schwang sie sich hinaus auf die Kufen.

»Bleib, wo du bist«, rief Laszlo ihr zu.

»Natürlich.«

Kit spürte ein Zittern im Lauf der Waffe. So gelassen wie noch in Venedig war Laszlo nicht mehr. »Da wären wir also.«

Jackie schwieg und nickte. Ihr Gesicht war blass und sie rührte sich nicht einen Zoll.

Für einen Moment war es still am See. Bis auf das leise Plätschern des Wassers und das Zwitschern der Vögel, das Rauschen des Windes im Wald. Ein Idyll, wenn man von dem Deutschen mit der Pistole absah.

»Dachtest du wirklich«, fragte Laszlo und in seiner Stimme schwang etwas Grelles mit, »dass ich deine Schergen nicht jederzeit hätte abschütteln können? Dass ich nicht jeden Moment hätte untertauchen können?«

»Warum hast du es dann nicht getan?«

Laszlo stieß einen verzweifelten Laut aus. »Das weißt du doch genau!«

Jackie regte sich nicht.

»Du hast mich mal geliebt!«, brüllte Laszlo und das Echo hallte von den Bergen wieder. *Geliebt, geliebt, geliebt ...*

Wieder zeigte Jackie keine Reaktion.

»Und jetzt kommt dieser Milliardär daher und auf einmal ist von Heirat und Kindern die Rede?«

»Laszlo ...«

»Wir können dem Ganzen jetzt ein Ende machen.«

»Bitte.«

Bei Dianas sanfter Stimme stellten sich Kit die Haare auf.

»All die Jahre habe ich gehofft, dass du dich endgültich für mich entscheidest. Ich habe brav mitgespielt. Das war wohl ein Fehler. Ich dachte, die Männer seien alle nur Spielzeug für dich. Und plötzlich ist er da. Der Moment, in dem ich einsehen muss, dass ich es nicht bin, für den dieses Herz schlägt, das irgendwo unter einem Panzer aus Stahl versteckt ist. Dass ich es vielleicht nie war.« Wieder nur Plätschern, Zwitschern, Rauschen. »Daher dachte ich mir, finden wir doch mal heraus, wie sehr du deinen Christopher liebst. Mehr als mich offenbar. Aber auch mehr als Amerika?«

»Bitte, Laszlo, sag mir einfach, was du möchtest. Ich will zurück und nach Daniel sehen.«

»Ich möchte nur eines, nämlich dass du mich liebst, wie ich dich liebe, aber das steht offenbar nicht zur Debatte. Ich stelle dich jetzt vor eine einfache Wahl. Lass mich gehen, vollständig. Lass mich nicht mehr beschatten. Sag ihnen, ich sei tot. Offiziell. Ich will meinen Nachruf in der

Zeitung lesen. Wenn nicht, werde ich deinen Christopher aufspüren und ihn doch noch erledigen. Bevor euer Verräter die Liste an meine Landsleute übergibt, will ich, dass ich nicht mehr existiere.«

»Gut.«

»Was? Kein Zögern?« Er schluchzte beinahe. »So leicht fällt es dir?«

»Ja.«

»Keine Tricks, Jackie!«

»Keine Tricks.«

Laszlo schnaufte. »Dann geh jetzt zur südlichen Spitze des Sees. Ich kenne die Reichweite der Roten 9.«

Sie zögerte kurz. Etwas lag in ihrem Blick. Bedauern? Mitleid?

»Jetzt mach es mir nicht noch schwerer, als es ohnehin schon ist!«, brüllte Laszlo und Jackie lief los. »Wussten Sie, Surrey, dass ich ihr die Waffe geschenkt habe?«

»Bisher nicht«, murmelte Kit.

»Ein ganz besonderes Stück. Präzise und tödlich. Genau wie unsere Jackie. Es wäre ihre letzte Chance, mich gleich vom Himmel zu holen. Dem muss ich vorbeugen. Dafür haben Sie sicherlich Verständnis.«

»Gewiss.«

Jackie erreichte die Spitze des Sees.

»So, da wäre sie. Mein lieber Herzog, ich kann nicht sagen, dass es mir eine Freude war, Ihre Bekanntschaft gemacht zu haben. Ich hoffe, wir werden uns nie wiedersehen. Bleiben Sie doch bitte, wo Sie sind, bis ich auf und davon bin.«

»Ich habe nichts anderes vor.«

Laszlo nahm die Waffe von Kits Schläfe. Dann lief er zu dem Flugzeug hinüber, mit dem Jackie gekommen war. »Ich lasse Ihnen den Zweisitzer.«

»Überaus großzügig.«

»Sorgen Sie bitte dafür, dass Jackie meinen Tod verkündet, sonst finden Sie sich eines Tages am Bug eines sinkenden Schiffes wieder. Oder in einem Fass aus Salzsäure. Ich bin sehr einfallsreich, wenn es ums Töten geht.«

»Daran habe ich keinen Zweifel.«

Zwei Sätze und der Deutsche war in dem roten Flieger verschwunden. Der Propeller drehte sich und die Maschine entfernte sich vom Ufer. Mit lautem Surren hob sie schließlich in nördlicher Richtung ab und verschwand hinter dem gezackten Bergmassiv, das den See vom Rest der Welt trennte.

Kit hörte das Geräusch von Sohlen und Pfoten, die schnell näher kamen. Er sprang auf die Füße und schon lag Jackie in seinen Armen. Sargent sprang bellend um sie herum und an ihren Beinen hoch.

Kit spürte Tränen an seinem Hals. Er war so überrascht, dass er Jackie ein Stück von sich wegschob. »Weinst du etwa?«

»Ach, das ist nur die Schwangerschaft. Ich weine andauernd.«

Er zog sie wieder an sich und küsste sie. »Du Lügnerin.«

Sie zitterte. Für einen Augenblick klammerte sie sich fest an ihn, dann löste sie sich ruckartig »Wir müssen sofort zurück nach Venedig und Daniel finden.«

»Ja.«

»Komm Sargent, du darfst uns nach Hause fliegen.«

Schwanzwedelnd sprang der Hund auf die Kufen des Wasserflugzeugs.

»Keine Sorge«, flüsterte Jackie. »Ich lasse ihn nicht wirklich fliegen.« Sie mochte gelassen tun, aber ihre Stimme bebte.

Im Flugzeug hüllte Kit sich erneut in die Wolldecke und bald schwebten sie hoch über den Bergen Norditaliens davon, dem Mittelmeer entgegen.

**Washington D.C.,
17. Juni 1916**

+++ TOP SECRET +++

VON: PRÄSIDENT DER VEREINIGTEN STAATEN
AN: AGENT GOLDEN FOX
BETREFF: OPERATION LOHENGRIN

INFILTRIERUNG DEUTSCHER GEHEIMDIENSTE UNUMGAENGLICH - STOP - SCHIFFEN SIE SICH SOFORT EIN - STOP - ROYAL AIR FORCE STELLT FLUGZEUG UND PILOTEN BEREIT - STOP - ZIELPERSON LASZLO VON DRACHENSTEIN - STOP - PRIVATES VERHAELTNIS ZU ZIELPERSON MIT ALLEN MITTELN NUTZEN- STOP - BEI ENTTARNUNG ZIELPERSON LIQUIDIEREN - STOP - VIEL GLUECK

Aus den Memoiren der
JACKIE DUPONT

Die DS-1072 flog wie eine Möwe dahin. Leicht war sie und beweglich. Laszlo baute einfach die besten Flugzeuge. Und die schnellsten. Seine Rettung war es nicht. Eines Tages würde ich ihn finden.

Ein Eiszapfen hatte sich in meine Brust gebohrt, ab dem Moment, als er von Daniel sprach. Was hatte er ihm angetan? Lag mein Onkel auf dem Grund eines Kanals? Oder schlief er seelenruhig in seinem Hotelbett und ahnte von nichts?

Hätte ich es wissen müssen? Hatte ich mich selbst belogen? Hatte ich immer noch daran geglaubt, dass in Laszlo ein Mensch wohnte?

Christopher ahnte wohl nicht, in welcher Gefahr er sich befunden hatte. Laszlo hätte sich jede Sekunde zum Abdrücken entscheiden können. Ohne mit der Wimper zu zucken hätte er ihm einen Kopfschuss verpasst. Mitten im Satz, an jeder Ecke, an jeder Stelle, im Flugzeug, am See. Ich war bei mehreren Gelegenheiten dabei, als Laszlo wie aus dem Nichts jemanden aufs Brutalste ermordete. Damals, während des Krieges, auf seiner Burg.

Er tat das nicht mal mit einer blutrünstigen Manie, sondern einfach so. Im Gespräch, bei Tisch, auf einem Spaziergang. Das war seine Methode, Verräter zu erledigen. Auch jene, die keine waren, die er nur dafür hielt. Oder dafür halten wollte.

Laszlo war der einzige Mensch auf der Welt, den ich fürchtete. Und er hatte sich des einzigen Menschen bemächtigt, den ich liebte. Noch immer vibrierte jeder Nerv meines Körpers. Es hatte mich alle Kraft der Welt gekostet, ihn nicht anzugreifen, nicht zu versuchen, Christopher aus seinen Klauen zu befreien. Ich wusste, er hätte sofort abgedrückt. Er war schneller, skrupelloser und stärker als ich.

Nie würde ich den Moment vergessen, als ich ihn vor vollendete Tatsachen stellte. Ihm sagte, dass ich ihn kompromittiert hatte und er von nun an für die Vereinigten Staaten von Amerika arbeitete. Ich hatte einen Moment gewählt, in dem er nicht bewaffnet war. Ich hatte die Rote 9 aus mehreren Metern Entfernung auf ihn gerichtet und ihm gesagt, wenn ich nicht lebend aus seinem Schloss käme, stellten die Amerikaner ihn öffentlich bloß. Das war seine große Angst. Nicht der Tod, sondern die Schande. Öffentlich beschämt in Deutschland. Das hätte er nicht ertragen. Und obwohl ich mir meiner Sache damals gewiss war, obwohl ich eine entsicherte Maschinenpistole im Anschlag hatte, gefror mir vor Angst das Blut in den Adern.

Jahrelang hatte ich die Fassade der jungen Abenteuerin aufrechterhalten, nur für jenen Moment. Es war mir nicht schwergefallen. Ich war wie sie. Und Laszlo war ein Mann nach meinem Geschmack. Gebildet und charmant, humorvoll und furchtlos. Ein Macher. Ein Sieger. Er liebte Autos und Flugzeuge und schnelle Pferde, genau wie ich. Er trank teuren Wein und teuren Brandy und wohin er auch schoss, er traf. Bei ihm konnte ich ganz ich selbst sein. Nie war er brüskiert oder eingeschüchtert. Er liebte Tiere, er liebte Musik, Kunst, Theater, die Oper. Er hatte eine Spannung, eine Kraft ... Es war leicht gewesen, ja verführerisch, seine Geliebte zu sein. Seine Gespielin. Seine Vertraute. Er war keiner meiner üblichen Verehrer, die von mir mit Füßen getreten werden wollten. Er war ein echter Partner. Er liebte mich. Aufrichtig. Ich war die Liebe seines Lebens.

Und was war er für mich? Nicht die Liebe meines Lebens, diese Position gehörte einem allein, aber vielleicht war er der Reiz meines Lebens. Da war nicht dieser unbedingte Wunsch, ihn Mein zu machen, nicht der Drang, ihn zu schützen, und nicht das Verlangen, bei ihm Frieden zu finden. Auch nicht das Bedürfnis, seine Liebe zu mir in seinen Augen zu sehen. Er war nicht wie Christopher. Christopher war ein echter Mensch mit Schwächen, vielen Schwächen, und ebenso vielen Stärken. Er war in den Augen der Welt sogar die größere Trophäe, aber sein Rang interessierte mich noch nie. Laszlo war ein Raubtier, das man zähmen wollte. Mit Laszlo zu leben war in etwa so, wie mit einem Leoparden zusammenzuleben. Man war zwar fest davon überzeugt, dass er einem nichts antat, und doch nagte stets der Zweifel irgendwo im Hinterkopf, dass der Instinkt irgendwann die Dressur überwand.

Heute war es so weit. Heute war ich die Dompteuse, deren Leopard sich gegen sie richtete.

Es war das Kind. Nicht Christopher. Hätte er meine Schwangerschaft nicht erraten, wäre er in Venedig geblieben. Er hätte uns wahrscheinlich sogar dabei geholfen, den Mörder von Natasha und Mitzy Bubbles zu finden. Denn er war es nicht gewesen. Auf keinen Fall. Solche losen Enden würden bei Laszlo gar nicht herumliegen. Da gäbe es weder Spuren für Sargent noch Zeugen, die Leute in gestreiften Bademänteln beobachtet hätten.

Nein, das mit der Liste hätte er ansonsten nicht gesagt. Die Überwachung durch uns Amerikaner bedeutete für ihn auch einen Schutz. Nun, da er ihm entsagte, musste er sichergehen, dass die deutschen Geheimdienste ihn für tot hielten. Oder machte ich es mir zu einfach? Besaß ich einen blinden Fleck, wenn es um Laszlo ging?

Das Mittelmeer rückte näher. Immerhin hatte er uns nicht mit dem roten Flugzeug zurückgelassen. Damit hätten wir es nicht bis nach Venedig geschafft, weil ihm die Reichweite fehlte. Ich ging davon aus, dass Laszlo damit gerade so über die Grenze nach Österreich geflogen war, um auf einem weiteren Bergsee zu landen, und sich von dort zu Fuß durchzuschlagen. Dann würde er untertauchen und Laszlo von Drachenstein war offiziell tot.

Als ich kurz darauf elegant am Lido wasserte, kreischten einige Badende vor Schreck.

Ich steuerte die Maschine unter den Badepavillon, wobei uns von oben eine Horde Menschen in Kimonos und

Pyjamas beobachteten, die allesamt aus ihren Umkleidekabinen hervorschauten.

Ich hielt das Flugzeug an. Vor mir zog sich Christopher die Wolldecke vom Kopf. »Dein Ex fliegt aber angenehmer als du.«

»Du hättest ja mit ihm ins Kaiserreich abhauen können. Schnell, raus und ins Boot.«

Keine Minute später brausten wir in Laszlos Motorboot am Lido entlang, genau so, wie wir gekommen waren. Christopher sah nicht sonderlich mitgenommen aus. Im Gegenteil. Die Pyjamahose stand ihm außerordentlich gut. Der Wind blies durch sein dunkles Haar und die Sonne schien auf seine Wangen, auf die Stirn, den Mund, in seine Augen, auf die Brust. Ich verdrängte die Visionen von Einschusslöchern darin, die sich mir immer noch aufzwängen wollten, wie in den vergangenen Stunden pausenlos.

Christopher war in Sicherheit. Jetzt war Daniel an der Reihe.

In einer geraden Linie raste ich durch die Lagune, ganz gleich wer oder was mir entgegenkam. Der Motor heulte so laut, dass mich nicht einmal Sargent störte, der mit voller Wucht *O Sole Mio* schmetterte. Mit der gleichen Wucht jagte ich in den Canal Grande. Am Anleger des Gritti legte ich eine meiner typischen Vollbremsungen hin und setzte die komplette Terrasse unter Wasser.

»Sie schon wieder!«, brüllte eine Frau. »Das ist das zweite Kleid, das diese Frau mir ruiniert! Ruft die Polizei!«

»*Sta 'nfroooooonte a teeeeeee*«, sang Sargent, zumindest verstand ich es so, auch wenn es für ungeübte Ohren vermutlich eher wie »*Wuuuuuuaaaaauuuuaauuu*« klang.

»Mein Hund hat bei Caruso gelernt«, erklärte ich dem unfreiwilligen – und klitschnassen – Publikum. »Für Buchungen fragen Sie bitte an der Rezeption.«

Damit lief ich davon, so schnell mich meine Füße trugen, Sargent und Christopher dicht auf den Fersen. Der Anblick des halb nackten Duke of Surrey sollte den Damen auf der Terrasse Trost genug sein.

Wir erreichten Daniels Zimmer. An der Türklinke hing ein Schild: *Bitte nicht stören!*

»Dieser Schakal!«, fluchte ich.

»Aus dem Weg!«, brüllte Christopher und ich konnte gerade noch beiseitespringen, da warf er sich schon gegen die Tür. Als sie barst, schrie er auf.

»Ich hätte sie in einer Sekunde geöffnet«, protestierte ich. »Stattdessen musst du dich mit deiner Schulter dagegenwerfen. Ausgerechnet mit der Sch…«

Daniel lag auf dem Boden, gefesselt und geknebelt. Seine Haut war weiß wie Schnee. Doch er zuckte noch. Er atmete.

»Da, sein Knie!«, rief Christopher und deutete auf Daniels Bein. Im Hosenbein klaffte ein Loch.

Laszlo hatte meinem Onkel die Kniescheibe zerschossen und dabei, selbstverständlich absichtlich, die wichtigen Gefäße verfehlt, sonst wäre Daniel längst tot. Laszlo hatte mit dem Schicksal Roulette gespielt. Der Schock und der Schmerz hätten Daniel ebenso töten können wie der Blutverlust, wenn auch erst nach langer Zeit. Hätte ich meinen Onkel tot vorgefunden, hätte ich mir für immer Vorwürfe gemacht, nicht schnell genug bei ihm gewesen zu sein, weil eine Rettung möglich war. Perfide.

Ich kniete mich neben Daniel und zog ihm den Knebel aus dem Mund. Eine Krawatte. Mit dem Messer aus meinem Stiefel schnitt ich sie durch und band sie dann um Daniels Oberschenkel. Ansprechbar war er nicht.

Ich sprang wieder auf. »Bleib bei ihm, Kit, ich hole einen Arzt.«

Christopher nickte. Er hatte im Krieg genug Schusswunden gesehen, um die Lage einzuschätzen. Er schlug meinem Onkel mit der flachen Hand gegen die Wangen. »Daniel, wir sind da. Hörst du? Wir sind da. Du lebst, Jackie holt einen Arzt.«

»Sargent, du passt hier auf.«

Der Hund nieste und setzte sich neben Daniel.

Ich lief hinaus in den Flur und stürmte in die Lobby.

Gerade kam das Weib im nassen Kleid hereinspaziert und hielt auf mich zu. Ich zog die Rote 9 aus dem Halfter und richtete sie auf ihre Brust. »Wenn Sie noch ein Wort zu mir sagen, schieße ich.« Dann wandte ich mich an den Herren hinter dem Rezeptionstresen. »*Buongiorno*, mein Name ist Jackie Dupont. Ich brauche einen Arzt.«

»Allerdings«, zeterte die Nasse.

Ich drückte ab.

Venedig, Hotel Gritti Palace, August 1921

Daniels Haut war kalt und verschwitzt. Seine Augenlider waren halb geöffnet, die Lippen ebenso. Kit ging zum Waschkrug hinüber und befeuchtete ein Handtuch, mit dem er dem Verletzten anschließend über die Stirn tupfte.

»K… K…«, krächzte Daniel plötzlich.

Kit nahm seine Hand. »Ruhig, ganz ruhig. Sprich nicht. Hilfe ist unterwegs.«

»K-k-kalt …« Daniels Stimme war kaum wahrnehmbar.

Kit erinnerte sich an sein Sanitätstraining im Krieg. Der Schock ließ die Opfer auskühlen. »Ich hole dir eine Decke.« Die Bettdecke war der Jahreszeit entsprechend kaum mehr als ein dünnes Laken, also faltete er sie einmal und drapierte sie über Daniel, darauf bedacht, nicht das Knie zu berühren.

Daniels Atem rasselte. »Eisberge …«

»Pssst.«

»So still … alle tot … darunter.«

Offenbar hatte Daniel Redebedarf und Kit konnte ihn nicht zum Schweigen zwingen. Vermutlich halluzinierte er. Er erinnerte sich an Jackie am Strand und befürchtete einmal mehr, gerade einen Beweis für die Verwandtschaft seiner Verlobten und Daniel Dupont zu entdecken.

»*Righteousness … righteousness …*«

Kit setzte sich im Schneidersitz auf den Fußboden und sah auf Daniels blasses Gesicht herunter. Sargent kam zu ihm und legte sich in seinen Schoß. Es blieb ihnen nichts übrig, als auf Hilfe zu warten.

Die Taubheit des Gefechts lag auf Kit. Das alles rührte ihn nicht, ließ ihn gleichgültig zurück. Er wusste, die Nachwirkungen würden früher oder später kommen, aber für den Moment war er taub. Sargent seufzte und Kit kraulte ihn hinter den Ohren.

»Titanic …«

Wie ein Elektroschock traf ihn dieses Wort. Die Taubheit war wie weggefegt und sein Brustkorb fühlte sich an, wie in eine Winde gepresst.

»Eisberge«, wiederholte Daniel.

Vor Kits Augen verschwamm die Welt. »Was?«

»Eisberge überall.«

»Titanic?«, flüsterte Kit.

»Versunken … da unten … alle tot … spiegelglatt … Tausende.«

Kit wusste, Daniel durfte sich nicht anstrengen, durfte nicht sprechen, doch er wollte mehr hören. Er wollte alles hören.

Seine Stimme zitterte vor Erregung. »Warst du … dort?«

»USS Righteousness ... U-Boote ... Sonar ... muss es dir ... sagen, bevor ...« Ein Schaudern erfasste Daniel.

Kit wusste nicht mehr, wo er war. Vor sich sah er nur das schwarze Eismeer.

»Weiß wie ein Stück Eis ... Gewinsel ... der Welpe ... hat gewinselt.« Daniel atmete schwer. »Keine Eisscholle ... Pelzmantel ... schneeweiß ...«

Sargent rekelte sich in Kits Schoß und seufzte.

»Es war ... ein Konzertflügel«, stieß Daniel hervor. Er öffnete die Augen. Aus ihnen sprach das Fieber. »Ein Konzertflügel ... ohne Beine ... Ich kannte sie ... Henrys Mädchen ... eiskalt.«

Tränen rannen Kit über die Wangen.

»Geheimer Auftrag ... ich ... Es war ...« Daniel rang nach Atem. Doch der Kampf schien ihn zu beleben. »Sie war nicht ... Sie sagte, sie sei nicht ... sie sei nicht Diana. Aber ich kannte sie ... ich kannte ...« Er hustete.

Kit wusste, er sollte Daniel beruhigen, doch er konnte nicht.

»Ich ... ich ... gab ihr eine ... Zigarette. Dann noch eine ... noch eine ... Sie ... sie hörte nicht auf ... zu rauchen. Sie sagte ... sie sei nicht ... Diana Gould. Aber ich kannte sie.«

Kit schluchzte. Er war seinen Gefühlen hilflos ausgeliefert und sie drohten ihn zu zerreißen. Sargent richtete sich auf und stupste ihn mit der Nase, als wollte er sagen: *Wir haben doch überlebt, du musst nicht weinen.*

»Heimlich später ... ihre Großmutter ... Sie sagte ihr, sie sei nicht Diana Gould. Wollte nicht ... bei der Großmutter ... bleiben.«

»Sie weiß nicht, wer sie ist?«, fragte Kit viel zu stürmisch und packte Daniel bei den Schultern.

»Ich ... ich ... keine Ahnung.« Daniels Kopf sank zur Seite.

Just in diesem Moment sprang die Tür auf und Jackie kam mit Kardinal Truffino, dem Commissario und Professore Cavour herein. Der Pathologe trug eine Arzttasche aus Leder wie einen Rammbock vor sich her.

»Ist er tot?«, fragte der Arzt in stark akzentuiertem Englisch.

Kit rieb sich hastig mit der flachen Hand übers Gesicht. Niemand durfte auch nur ahnen, was sich hier gerade abgespielt hatte. »Das müssen Sie beurteilen, Professore.«

»Wenn er tot wäre, könnte er ihn besser behandeln«, knurrte Jackie und ging neben Kit in die Hocke. Sargent sprang an ihr hoch und holte sich ein Küsschen ab. »Natürlich ist er nicht tot.«

»Ich war Feldarzt in den Alpen, Signorina«, erklärte Professore Cavour stolz und zog eine Spritze aus seiner Tasche hervor. »Ein Antibiotikum hilft immer.«

Kit hörte ihre Stimmen wie durch einen Vorhang aus Watte. Immer wieder zog es ihn ins Eismeer. Immer wieder zog es ihn zu dem Bild vom weißen Pelzmantel im Klavierkasten. Von seiner Frau, die nicht sie selbst sein wollte. Seinetwegen.

»Das Krankenhaus ist bereits informiert«, erklärte Truffino, dessen Gegenwart Kit sich gerade nicht zu erklären vermochte. »Ich bringe ihn direkt dorthin.«

Der Arzt stimmte zu. »*Sì, Monsignore.*«

Der Kardinal ging nun ebenfalls in die Hocke. Er schob seine Arme unter Daniel und hob ihn hoch wie ein Kind.

»Ich fahre mit Truffino ins Krankenhaus«, sagte Jackie. »Bitte nimm den Hund mit ins Konsulat. Wir treffen uns dann dort.«

Kit hatte dem Vorschlag wohl zugestimmt, denn keine Sekunde später saß er allein im Zimmer, mit dem Hund im Schoß.

Der Hund bellte. Warum bellte der Hund? Wo war Sargent überhaupt? Eben hatte er doch noch auf Kits Beinen gelegen.

Sargent sprang um ihn herum, sprang ihn an, bellte und jaulte.

Wie lange hatte er auf dem Fußboden gesessen? War er in einen Stupor geraten?

Wieder sprang Sargent gegen ihn.

»Ich komme. Ich stehe ja schon auf ...«

Mühsam kämpfte er sich auf die Füße. Aus dem Spiegel an der Wand blickte ihm eine Person entgegen, die ihm vage ähnlich sah. Ein Mann in Pyjamahose, mit zerzaustem Haar und Bartstoppeln am Kinn. So konnte er unmöglich durchs Gritti spazieren und bis zum britischen Konsulat laufen. Obwohl er vermutlich schon in diesem Aufzug hergekommen war, wie ihm nun auffiel.

Er öffnete Daniels Kleiderschrank. Darin hingen zwar etliche Hemden und Hosen, doch in einer Größe, die ihm viel zu klein war.

Sie sagte, sie sei nicht Diana. Aber ich kannte sie. Henrys Mädchen.

Kit schwankte. Er hatte immer geglaubt, er hätte keinen Zweifel an Jackies wahrer Identität gehabt. Doch jetzt, im Angesicht der Wahrheit, wünschte er sich, nie davon gehört zu haben. Diana wollte nicht mehr sie selbst sein, sie wollte nicht mehr seine Frau sein, die Duchess of Surrey. Sie wollte lieber als ein anderer Mensch weiterleben. Warum? Um nicht zu ihm zurückkehren zu müssen? Zu dem Mann, der sie so schändlich belogen und betrogen hatte? Wieso war sie dann doch zu ihm gekommen? Wieso bekam sie sein Kind? Das ergab alles keinen Sinn. Wusste sie, wer sie war, oder nicht? Hielt sie sich für Jackie Dupont? Oder hatte sie ihre neue Identität nur erfunden und wusste genau, was sie tat?

Ihm dröhnte der Kopf.

Weitermachen. Das war die einzige Option. Weitermachen, nach vorn blicken. Die Antworten würden kommen. Oder nicht. Im Hier und Jetzt galt es, einen Mörder dingfest zu machen. Die Ereignisse überschlugen sich dermaßen, dass er den Überblick verloren hatte. Er musste einmal in Ruhe alles zusammenfassen, alles Revue passieren lassen. Ruhe. Wann würde er die jemals wiedererlangen?

Er entdeckte Daniels Rasierbesteck und machte sich damit ans Werk. Er kämmte sich die Haare und entschied sich schließlich, einen gesteppten Morgenmantel in Dunkelrot überzuziehen, der an einem Haken an der Wand hing. In diesem Aufzug kam er sich nicht mehr ganz so verwahrlost vor. Immerhin liefen am Lido die Leute in bunten Kimonos herum, warum sollte er da nicht im Bademantel erscheinen? Schließlich war er einer der reichsten Menschen der Welt, ein wenig Exzentrizität stand ihm durchaus zu.

Sargent murrte. *Der Welpe winselte.*

Kit musste sich mit beiden Händen am Waschtisch festklammern, um nicht zu Boden zu gehen. Mord und Leichen hielten keinen Schrecken mehr für ihn. Das tat nur seine eigene Schuld.

Nach einiger Zeit gelang es ihm, mit Sargent auf dem Arm hinunter in die Lobby zu gehen und an der Rezeption nach einer Gondel zu fragen, die ihn zum Konsulat bringen sollte.

Er ignorierte die neugierigen Blicke der Hotelgäste und bestieg am Anleger die Gondel. Dort redete gerade eine hysterische Dame auf einen Polizisten ein. Wenn Kit es richtig verstand, hatte ihr jemand durch den Sonnenhut geschossen und ihren Schädel nur knapp verfehlt. Keine Zeit, das Ende des Dramas abzuwarten.

»Tun Sie mir einen gefallen und singen Sie nicht«, bat er den Gondoliere.

»*Ma signore*, wie schön Sie wiederzusehen. Wie geht es der Signora? Besser?«

Kit fragte sich einen Moment, ob der Mann Jackies

Übelkeit am gestrigen Morgen beobachtet hatte, bis es ihm wie Schuppen von den Augen fiel. Er meinte Mitzy.

»Sagen Sie«, fragte er in seinem schlichten Italienisch, »ist die Signora direkt ins Hotel gegangen?«

Der Gondoliere schaute ihn verwundert an. »Ich habe ihr aus der Gondel geholfen am Steg. Ein Page kam und brachte sie hinein. Danach bin ich nach Hause gefahren. *A casa.* Sie verstehen?«

Kit wusste nicht, warum er diese Frage gestellt hatte. Mitzy hätte sicher einen geeigneten Moment abgepasst, um erneut den Weg zur Basilika einzuschlagen, ohne dabei beobachtet zu werden. Trotzdem hatte er so ein Gefühl, als wäre Mitzys Ankunft im Hotel von Bedeutung. Vielleicht hatte sie ihren Mörder in der Lobby getroffen, der sie dazu überredet hatte, sie noch einmal zu begleiten.

Die Fahrt zum Konsulat war kurz, kaum fünf Minuten. Ein Konsulatsmitarbeiter entdeckte Kit bei seiner Ankunft und eilte hinaus, um ihm beim Aussteigen zu helfen. Leider spie Sargent Gift und Galle und Kit musste ohne Unterstützung von Bord gehen.

»Verzeihen Sie, der Hund mag keine fremdem Männer.«

Der Mitarbeiter wich zurück. »Oh ja, entschuldigen Sie. Ich vergaß. Miss Dupont hat uns alle schon darüber in Kenntnis gesetzt. – Sir, gut dass Sie da sind, gerade habe ich ein Gespräch für Sie am Apparat. Ich wollte schon auflegen, doch da kamen Sie mit der Gondel an. Folgen Sie mir doch bitte.«

Kit setzte Sargent auf dem Boden ab und begleitete den Mann in eines der Dienstzimmer des Konsulats. Sargent trippelte hinterher und brummte unaufhörlich. Sang er den Todesmarsch von Frederic Chopin?, fragte sich Kit, während er den Hörer nahm.

»Hallo?«, sagte er dann. »Hier ist Surrey.«

»Hallo, Kit«, sagte eine ihm bekannte Frauenstimme. »Hier ist Mitzy. Ich bin in Athen.«

Aus den Memoiren der
JACKIE DUPONT

Unruhig lief ich in Daniels Krankenzimmer auf und ab. Ich kam mir vor wie in einem Horrorroman aus viktorianischer Zeit. Das Krankenbett stand direkt am alten Gemäuer. Hin und wieder steckte eine ausgemergelte Nonne ihren Kopf durch die Tür und krächzte ein *Ave Maria*. Ich rauchte, um den unangenehmen Geruch von Äther zu übertünchen, ich trank Wasser, ich rauchte wieder und lief weiter. Zwischendurch sah ich durchs Fenster hinaus ins glitzernde Grünblau der Lagune.

Das Krankenhaus San Giovanni e San Paolo lag im Norden der Altstadt, direkt gegenüber von der Friedhofsinsel San Michele – einem nicht ganz zufälligen Umstand – und von der Insel Murano, wo die Glaskunst ihre Heimat fand. Ein Touristenboot fuhr soeben vorbei. Es brachte mit Sicherheit die Touristen vom Lido nach Murano, die dort bunte Gläser und Schmuck kauften. Tierchen zum Beispiel, die man sich auf den Kaminsims stellte, wo sie dann verstaubten.

Ich wünschte nur, mein Gehirn wäre nicht so verstaubt. Irgendetwas ließ mir keine Ruhe. Irgendetwas nagte an mir. Etwas stimmte nicht. Die Bausteine, aus denen mein Fall zusammengesetzt war, passten nicht zueinander.

Warum wollte Daniel unbedingt Christopher in die Angelegenheit einbeziehen? Warum ihn am Vorabend erst anschuldigen und dann verteidigen? Dieses Benehmen meines Onkels kam mir verdächtig vor. Normalerweise würde ich annehmen, er lenkte absichtlich den Verdacht auf Christopher, damit der echte Täter sich in Sicherheit wiegte. Aber jedem in Spionagekreisen musste klar sein, dass mein Verlobter nichts mit diesem Geschäft zu tun hatte. Der Mörder würde sich nicht mehr oder minder sicher fühlen, nur weil Daniel das Augenmerk auf Christopher richtete.

Und warum hatte Daniel sich so wenig für Mitzy Bubbles interessiert? Wie Laszlo gestern Nachmittag sagte, hätte sie eine Gehilfin des Listendiebs sein können. Gerade weil sie Truffinos Bekannte war, durfte man auf keinen Fall ausschließen, dass sie auch eine Agentin war.

Wenn ich auf jemanden tippen müsste, der sich die Liste anzueignen versuchte, wäre Truffino meine erste Wahl. Er hatte einen Regimewechsel zu erwarten, bei dem Informationen Macht bedeutete. Wenn er Mussolini so wichtige Daten übergab wie die Namen europäischer Doppelagenten, war seine Zukunft gesichert.

Was war mit Sir Alfred? Der war ja nun wahrhaftig ein hohes Tier im Spionagezirkus. Aber er befand sich im Ruhestand und war, soweit ich es überschauen konnte, wirklich und wahrhaftig. Ich glaubte nicht, dass er noch aktiv bei den Ränkespielen Europas mitwirkte.

Natasha hatte, was ich dank Theodore wusste, noch immer einen Fuß in der Tür gehabt und wie eh und je die verschiedenen Gruppen gegeneinander ausgespielt. Die Tatsache, dass sie sich bei Venedigs Bolschewiken eingeschleust hatte, sprach allerdings dafür, dass sie keine Ahnung gehabt hatte, wer die Liste besaß, und es umso mehr hatte herausfinden wollen. De facto war sie jetzt aber tot. Sie musste etwas erfahren haben, was sie für den Mörder untragbar machte. Wer nur?

Der Kardinal hätte sie am Lido umbringen und danach mit dem Motorboot zu Daniel und mir fahren können. Das wäre ein ganz typisches Verhalten, wenn man den Verdacht von sich lenken wollte. Warum fokussierte Daniel sich nicht auf Truffino? Er musste doch die gleichen Schlüsse ziehen wie ich.

Zum wiederholten Mal rekapitulierte ich die Berichte über die Morde an den Geheimagenten im vergangenen Jahr. Da gab es einen Toten in Lissabon, einen in Griechenland, einen in Belgien und noch ein paar andere. Keine Namen, keinerlei Angaben zu Alter oder Geschlecht. Die Verteilung der Tatorte war erheblich. Demnach war unser Mörder seit Monaten Tag und Nacht in Zügen und Schiffen unterwegs. Aber soweit wir wussten, war keiner der hiesigen Verdächtigen in den letzten Monaten verreist.

Die Erkenntnis traf mich wie ein Blitz.

Passend dazu erwachte Daniel, der hinterlistige Fuchs. »Oh, Jackie, bist du es? Gib mir doch bitte etwas Wasser.«

Ich füllte einen Becher aus einem Krug und trat ans Bett.

Daniel griff danach.

Ich zog ihn zurück. »Hast du etwa Durst, Onkelchen?«

»Höllischen. Los, her damit. Ich habe Schmerzen. Warum verabreichen sie mir nicht mehr Morphium?«

»Erst wenn du gestehst, dass es keine Liste und keine Morde gab.«

Daniel hustete. »Jackie, ich habe Durst.«

»Ich habe kein Mitleid mit dir. Hast du das wieder mal mit dem Präsidenten ausgeheckt? Komm, lass uns ein paar Gerüchte streuen und sehen, wer ausflippt? Herzlichen Dank. Laszlo ist ausgeflippt und hätte dich beinahe umgebracht. Jetzt musste ich ihn erschießen. Ich! Laszlo!« Ich hatte vor, mein Versprechen zu halten. Laszlo war ab sofort tot. Dieser Gefahr wollte ich Christopher nicht aussetzen. Dafür belog ich sogar meinen Onkel.

Daniel schwieg und schürzte die Lippen.

»Was wolltet ihr damit bezwecken? Warum hast du sogar mir diesen Unsinn erzählt? Damit ich ernsthaft nach einem Verräter suche? Damit es sich für die Spione authentisch anfühlt? Damit sie nervös sind und sich verraten? Du hättest mich einweihen können! Wir haben überhaupt keine Erkenntnisse gewonnen. Natasha war eine Doppelagentin. Das wussten wir längst. Laszlo war ein Doppelagent. Das wussten wir erst recht.« Jetzt erst reichte ich Daniel das Wasser.

Er trank einige Schlucke und gab mir den Becher zurück. »Es war ein Test, um die Standfestigkeit unserer Agenten zu überprüfen. Du weißt doch, wie es mit Doppelagenten ist. Sie lieben eigentlich nur ihr Vaterland und kehren unter Druck, oder wenn sich die Möglichkeit ergibt, sofort nach Hause zurück. Wir hatten diesen Verdacht bei Natasha und bei einigen anderen.«

»Bei Laszlo nicht?«

Daniel biss die Zähne zusammen. »Er war dir über Jahre treu ergeben. Woher sollte ich denn ahnen, dass du ein Kind bekommst? Dass so etwas überhaupt auf deinem Plan steht. Und ausgerechnet mit Christopher St. Yves. Du musst eine Masochistin ohnegleichen sein. Ich dachte, du verfolgst einen Racheplan, stattdessen bekommst du sein Kind.«

»Warum sollte ich einen Racheplan verfolgen?«

Daniel seufzte und schloss die Augen. »Mein liebes Kind. Du kannst nicht für immer ...«

»Ich kann alles, was ich will. Ich will Christophers Kind, ebenso sein Schloss, seine Familientiara, seinen Namen. Ich bekomme immer, was ich will. Er ist der einzige Mann ...«

»Der dich in den Freitod getrieben hat?«, fragte Daniel kalt.

»Ich habe keine Ahnung, wovon du sprichst. Er ist der einzige Mann, mit dem ich mein Leben verbringen will. Und dass du ihn ... und dich ... jemals so unsinnig in Gefahr bringen würdest, das habe nicht einmal ich erwartet. Du kannst froh sein, dass Laszlo mich wirklich geliebt hat, sonst wären wir nicht rechtzeitig wiedergekommen und du wärst verblutet. Mein Gott, euch muss nach dem Krieg wirklich sterbenslangweilig sein, wenn ihr solche Geschichten erfindet.«

Daniel verschränkte die Arme. »Wie du willst ... *Jackie*.«

»Ich glaube, das Morphium tut dir nicht gut. Versuch bitte, dich zu konzentrieren.« Meine nächste Frage war naheliegend. »Warum werden trotzdem Menschen umgebracht, wenn es gar keinen mysteriösen Agentenkiller gibt? Warum tötet jemand Mitzy Bubbles und lässt ihre Leiche verschwinden? Warum tötet jemand Natasha am Strand und lässt ihre Leiche liegen? Welches Motiv gibt es da? Wenn Mitzy keine Gehilfin von Truffino war und Natasha, wenn überhaupt, zu den Tätern gehört hätte, nicht aber zu den Opfern? Laszlo hat die beiden jedenfalls nicht umgebracht. Er glaubte ja bis zu seinem Tod an die Liste und stand schon vorher rund um die Uhr unter Beobachtung. Bis er Christopher in seinem Wasserflugzeug entführt hat. So viel dazu.«

»Oh.« Daniel verzog den Mund. »Er hat dich erpresst. Hat deine Schwachstelle gefunden.«

»Natürlich hat er das! Es ist allein meiner Treffsicherheit zu verdanken, dass wir noch am Leben sind. Aber jetzt sag mir: Wer mordet hier?«

Daniel zuckte schwach mit den Schultern. »Ich habe keinen blassen Schimmer ...«

»Das Ganze muss mit der Vergangenheit der Purcells zu tun haben. Theodore hält Mitzy für seine frühere Gouvernante.«

»Was?« Daniel richtete sich unter Mühen auf. »Ich dachte, Sir Alfred hat sie erst als Prostituierte kennengelernt. Autsch!« Er sank zurück aufs Kissen.

Ich setzte mich auf die Bettkante. »Was, wenn das eine Lüge war? Was, wenn er eine noch viel schändlichere Tat durch eine andere Verwerflichkeit vertuschen wollte? Theodore sagte, sein Vater habe Mitzy aus dem Haus gejagt. Dass er sie davor lange für seine Mutter gehalten habe. Dass die beiden sich ähnlich sahen, Mitzy und die Mutter. Es liegt doch nahe, dass Sir Alfred mit ihr eine Affäre hatte, als sie die Gouvernante seiner Kinder war. Und nun hat sie ihn erpresst. Was ihr schlecht bekommen ist.«

»Aber warum Natasha?«, fragte Daniel. »Sir Alfred hatte keinen Grund, seine Lebensgefährtin umzubringen.«

»Weil sie wusste, dass er Mitzy umgelegt hat?«

Daniel schüttelte den Kopf. »Das hätte sie nicht gestört. Die beiden haben schon so manchen Gegner gemeinsam aus dem Weg geräumt. Sir Alfred würde Mitzy viel eher gemeinsam mit Natasha erledigen.«

Mir brummte der Kopf. Ich trank noch einen Schluck Wasser.

»Warum nimmst du nicht einfach deinen Christopher und fährst mit ihm in die Berge?«

Ich prustete. »Danke, da waren wir schon.«

»Dann geh ins Bett und schlaf. Und lass mich in Ruhe, mir tut das Knie weh. Wie dir vielleicht aufgefallen ist, habe ich eine Schussverletzung.«

Ich rutschte von der Bettkante. »Weißt du was? Genau das mache ich jetzt. Schlafen. Mittlerweile habe ich das Gefühl, im Schlaf bessere Ideen zu haben als im Wachzustand.«

»Fall bloß nicht gleich wieder in Ohnmacht«, krächzte Daniel mir hinterher.

Kaum hatte ich Daniels Zimmer verlassen, stürmte mir im Krankenhausflur mein eigener Verlobter entgegen, und zwar in Begleitung von Sargent und seiner Hochwürden, Kardinal Truffino, der ständig und überall wie ein Springteufel auf der Bildfläche erschien.

»Jackie!«, rief Christopher. Leider hatte er sich umgezogen und trug nun Hemd und Hose. »Es gibt Neuigkeiten. Mitzy Bubbles lebt.«

Die Welt um mich herum drehte sich schon wieder. Christopher hielt mich fest und setzte sich mit mir auf eine Holzbank im Flur.

»Jackie, nicht in Ohnmacht fallen.«

»Sie muss die Füße hochlegen«, riet Truffino.

In meinem Kopf blitzten Bilder auf. Natasha mit dem Dolch im Hals. Ein Sonnenschirm in Flamingoform. Laszlo im Flugzeug. Elizabeth und Theodore Purcell auf dem Sofa.

»Woher weißt du, dass sie lebt?«, fragte ich, während Truffino meine Füße auf der Armlehne der Bank platzierte, woraufhin Sargent ihm in die Soutane biss. »Um Gottes willen, Benedetto. Fass mich nicht an. Der Hund zerfleischt dich sonst noch.«

»Sie hat mich eben angerufen«, sagte Christopher atemlos. »Aus Athen.«

»Sie wollte eine Kreuzfahrt machen«, ergänzte Truffino während er sich ein paar Schritte entfernte. »So viel wussten wir.«

Es fiel mir schwer, die Bilder aus meinem Kopf zu verbannen. Flamingos. Pavillons. Dolche. »Hat sie gesagt, warum sie ihr Gepäck nicht mitgenommen hat?«

»Sie erzählte mir, sie sei bedroht und erpresst worden«, antwortete Kit, »und daraufhin getürmt. Erst in Athen hat sie gewagt, zu mir Kontakt aufzunehmen.«

»Wer wurde dann in der Basilika ermordet?«

»Vielleicht niemand?«, fragte Truffino. »Vielleicht falscher Alarm?«

Geistesgegenwärtig packte Christopher Sargent am Schlafittchen und hob ihn zu uns auf die Bank. Der Hund heulte erbärmlich und diesmal gänzlich unmelodisch.

Ich kraulte ihn mit einer Hand hinterm Ohr. »Darling, du hast ihn schon gebissen, mehr können wir dir nicht erlauben, auch wenn du natürlich vollkommen recht hast. Sargent schlägt niemals zu Unrecht Alarm. Ausgeschlossen. Jemand hat eine frische Leiche weiblichen Geschlechts durch die Kirche gezogen.«

Truffino warf die Hände in den Himmel. »*Madre di Dio!* Ein Zufall! Ein Liebesdrama!«

»Hier stimmt was nicht, Kit. Ich spüre, mein Unterbewusstsein will mir etwas sagen. Erinnere dich, wie ich letztes Jahr von Chinesinnen und Apfelkuchen geträumt habe.« Im vergangenen Herbst in London hatte mein Unterbewusstsein mich im Traum auf die Zusammenhänge in einem Mordfall hingewiesen.

»Träumst du denn wieder so verschroben?«

»Nein, ich habe eigenartige Visionen, aber nur, wenn mir schwindelig wird, oder im Halbschlaf.«

Kit räusperte sich. »Als du am Strand in Ohnmacht gefallen bist, hast du zusammenhangloses Zeug geredet. Es klang, als hättest du dich über Natashas Bekleidung aufgeregt.«

»Ach ja?« Ich dachte scharf nach. »Ich erinnere mich nicht.«

»Wirklich, Jackie?«, fragte Truffino. »Ich hätte dich nicht für jemanden gehalten, der etwas auf Botschaften seines Unterbewusstseins gibt.«

»Mein Freund Sigmund sagt ...«

»Komm, Jackie, ruh dich jetzt besser aus«, fiel Christopher mir ins Wort. Das war ungewöhnlich. Wollte er mich daran hindern, weiter mit Truffino zu sprechen? Er hatte sicher einen guten Grund dafür. Besser wir sprachen allein miteinander. Besser, der Kardinal erfuhr nichts von unserem morgendlichen Ausflug mit Laszlo, im wahrsten Sinne des Wortes. Wenn er nicht schon davon wusste, wie er immer alles wusste.

»Ja, Darling«, säuselte ich übertrieben benommen. »Ich habe so schlecht geschlafen.«

»Ich bringe meine Verlobte jetzt ins Konsulat«, sagte Christopher resolut. »Warum treffen wir uns nicht alle morgen Vormittag in San Marco und setzen unser Gespräch fort.«

»*Una buona idea*, nun, da wir wissen, dass Lady Donaghue außer Gefahr ist, kann ich mich wieder um meine Kirche kümmern.«

Wir waren nicht im Bild, ob der Kardinal längst wusste, dass Mitzy Bubbles nicht in Gefahr schwebte. Nach allem was ich unterbewusst ahnte, konnte er derjenige sein, der sie bedroht und erpresst hatte. Wenn es nicht Sir Alfred war.

Plötzlich hörte ich Daniels Stimme wie eine Warnung in meinem Hinterkopf. »Woher willst du wissen, dass die Frau deinen Kit wirklich angerufen hat? Er könnte es auch erfunden haben.«

Ich unterdrückte Daniels telepathische Einwürfe. Oder meine eigenen Wahnvorstellungen.

Vorsichtig stand Christopher auf und stützte mich. Sargent trabte wie ein Leibwächter durch die mittelalterlichen Bogengänge des Krankenhauses vor uns her. Er guckte nach links, er guckte nach rechts, schnupperte und knurrte bedrohlich.

Wie die meisten Einrichtungen Venedigs verfügte auch das Krankenhaus über einen Anleger. Dort winkte Christopher eine Gondel herbei, in der wir Platz nahmen. Erschöpft ließ ich den Kopf gegen seine Schulter sinken, dankbar, mich in den folgenden Minuten um nichts kümmern zu müssen. Das Krankenhaus lag am anderen Ende der Altstadt und die Gondel musste mehrere Kanäle durchfahren, um auf den Canal Grande zu gelangen. Ich schloss die Augen.

»*Che bella cosa na jurnata è sole. N'aria serena doppo na tempesta*«, sang der Gondoliere.

»*Pe' ll'aria fresca pare gia' na festa. Che bella cosa na jurnata è sole*«, sang Sargent.

Dann sprang er.

Venedig, Anleger des britischen Konsulats, August 1921

»Du bist mein Held«, hauchte Jackie und küsste Kit auf die Wange, bestrebt, ihm ansonsten nicht zu nahe zu kommen.

Kit grunzte unverbindlich. Sargent zappelte vergnüglich in seinem Arm, wobei er Wassertropfen in der Gegend verteilte. Das konnte Kit allerdings egal sein, da er selbst klitschnass war.

Sargent hatte die Gunst der Stunde genutzt und war von der Gondel gesprungen, um endlich das heiß ersehnte Bad im Kanal zu nehmen. Dabei hatte er geheult wie die Lorelei persönlich, bis ihm einfiel, dass er kein guter Schwimmer war. Panisch fing er an zu schreien und strampelte wild mit seinen kurzen Beinen.

»Er ertrinkt!«, hatte Jackie gekreischt, wie es sonst nur die Hysterikerinnen in der Praxis ihres Freundes Sigmund Freud taten. Also war Kit hinterhergesprungen und hatte Sargent gerettet.

»Ihr riecht ein wenig streng«, murmelte Jackie und zündete sich eine Zigarette an. Ein Pestarzt mit Weihrauch hätte es nicht besser machen können.

»Ach wirklich?«

Sie lachte und hinter ihr verblasste Venedig. Was zählten all die Kirchen und Kanäle, wenn es sie gab? Kit setzte Sargent auf dem Boden ab, nahm ihr die Zigarette aus der Hand und küsste sie auf den Mund. »Schluss damit.«

»So viel Zuneigung in der Öffentlichkeit?« Sie nahm ihn bei der Hand. »Vorsicht, Mylord, sonst wird dir noch die britische Staatsbürgerschaft aberkannt.«

Eine zweite Gondel hielt am Anleger. Elizabeth Purcell entstieg ihr mit gesenktem Kopf. Sie trug einen Strohhut und ein weißes Sommerkleid, ein Dienstmädchen begleitete sie.

Zeitgleich trat Sir Alfred aus dem Konsulat. Er war blass, ja geradezu grau im Gesicht, und bewegte sich ohne jede Spannkraft. »Lizzy, wo warst du denn so lange? Wolltest du nicht zum Lunch zurück sein?«

»Es war so schön in Murano. Sieh, ich habe dir eine Katze aus Glas mitgebracht.«

»Wie lieb. Komm rein, du solltest dich jetzt ausruhen.«

Sie verschwanden.

Kit fand es sehr eigenartig, dass Sir Alfred Jackies und seine Anwesenheit nicht bemerkt, geschweige denn sie beide begrüßt hatte. Und das, obwohl er, Christopher St. Yves, der Duke of Surrey, tropfnass vor ihm stand.

Jackie sah den beiden nach. »Heute Abend wirst du mich hypnotisieren, Liebling.«

»Was werde ich?«

»Mich hypnotisieren. Damit ich Zugang zu meinem Unterbewusstsein erhalte.« Sie trat ins Gebäude.

Kit lief ihr hinterher. »Aber ich habe noch nie jemanden hypnotisiert. Ich weiß gar nicht, wie das geht.«

»Ich werde dich anleiten.«

»Also, ich bezweifle, dass es so funktioniert.« Er drückte ihre Zigarette in einem Aschenbecher auf einer Kommode im Flur aus.

»Natürlich geht das. Sag mal, wann hat Mitzy dich eigentlich angerufen?«

»Als ihr ins Krankenhaus gefahren seid. Ich kam gerade aus dem Gritti zurück«.

Gemeinsam gingen sie die Treppe hinauf. »Habt ihr euch lange unterhalten?«

»Nein, sie hatte keine Zeit und es warteten andere Menschen darauf, das Telefon zu benutzen.«

Jackie sah ihn scharf an. »Was war ihre Botschaft? Oder vielmehr was war der Zweck ihres Anrufs bei dir?«

Kit zog die Brauen zusammen. »Sie wollte nicht, dass wir uns um sie sorgen. Ergibt durchaus Sinn, oder?«

»Nur, wenn sie nichts von jemandem aus unserem Dunstkreis zu befürchten hat. Sie will sicher nicht, dass die Leute, die sie bedroht und erpresst haben, erfahren, wo sie sich aufhielt.«

Da hatte sie nicht unrecht, musste Kit zugeben. Er hasste die Theorie vom unsichtbaren Dritten und in seiner Zeit mit Jackie hatte sie sich bisher noch nie bewahrheitet. »Ich bin froh, dass sie in Sicherheit ist. Fragt sich nur, wer stattdessen umgebracht wurde und warum.«

»Ich bin sicher, die Hypnose wird es zutage bringen. Wenn nicht bei mir, dann bei dir.«

»Willst du mich auch hypnotisieren?«

»Natürlich.«

Er fühlte sich ein wenig flau im Magen. »Und du weißt, was du da tust? Werde ich wissen, was du mich fragst? Wirst du wissen, was ich dich frage?« Eine neue Idee kam ihm. »Werden wir uns hinterher an das erinnern, was wir einander gefragt und wie wir geantwortet haben?« Er stellte sich vor, wie er sie fragte, ob sie wisse, dass sie Diana Gould sei, und warum sie nicht länger Diana hatte sein wollen.

»Klar«, antwortete Jacke. »Darum tun wir es ja. Sonst wäre es doch völlig unnütz.«

»Gut.« Kit bemühte sich, die aufkeimende Enttäuschung zu unterdrücken.

In ihrem Zimmer legte Jackie sich aufs Bett. Sie überließ es Kit, Sargent und sich selbst trockenzulegen, was er im Badezimmer tat. Als er zu ihr zurückkehrte, schlief sie tief und fest.

Die Stimmung beim Abendessen war unsäglich. Warum Menschen aus gewissen Kreisen sich derart quälten und sich in Kleid und Anzug gemeinsam an eine Tafel setzten, obwohl sie sich lieber heulend in ihre Betten verkriechen wollten, war Kit seit jeher ein Rätsel. Trotzdem würde auch er sich niemals die Blöße geben, einem solchen Abendessen fernzubleiben. Das Leben musste weitergehen. *Stiff upper lip* und so weiter, wie Laszlo von Drachenstein es beschrieben hatte. Das war ein unumstößliches Gebot für jeden Engländer.

Sir Alfred aß mechanisch. Wie ein Uhrwerk. Gabel hoch, Gabel runter, Gabel hoch, Gabel runter. Hätte man ihn gefragt, was er da gerade esse, er hätte keine Ahnung, vermutete Kit.

Sein Sohn Theodore wirkte hingegen gehetzt. Immer wieder wanderte sein Blick zu Jackie. Die Augen voller Angst und Vorahnung. Elizabeth gab sich alle Mühe, heiter auszusehen Sie bohrte die Gabel zwar immer wieder in ihr Fleisch, dennoch bekam sie kaum etwas herunter. Kit stellte fest, dass er ebenfalls keinen großen Hunger hatte, was jedoch mit Daniels Offenbarungen zusammenhing. Allein Jackie und Sargent hatten einen gesegneten Appetit. Die Antipasti flogen nur so in ihre Mäuler. Der erste Gang, Lasagnette vom Tintenfisch, verschwand ebenso schnell wie der zweite, Leber venezianischer Art. Auch vor der Süßspeise, dem Obst und dem Käse machen die beiden keinen Halt. Zwischen dem Schlucken und dem Kauen redeten sie unaufhörlich miteinander über die Qualität des Essens. Das Ganze klang in etwa so:

»Ausgezeichnet, diese schwarzen Teigwaren vom Tintenfisch, findest du nicht?«

»Wau.«

»Festkochend und dennoch zart schmelzend.«

»Wau, wau.«

»Ein Gedicht.«

»Wuuh.«

»Darf ich dir noch etwas Leber reichen?«

»Wuhuuh.«

Jackies verlängerte Siesta hatte ihr außerordentlich gutgetan. Unvermittelt richtete sie sich an die Gastgeber. »War die Polizei eigentlich noch mal hier, Alfred?«

Sir Alfred hob die Augen und brauchte einige Zeit, um die Frage zu verstehen. »Ja ... oh ja.« Er tupfte sich den Mund mit der Serviette ab. »Sie waren hier, haben noch mal einige Fragen zum Tathergang gestellt. Aber dazu konnte ich nichts sagen, weil ich geschlafen habe, als es geschah. Sie wollen morgen noch einmal wiederkommen, um den Duke zu befragen.«

Jackie schluckte ein Stück Leber herunter. »Wunderbar. Du hast während des Mordes nicht geschlafen, oder, Christopher?«

Kit rutschte ein wenig auf seinem Stuhl hin und her. »Nun ja, ich habe gedöst ... dem Treiben zugeschaut ... vielleicht sogar geschlafen.«

»Ich war im Wasser«, fügte Theodore ungefragt hinzu. »Auf der Badeplattform. Mit einigen Freunden.«

»Ich war auch im Wasser«, hauchte Elizabeth.

»Sie wissen schon, dass Sie Ihr Amulett nicht anlassen sollten, wenn Sie schwimmen gehen, Kleines.« Jackie deutete mit einem Kaffeelöffel auf Elizabeth. »Erstens könnten Sie es verlieren und zweitens schaden Salzwasser und Sonne dem Türkis. Das ist kein robuster Stein. Das hat Ihre Mutter Ihnen zwar sicherlich gesagt, aber Teenager hören ja leider nicht auf ihre Eltern.«

Elizabeth schluckte.

»Jackie ...«, flüsterte Kit.

»Es gibt Leute, die behaupten, ein verblasster Türkis

wäre ein Omen für einen Schicksalsschlag. Dabei ist es nur ein Omen für schlechte Pflege.«

Theodore fuhr sich mit der Hand übers Gesicht. »Natasha hat das auch immer gesagt.«

»Das kann ich mir gut vorstellen. Sie hat diese Rolle geliebt.«

»Welche Rolle?«, fragte Elizabeth.

»Die der abergläubischen Exzentrikerin. Der Esoterikerin. Der Fanatikerin. Es ist viel einfacher, zu operieren, wenn man sich ein wenig schrullig gibt. Aber dafür braucht man Talent und viel Geduld. Mir läge es gar nicht, mich monatelang zu verstellen. Geschweige denn Jahre.«

Kit biss sich auf die Zunge. Wenn es jemandem gelang, dann ihr. »Wahrscheinlich glaubt man irgendwann selbst an die Täuschung.«

»Womöglich. Aber ich hielt Natasha für zu gewitzt. Ich bin ganz sicher, im Schlafzimmer hat sie ihren Heiligenschein abgelegt. Unter anderem. Stimmt das, Alfie?«

Sir Alfred reagierte nicht.

»Sie sehen doch, dass mein Vater nicht wohlauf ist«, zischte Theodore.

»Ich sehe gar nichts. Das liegt an der Schwangerschaft. Mein Kopf ist voller Watte.«

Es klirrte nur so, weil Elizabeth, Theodore und Kit gleichzeitig ihre Gabeln, Messer oder Löffel fallen ließen.

»Das ist etwas ganz Natürliches. Ein Mann, eine Frau, eine Liebesnacht … ein neues Leben.«

»Aber«, Elizabeths Stimme klang dünn, »Sie sind doch gar nicht verheiratet.«

»Hörst du das, Christopher? Wir sind nicht verheiratet. Was meinst du dazu?«

»Jackie ...«

Sie lachte. »Er hat Jackie gesagt. Was sollte das sein, eine Drohung? Eine Mahnung? Damit ich nichts Falsches von mir gebe?«

»Wir sind alle etwas überspannt.«

»Wie du meinst. Jedenfalls habe ich meine Mitarbeiter in London angewiesen, in Soho die Vergangenheit einer gewissen Mitzy Bubbles, aka Camilla Bubbles, aka Lady Donaghue zu erforschen. Ihre Rolle in unserem kleinen Drama ist mir noch nicht ganz klar, obwohl ich das Gefühl habe, dass sich der Nebel langsam lichtet.«

Sir Alfreds Hand zitterte, als er sein Glas hob und einen Schluck Rotwein trank. Warum protestierte er nicht? Was bezweckte Jackie mit dieser Show? Wen wollte sie provozieren und wozu?

»Kit, Darling, gehen wir morgen ins Florian ein Eis essen?«

»Gewiss, mein Herz«, antwortete Kit mechanisch, ohne den Blick von Sir Alfred zu lösen.

Warum war der Mann so von der Rolle? Natürlich, seine Geliebte war ermordet worden, aber wenn Kit es richtig verstanden hatte, war Sir Alfred der härteste Zahn im Secret Service seiner Majestät. War es vielleicht gar nicht Trauer, die ihn bewegte? Ging es dem Mann etwa wie Kit? Den weder Tod noch Teufel schreckten, sondern nur die eigene Schuld? Hatte Sir Alfred sich schuldig gemacht? An wem?

Jackie lehnte sich zurück und zündete sich eine Zigarette an. »Also ich arbeite nie wieder für die Geheimdienste. Dieses ewige Versteckspiel. Dieses Töten ohne Motiv. Das macht mir keinen Spaß.«

Theodore räusperte sich. »Wieso haben die kein Motiv?«

»Nun ja, sie haben nur das Motiv, dass sie einen Befehl erhalten haben. Da bringt es gar nichts, in der Vergangenheit von irgendwem nach dunklen Geheimnissen zu fahnden. Das ist doch witzlos.«

»Ach so.«

»Mein Verlobter, mein Hund und ich ziehen uns jetzt in unser Gemach zurück«, erklärte Jackie und nahm Kit an der Hand. »Es waren anstrengende Tage und morgen werden wir weiter nach dem Verräter in unseren Reihen suchen müssen.«

Sir Alfred und Theodore erhoben sich reflexartig.

»Christopher, mein Herz, am besten besuchen wir Onkel Daniel nach dem Frühstück im Krankenhaus und gehen anschließend ins Caffè Florian am Markusplatz. Oder umgekehrt.«

»Oh«, hauchte Elizabeth. »Ihr Onkel ist im Krankenhaus?«

Jackie schlug sich mit der flachen Hand gegen die Stirn. »Da sehen Sie, wie vergesslich ich bin. Ja, er wurde angeschossen. Ins Knie. Von dem Verräter. Er scheint es auf uns alle abgesehen zu haben. Also, bleiben Sie wachsam. Gute Nacht.«

»Warum hast du ihnen nicht gesagt, dass es Laszlo war, der auf Daniel geschossen hat?«, fragte Kit im Zimmer.

Jackie trat soeben aus dem Bad. »Ich will unseren Täter verwirren.«

»Unseren Täter?« Nicht zum ersten Mal kam sich Kit wie die Figur eines Puppenspiels vor, die stets wiederholte, was ein anderer zuvor gesagt hatte.

»Ja. Entweder es war Truffino oder einer der Purcells.«

Kit war verdutzt. »Was ist mit dem Verräter?«

»Den gibt es nicht.«

»Den gibt es nicht?« Kit schnaubte vor Wut über sein eigenes Benehmen. Schon wieder plapperte er ihr alles nach. »Was soll das heißen? Was weißt du, das ich nicht weiß?«

Jackie hob Sargent aufs Bett. »Ich wollte es dir nicht vor dem Dinner sagen, damit du nichts verrätst. Sir Alfred ist in Mimikdeutung geschult und hätte dir eventuell angesehen, dass etwas mit meinen Behauptungen nicht stimmt.«

Kit wusste nicht, ob er beleidigt sein sollte. Wohl eher nicht. Er hatte seine Gesichtszüge wirklich nicht immer unter Kontrolle.

Jackie sprach weiter. »Daniel hat mir im Krankenhaus verraten, dass die Liste gar nicht existiert. Vielmehr handelte es sich bei den Information darüber um absichtlich von ihm und der Regierung der Vereinigten Staaten gestreute Fehlinformation, mit dem Ziel, bisher unbekannte Doppelagenten aufzuschrecken. Leider hat die Aktion nur die bereits bekannten Doppelagenten aufgescheucht, mit denkbar unschönen Ergebnissen.«

»Hat denn Drachenstein Natasha umgebracht?«

»Nein, dazu hatte er keinen Grund, außerdem saß er im Flugzeug, als es geschah. Dafür gibt es unendlich viele Zeugen, mich inklusive.«

»Aber wer dann? Theodore? Sir Alfred? Oder der Kardinal? Und mit welchem Motiv?«

»Ich hatte bisher noch keine Gelegenheit, es dir zu unterbreiten, aber Natasha hat Theodore damit erpresst, seinem Vater zu verraten, dass er die Konsulatskasse für seine Spenden an die Internationale geplündert hat.«

Kit fasste sich an die Stirn und ließ sich aufs Bett sinken. »Zu welchem Zweck hat sie ihn erpresst?«

Jackie entfachte ein Streichholz und zündete sich eine Zigarette an, allerdings zog sie nicht daran. »Sie wollte in seine Revoluzzerkreise eingeführt werden. Ich glaube, sie litt an Paranoia. Das sind nämlich ganz harmlose Jüngelchen aus der Bourgeoisie.«

»Woher weißt du das?«

»Na, ich habe sie belauscht. Während du schliefst. Das Ganze ist wegen Laszlos Kapriolen untergegangen. Theodore hat mir auch erzählt, dass Mitzy Bubbles seiner Meinung nach einst sein Kindermädchen war oder seine Gouvernante, die Alfred später aus dem Haus geworfen hat.«

Kit wollte gerade *»sein Kindermädchen?«* ausrufen, hielt aber rechtzeitig inne. Er dachte einen Moment nach. »Hm, zunächst wollte ich dem widersprechen, aber eigentlich passt dieser Schritt durchaus in Mitzys Biografie. Eine Pastorentochter wird ja meistens nicht direkt zur

Prostituierten. Eine Anstellung als Gouvernante, die mit einem Rauswurf endet, passt gut in das Puzzle. Ein gefallenes Mädchen, wie es im Buche steht.«

Jackie hob eine Braue. »Dir ist schon klar, dass die meisten Mädchen nicht fallen, sondern geschubst werden? Meist vom Herrn des Hauses?«

»Meinst du, es stimmt, dass Sir Alfred sie im Bordell besucht hat?«

Sie schmunzelte und legte sich neben Kit. Eine Weile beobachte sie den Rauch, der von der langsam abbrennenden Zigarette zur getäfelten Decke emporstieg. »Ich glaube, es war eher die Notlüge, die er vor seinen Kindern zum Besten geben wollte. Den Besuch in einem Bordell nach der räumlichen Trennung von der Ehefrau akzeptieren sie eher als ein Techtelmechtel mit der Gouvernante, als die Ehe noch intakt war.«

»Alles sehr hypothetisch«, murmelte Kit.

Sie ließ die Asche der Zigarette in den Aschenbecher neben dem Bett fallen. »Und dennoch sind es Hypothesen, mit denen man arbeiten muss, mein lieber Christopher, um, wie du so schön sagst, das Puzzle zu komplettieren. Ich habe übrigens beschlossen, erst dich zu hypnotisieren, weil du bei den wichtigen Ereignissen anwesend warst, im Gegensatz zu mir. Ich kann mir einfach ein besseres Bild machen, wenn ich den Hergang genauer kenne. Und anschließend neue Assoziationen schaffen, wenn ich an der Reihe bin.«

Kit sah ihr ins Gesicht. Er betrachtete es wie ein Kunstwerk und er konnte sich nicht erklären, warum dieses

Antlitz ihn damals nicht so sehr in den Bann geschlagen hatte wie heute. Als sie eine Erbin war, jung, reich, schön, wohlerzogen, humorvoll, freundlich. Hatte es an seiner Besessenheit von Rose Munroe gelegen? Oder an seiner Eitelkeit? Warum war sie zu einem Mann wie ihm zurückgekehrt, wenn sie eigentlich vor ihm hatte fliehen wollen?

Plötzlich baumelte etwas vor ihm. Steine aus Feuer. Natashas Rosenkranz.

»Wo hast du den denn her?«

»Das ist gleichgültig. Komm, trink einen Schluck, man bekommt von der Hypnose einen ganz trockenen Mund.« Sie reichte ihm ein Wasserglas, das sie zuvor aus dem bereitstehenden Krug eingeschenkt hatte.

»Danke.« Er trank. »Woher weißt du, wie das geht? Mit der Hypnose?«

Ihre Zähne blitzten. »Erfahrung. Und jetzt pssssst! Entspann dich. Lehn dich zurück, lausche meiner Stimme und folge mit den Augen dem Rosenkranz.«

Widerwillig ließ Kit sich aufs Bett sinken. Über ihm hing der Rosenkranz aus … Wie war das noch? Richtig. Aus Granaten und Feueropalen. Jedenfalls baumelte die Kette über seinen Augen hin und her.

»Du lässt dich jetzt fallen. Entspann dich. Hör nur auf meine Worte.«

Als ob er jemals etwas anderes täte, dachte Kit sich noch, bevor ihm ein Seufzen entfuhr und er glaubte, in ein Becken voll Wasser zu sinken, warm und weich. Der Rosenkranz und die Täfelung der Zimmerdecke verschmolzen …

»Erinnere dich an den Abend im Gritti. Versetz dich in die Situation und sprich aus, was dir einfällt.«

Kit fand sich tatsächlich auf der Terrasse wieder. Gerade klammerte Truffino sich an sein Kreuz aus Diamanten und Saphiren und sagte etwas vom Beichtgeheimnis.

Kit spürte, dass seine Lippen sich bewegten, aber er wusste nicht so recht, was er da eigentlich redete.

Kam das allein von der Hypnose? Das Wasserglas verschwamm vor seinen Augen.

»Was hast du mir gegeben?«, fragte er, obwohl es ihm schwerfiel.

»Hyoscin. Ein Elixier aus den Blüten der Engelstrompete.« Er hörte sie aus weiter Ferne. »Engelstrompeten stammen aus den Anden, wo sie neben Straßen oder an Stätten ehemaliger Zivilisation zu finden sind. Sie kommen sowohl in Meeresnähe als auch in Höhenlagen bis zu neuntausend Fuß vor. Ach, ich wünschte, ich hätte Zeit, um all mein Wissen aus den vielen Jahren aufzuschreiben, in denen ich gereist bin. Eine Encyclopaedia Dupontia oder einfach: eine Jackiepädie.«

»Wa…? Wa…?«

»Es ist ein hervorragendes Wahrheitsserum und sorgt für besonders gute Ergebnisse, wenn man Vergessenes heraufbeschwören will. Also, dann spiel mir doch bitte das Theaterstück aus dem Gritti vor. Ich bin schon sehr gespannt.«

Aus den Memoiren der
JACKIE DUPONT

Der arme Christopher. Schon wieder hatte ich ihn reingelegt. Aber was hätte ich denn tun sollen? Die Zeit drängte und ich brauchte Hinweise. Sonst konnten schon bald Kit und ich die Nächsten sein, auf die der Mörder es absah. Je näher wir dem Geheimnis um Mitzys und Natashas Mord kamen, desto wahrscheinlicher war ein Anschlag.

Mit dem Wissen, dass es gar keine Liste gab und dementsprechend auch keine Person, die damit durchgebrannt sein konnte, hatte ich es offenbar mit einer Handvoll Spinner zu tun, die Daniel aufgescheucht hatte und die sich seitdem komplett irrational verhielten.

Christopher, im Bann des Pendels und der Wahrheitsdroge, spulte die Gespräche vom Dinner im Gritti ab wie ein Plattenspieler. Besonders niedlich fand ich die verstellten Stimmen. Manchmal fragte ich nach, wer das gerade sein sollte. Brav gab er mir stets die korrekte Antwort. Nur einmal schwankte er zwischen Mitzy und Elizabeth.

Ich versuchte mir den Abend vor Augen zu führen. Daniel, wie immer, gewinnend. Laszlo, wie immer charmant und dennoch unnahbar. Christopher, wie immer höflich und humorvoll, als wolle er sich für seinen Reichtum und sein gutes Aussehen entschuldigen.

Mitzy Bubbles stellte ich mir dunkelhaarig und knopfäugig vor. Ich hatte eine Fotografie von Lady Purcell im Salon des Konsulats gesehen und da Theodore meinte, sie hätten einander ähnlich gesehen, hatte ich ein Bild vor Augen.

Christopher hörte auf alle meine Befehle. Ein Außenstehender hätte geglaubt, er wäre wach, voll da. So gut war das Hyoscin. Ich hatte es im Krieg häufiger verwendet als heute im Detektivjob. Warum hatte ich es eigentlich nie an Laszlo ausprobiert? Aus Angst vor dem, was sich mir offenbaren würde? Oder aus Angst vor seinem Zorn, wenn er dahinterkam, was ich getan hatte? Ich tendierte zu Letzterem.

Gerade ging es um Laszlo. Dessen Erscheinen beim Abendessen hatte nicht gerade für Freudensprünge gesorgt.

Daniel behauptete, nicht darüber nachgedacht zu haben, welche Auswirkungen das Erscheinen eines deutschen Piloten auf die Purcells haben könnte. *»Entsetzlich. Wie konnte ich nur.«* Christophers Versuch, Daniels amerikanischen Akzent hinzubekommen, ließ mich grinsen. Wie niedlich.

Was darauf folgte, fand ich weniger niedlich. Mitzy Bubbles sprach nämlich über die verletzte Elizabeth. *»Armes Ding. Immerhin ist sie jetzt eine gute Partie. Auch wenn sich ihr Wunschpartner schon für eine andere entschieden hat.«*

»Wie meinen?« Das war Truffino.

Dann wieder Mitzy: *»Na Christopher. Sie ist ja ganz vernarrt in ihn.«*

Soso. Elizabeth hatte also versucht, meinem Verlobten schöne Augen zu machen. Das waren ja Geschichten! Das kleine Miststück. Nicht, dass ich zur Eifersucht neigte, das hatte ich gar nicht nötig. Sollte es angebracht sein, würde ich eine Nebenbuhlerin einfach verschwinden lassen. Die Moore der Lagune waren tief …

Christopher kam bald zu der Szene in der Kathedrale, als Mitzy ihn erpresste. Dabei freute ich mich sehr über die Stelle, an der Christopher zu ihr sagte, der Hut von Lady Duff-Gordon könne seinetwegen in die Lagune fallen.

»Warte.« Ich gab ihm einen Schluck zu trinken, diesmal nur Wasser. »Bitte wiederhol die letzte Szene noch mal. Ab der reinen Weste.«

Er nickte brav und redete wieder los. *»Wie viel wäre dir deine reine Weste denn wert? – Ach, nicht viel. Zwei, drei Pennies vielleicht. Ist der Ruf erst ruiniert, lebt's sich gänzlich ungeniert.«* Er gab ein komisches Prusten von sich, dann schwieg er einen Moment. Das war der Teil, der mir beim ersten Mal bemerkenswert erschienen war. Warum schwieg er nach diesem Prusten? *»Mir ist ein bisschen schwindelig. Ich glaube, ich habe wirklich zu viel getrunken. Und jetzt habe ich mich in einer Kirche verlaufen. Hier stehen überall Säulen herum. – Warte, ich komme zu dir runter. – Das macht doch gar keinen Sinn, ich sehe ja das Licht. Ich kann ja zu dir … Mir ist … so komisch – Also,* *ich glaube, ich muss jetzt doch zurück ins Hotel. Wo ist denn der Ausgang? Ach, da vorn ...«*

»Warum schweigst du nach dem Prusten?«

Er lächelte. »Das gehört dahin.«

»Gut. Weiter.«

Er schilderte mir, wie Mitzy aus der Kirche gerannt und in die Gondel gesprungen war, um sich zu übergeben. Im Anschluss ließ ich mir beschreiben, was er bei unserem Wiedersehen empfunden hatte, und zwar bis ins letzte Detail. Wann hatte ich schon mal die Gelegenheit?

Doch nach einiger Zeit erinnerte ich mich meiner Pflicht als Detektivin und bat ihn, mir den Tag zu schildern, an dem Natasha gestorben war.

Ich rauchte drei oder vier Zigaretten, das heißt, ich paffte ein wenig daran und ließ sie ansonsten verglühen, bis es endlich interessant wurde.

Einmal mehr kam es zu einem Streitgespräch zwischen Sir Alfred und Theodore, nachdem sie über Mitzy Bubbles gesprochen hatten. Noch immer fragte ich mich, warum Theodore seinen Vater so plötzlich und vehement attackierte, was er zuvor nie getan hatte. War er auf einen unverhofften Geldsegen gestoßen, dass er sich ein derartiges Verhalten erlauben konnte? Hatte er eine gewisse Summe von Natasha bekommen? Steckten Theodore und Sir Alfred sogar unter einer Decke und veruntreuten in Wahrheit das Geld des Konsulats gemeinsam? Hatten sie einen Prozess eingeleitet, damit Theodore eines Tages in nicht allzu ferner Zukunft verschwinden konnte, um das Geld in der Fremde zu waschen?

Alles Spekulationen, Spekulationen, Spekulationen. Das führte zu nichts. Ich brauchte Fakten. Ich brauchte die fehlenden Teile im Puzzle meiner Hypothese.

Christopher beschrieb mittlerweile die Purcells und Natasha beim Lunch. Gerade sprach die Russin aus ihm, was überaus charmant klang.

»Deine Mutter war nie in Cannes dabei. Sie verbrachte die Winter in Biarritz. Weißt du das nicht mehr? Du warst mit deiner Nanny in Cannes, nicht mit deiner Frau Mama. Deine Eltern verbrachten nicht viel Zeit miteinander. Es gab da einen Golfspieler...« Er wechselte zu Sir Alfred: »Natasha! Was soll denn das?«

Dann wieder Natasha: »Deine Tochter ist erwachsen. Es muss ihr doch klar sein, dass ihr schon seit ihrer Geburt nicht mehr wirklich zusammengelebt habt.«

»Stimmt das, Theo?« Hier kam Elizabeth ins Spiel.

Theodore: »Mehr oder weniger.«

Elizabeth: »Es ist alles so verschwommen...«

Theodore: »Bravo. Das habt ihr toll hingekriegt. Wenn sie gleich einen Anfall bekommt, Gratulation. Ich gehe schwimmen.«

Hm. Der Anfall sollte ja tatsächlich folgen, aber die Stelle hatten wir noch nicht erreicht. Ich fragte mich mittlerweile, ob Theodore oder Natasha diesen Anfall absichtlich provoziert hatten, um von etwas anderem abzulenken. Theodore, um Natasha zu ermorden, oder Natasha, um mit Theodore einen Deal zu schließen, oder Sir Alfred um ... Stopp! Nichts als Spekulationen!

Mittlerweile waren Theodore und Elizabeth zum Schwimmen aufgebrochen.

»Was siehst du, Kit?«, fragte ich ihn.

Er schilderte mir, dass Natasha im Pavillon gelegen hatte wie eine Erscheinung aus einem Horrorroman. Ein Vampir, der das Licht der Sonne mied, am Strand des Lido.

Ich gab ihm wieder zu trinken. Vom vielen Sprechen hätte er sonst morgen einen rauen Hals.

»Dann hast du dich auf die Liege gelegt.«

»Ja. Sir Alfred hat Zeitung gelesen, aber er schlief bald darunter ein.«

»Was siehst du noch?«

»Die Brücke zum Badehaus. Menschen, viele Menschen. Etliche Farben. Sonnenschirme. Sonnenhüte. Sonnenbrillen. Einen Flamingo, Pyjamas …«

»Einen Flamingo?«, unterbrach ich ihn. »Den habt ihr doch erst später gefunden.«

»Da geht ein Flamingo über die Brücke.«

»Interessant.« Jemand hatte den von Sargent entdeckten Sonnenschirm also vom Badepavillon an den Strand getragen. In dem für uns entscheidenden Zeitraum. Kein Wunder, dass Sargent ihn mitgebracht hatte. Von wegen Schatten spenden. Er hatte an dem Schirm eine Witterung aufgenommen! Wieso hatte ich denn nicht gleich daran gedacht? Verflucht, ich war völlig außer Gefecht gesetzt von dieser Schwangerschaft.

»Ein Flugzeug am Himmel.«

Ich musste mich wieder auf Christophers Bericht konzentrieren. In seinem Zustand konnte ich ihn ohnehin nicht schelten. »Das ist Laszlo. Sprich nur weiter.«

»Ich döse. Jetzt ist Elizabeth wieder da.«

Er beschrieb, wie Elizabeth erst ganz normal mit ihrem Vater sprach, auf einmal verwirrt war und dann in einen Zustand der Katatonie verfiel.

»Sir Alfred ging ihr Riechsalz holen und …«

Vorsorglich legte ich Kit ein Kissen aufs Gesicht, denn wie erwartet brüllte er wie am Spieß, lang und ausgedehnt. Sargent hob entgeistert den Kopf, um ihn gleich wieder mit gebührender Theatralik fallen zu lassen.

»So lang und laut hat er geschrien, ja? Mehrere Sekunden?«

»Ja, so lang und so laut.«

»Hm.«

Ich stellte mir vor, wie Sir Alfred in den Pavillon trat und Natasha entdeckte. Tot, mit einem Dolch im Hals. Der Schrei, so wie Kit ihn wiedergegeben hatte, klang für mich eher nach einem Ausdruck großer Verzweiflung als nach einem Riesenschreck. Als hätte sich eine Befürchtung bewahrheitet. Hatte er mit Natashas Ermordung gerechnet? Vermutlich wegen des Spions auf Abwegen, den es gar nicht gab. Laszlo hatte mit seiner Frage recht gehabt. Warum sollte Natasha das Konsulat verlassen und sich angreifbar machen, wenn sie doch längst mit den Bolshies von Venedig paktiert hatte?

»Holen Sie Jackie Dupont«, sagte Christopher plötzlich im Tonfall von Sir Alfred.

Ach. Sir Alfred hatte gewollt, dass ich komme? Nicht die Polizei? Davon hatte Christopher mir gar nichts erzählt. Aber wie sollte er auch, im Eifer des Gefechts, es ging ja Schlag auf Schlag.

Warum wollte Sir Alfred nicht, dass jemand die Polizei holte? Weil er glaubte, der – nicht existierende – verräterische Agent sei der Täter? Dann hätte er eher nach Daniel gefragt. Sir Alfred und ich kannten einander nicht gut. Unter normalen Umständen hätte er bestimmt nach Daniel verlangt. Das musste ich mir merken, das kam mir eigenartig vor.

Wie ich Christophers Schilderungen entnahm, war einige Sekunden später Theodore zu Sir Alfred und Kit gestoßen und gleich wieder losgerannt, um die Polizei zu verständigen, die ja bereits da war, als Daniel, Kardinal Truffino und ich am Tatort eintrafen.

Warum hatte Sir Alfred mir nicht gesagt, was ihm auf dem Herzen lag? Wieso er unbedingt mich sprechen wollte? Waren Edelsteine im Spiel und er benötigte mein Expertenwissen? Der Rosenkranz vielleicht, aber der war gar nicht verschwunden und auch nicht besonders wertvoll.

In Kits Bericht geschah nicht mehr viel bis zu meinem Erscheinen. Alle saßen wie paralysiert beieinander.

»Schildere mir doch bitte den Anruf von Mitzy Bubbles.«

Kit berichtete. Mitzy lachte während des Gesprächs pausenlos, beinahe hysterisch, gab ihren Standort durch und verabschiedete sich wieder.

»Gut, Liebling. Du bist fertig. Schlaf nun.«

Kit schlief auf Befehl ein und ich deckte ihn zu. Am Morgen würde er einen ziemlich heftigen Kater haben. Aber das war es wert.

Ich saß eine Weile neben ihm auf der Bettkante und dachte nach. Warum wollte Mitzy zuerst verschwinden und für tot gehalten werden? Damit dieser Plan funktionierte, hätte sie eine andere Frau in der Kathedrale umbringen müssen, weil wir sonst gar nicht darauf gekommen wären, dass etwas nicht stimmte. Nun gut, früher oder später wäre dem Hotel aufgefallen, dass sie ihre Besitztümer zurückgelassen hatte. Aber warum ohne Gepäck abreisen, quasi das eigene spurlose Verschwinden inszenieren, nur um zwei Tage später aus Athen anzurufen? Das ergab keinen Sinn. Um zu vermeiden, dass Kit sich Sorgen machte? Ein reicher Kunde von einst? Sehr unwahrscheinlich. Ja geradezu lachhaft.

Irgendetwas bewegte sich in meinem Kopf. Knapp hinter meinen Augen. Eine Erkenntnis, die noch den richtigen Pfad ans Licht suchte.

Es hatte mit dem Porträt von Lady Purcell zu tun. Ich suchte nach Spuren von ihr in den Gesichtern ihrer Kinder, die beide sehr nach ihrem Vater kamen. Und doch lag da etwas Eigentümliches in ihr, etwas Dunkles, etwas Zartes und gleichzeitig Verwegenes, das die Kinder ebenso besaßen wie ihre Mutter. Natasha hatte diese Züge auch besessen, Gott hab sie selig. Offenbar gab es ein besonderes Element, ein besonderes Merkmal, das Sir Alfred bei Frauen anzog. Das war nicht ungewöhnlich. Christopher zum Beispiel hatte ein Faible für Frauen mit roten Haaren und weiblichen Kurven. Wann auch immer uns eine solche Frau begegnete, war er ganz aufgeregt. Da konnte man häufig die eine für die andere halten. Nun ja, Christopher war ohnehin besonders anfällig dafür, zu meinen, das Gesicht einer anderen Frau zu erkennen. Mich hielt er ja konsequent für seine tote Ehefrau. Was wir dahingehend unternehmen konnten, nun da wir Eltern wurden, musste ich mir noch überlegen. Würde er mich heiraten, obwohl er der Meinung war, bereits mit mir verheiratet zu sein?

Zurück zum Thema. Eigenartigerweise sah man solche Ähnlichkeiten wie bei den Purcells gar nicht so häufig unter Geschwistern. Gesichter waren eher Zufallsprodukte. Geschwister schlugen häufig nach diversen Großeltern, auch wenn man bei ihnen immer wieder die Familienzüge wiederfand. Besonders tragisch war das, wenn ein reicher, aber wenig ansehnlicher Mann, eine schöne Frau heiratete mit guter Farbgebung, großem Mund und vollen Haaren. Die Töchter bekamen dann meist nur die Haare und die Farben und den Rest vom Vater. Kein gutes Ergebnis. Deswegen kann ich jeder Frau nur raten, sich nicht mit hässlichen Männern einzulassen, ganz gleich, wie reich sie sind. Eure Töchter werden es euch danken. Euren Söhnen ist es egal, sie können trotzdem schöne Frauen mit dicken Haaren ehelichen, selbst wenn sie selbst unansehnlich sind.

Viel häufiger fand sich die Ähnlichkeit zwischen Mutter und Tochter in der Körperhaltung wieder, in der Mimik und in den Gesten. In Redewendungen und der Stimme. Wie oft geschah es, dass man eine Telefonnummer wählte, jemand meldete sich mit: *»St. Louis 2589, wer spricht da bitte?«*, man sagte: *»Hallo, Sally, ich bin's!«*, nur um zu hören: *»Hier ist Lottie, ich hole schnell meine Mutter.«*

»Sargent«, sagte ich zu meinem Hund, »wir machen jetzt einen Ausflug.«

Er stellte sich schlafend. Eine zweite Nacht in Folge aus dem Bett zu müssen, widerstrebte ihm zutiefst. Mir auch. Aber was blieb uns übrig?

»Keine Chance, Darling. Stell dir vor, wir besuchen den Kardinal an der Piazza San Marco, da gibt es die vielen Tauben.«

Sofort war er hellwach und sprang vom Bett. Kerle! So leicht hinters Licht zu führen. Als ob mitten in der Nacht Tauben auf dem Markusplatz herumflatterten.

Ich wägte ab, ob es sich lohnte, in den Kampfanzug zu steigen, verwarf den Gedanken aber wieder. Es war noch nicht sonderlich spät am Abend, mein »Gespräch« mit Kit hatte keine drei Stunden gedauert und wir hatten uns ja schon früh zurückgezogen. Einige Dinierende und Touristen genossen bestimmt noch den Abend oder saßen auf einen Mitternachtstrunk in den Hotelbars. Besonders in der Umgebung des Gritti war durchaus mit Publikum zu rechnen und das Hotel lag nur einen Katzensprung vom Markusplatz entfernt. Am Ende nahm ich einen dunklen Umhang aus dem Schrankkoffer und steckte außer dem Revolver und einem Messer keine weiteren Waffen ein. Die sollte ich, wenn ich nicht völlig danebenlag, in dieser Nacht nicht benötigen.

Ich nahm Sargent auf den Arm und hüllte uns beide in den Umhang. Dann schlich ich aus dem Zimmer. Nicht ohne vorher den Flamingoschirm an mich zu nehmen.

Alle Purcells hatten ihre Schlafzimmer im zweiten

Stock, demnach war die Gefahr, jemandem zu begegnen, eher gering. Wie schon einmal kletterte ich im Erdgeschoss durchs Fenster in den Garten und ging hinaus in die Stadt. Ich entschied mich, diesmal den Fußweg über den Ponte dell'Academia zu nehmen. Am Gritti saßen noch immer Gäste auf der Terrasse und ich wollte nicht von ihnen bemerkt werden, an den Anlegern nahe der Brücke warteten noch Motorboote von den Hotels am Lido, deren Gäste sicher bald dorthin zurückkehrten.

Am Campo Santo Stefano wandte ich mich nach rechts und verschwand in den dunklen Gassen. Immer wieder musste ich Kanäle kreuzen, mich im Zickzack fortbewegen. Dabei gurrte Sargent die Arie *Un Bel Di Vedremo* aus Madama Butterfly. *O Sole Mio* war ihm strikt verboten.

»Wir sind nicht mal auf einer Gondel«, raunte ich ihm zu, doch er gurrte unbeirrt weiter.

Ich ertappte mich bei dem Gedanken, ihm ebenfalls ein Tröpfchen Hyoscin zu verabreichen, und schämte mich anschließend fürchterlich. Sargents Musikalität vermochte mich an anderen Tagen durchaus zu begeistern. Und ich wollte sein Wesen und seine Begabungen nicht unterdrücken. Im Gegenteil.

»Wenn wir wieder in Amerika sind, darfst du ein paar Einzelstunden bei Caruso nehmen und an deinem Vibrato arbeiten.«

Sargent schniefte. Er hielt von seinem Vibrato sehr viel.

»Bist du bereit, den Spaziergang für eine kleines Gespräch zu nutzen? Statt Operetten-Hits würde ich von dir gerne deine Meinung hören.«

Er schwieg.

»Wie du willst. Hör mir wenigstens zu. Wir müssen ganz zum Anfang zurückkehren und die nackten Tatsachen betrachten. Was wissen wir eigentlich genau?«

Sargent schwieg weiter, aber sein rechtes Ohr zuckte.

»Wenigstens bist du bei der Sache. Wir wissen, dass Natasha in einem Badepavillon am Lido mit einem Stilett erstochen wurde. Das ist alles. Vergessen wir den Agentenzirkus, denken wir nur an den Mord an Natasha. Gehen wir einmal davon aus, jemand tarnt sich als Badegast, steigt von hinten in den Pavillon und sticht zu. Du hast immerhin den Flamingoschirm mitgenommen. Dafür hattest du sicherlich einen triftigen Grund. Ich nehme an, du vertrittst die Meinung, dass der Täter sich mit diesem Utensil verkleidete. Er hat sich der aktuellen Bademode angepasst, weil heutzutage ein Flamingoschirm weniger auffällt als ein klassischer Badedress. Wer kann so etwas überhaupt tun, ohne aufzufallen? Bestimmt kein Mann von Laszlos oder Theodores Format. Also eine Frau.«

Sargents Nase wackelte.

»Welche Frau kann das gewesen sein? Vielleicht eine, die spurlos verschwunden ist? Die alle Welt glauben machte, sie sei tot?«

Sargent brummte leise. Jetzt hatte ich sein Interesse geweckt.

»Warum nur sollte sie von den Toten auferstehen und Christopher aus Athen anrufen, wenn sie tot geglaubt besser dran wäre? Und welches Motiv hätte Mitzy? Es war doch erst der Anruf, der uns überhaupt hat wissen lassen, dass sie noch am Leben ist.«

Der Hund brummte erneut.

»Du meinst, Mitzy und Sir Alfred stecken unter einer Decke? Alte Liebe rostet nicht? Von Liebe konnte ja wohl kaum die Rede sein. Eine Frau müsste schon recht dumm sein, einen Mann nach so vielen Jahren noch zu lieben, obwohl er sie derart schlecht behandelt hat.«

Als Antwort erhielt ich von Sargent ein hämisches Zischen.

»Das tut nichts zur Sache, meine Privatangelegenheiten haben mit diesem Fall nichts zu tun. Erst Daniel, jetzt du. Typisch Männer, immer wollt ihr uns Frauen sagen, was sie zu tun und zu lassen haben, unter dem Deckmantel der Fürsorge. Nehmen wir mal an, du hast recht mit deiner Liebestheorie, dann haben wir immer noch kein Motiv. Es sei denn, Sir Alfred hat von Natashas Machenschaften mit Theodores russischen Freunden erfahren und sich entschlossen, sich ihrer zu entledigen, mithilfe von Mitzy. Aber das ist alles sehr weit hergeholt.«

Sargent hob zu singen an.

»Ja, ist ja gut«, unterbrach ich ihn schnell. »Ich habe nicht gesagt, dass es eine schlechte Theorie ist. Wie wäre es, wenn wir Alfred gegen Truffino austauschen und aus der Liebesgeschichte eine berufliche Angelegenheit machen? Mitzy könnte genauso gut für ihn arbeiten. Für den Kardinal wäre es ein Leichtes gewesen, eine Frauenleiche durch die Basilika zu zerren, um dich an der Nase herumzuführen. Dass Truffino sich Natashas entledigen wollte, kommt mir wahrscheinlicher vor. Gott weiß, was sie gegen ihn in der Hand hatte. Und trotzdem ...«

Sargent jaulte.

»Ich finde das auch alles sehr verwirrend. Soll ich dir sagen, was ich glaube? Hier agiert ein ganz durchtriebener Geist. Nichts ist so, wie es scheint. – Sieh nur, da ist schon der Domplatz. Aber wo sind all die Tauben hin? Hier muss ein Wolfsrudel gewildert haben.«

Mein Hund riss die Augen auf und guckte sich um. Dann sah er mich anklagend an.

»Ich hatte keine Ahnung«, beteuerte ich. »Hier sind sonst immer Tauben.«

»Pah«, sagte Sargent laut und deutlich.

»Sprichst du jetzt etwa?«

»Brrrrm«, war die Antwort.

»Ich interpretierte das als Nein.«

Er hob eine Augenbraue, so als wollte er mir zu verstehen geben, dass meine Interpretation ihm an der Rute vorbeigehe.

»Also, hier ist der Markusdom, rechts von uns der Dogenpalast. Da gehen wir morgen hin mit unserem Eis von Florian und du bekommst auch eins. Was sagst du dazu? Dann sind die Tauben bestimmt wieder da.«

Sargent knurrte.

»Das Patriarchat von Venedig liegt links von uns, ein Stück nach hinten versetzt. Wusstest du, dass der letzte Papst zuvor Patriarch von Venedig war? Benedetto T., Freund und Helfer in der Not, hat es darauf bestimmt abgesehen. Wie heilig würde er aussehen in Weiß!«

Ich guckte mich um. Hier, quasi am Hinterteil des Doms, war niemand mehr zu sehen. Mit einigen gezielten Handgriffen, auf die ich aus Gründen des Berufsgeheimnisses nicht näher eingehen kann, gelangte ich in das Gebäude, das den Sitz des Patriarchen von Venedig beherbergte. Von meinem letzten Besuch in der Stadt kannte ich die Aufteilung dieses Palazzos gut. Ich wusste, dass Truffino seine Bediensteten früh ins Bett oder nach Hause schickte, damit er ungestört seinen Leidenschaften nachgehen konnte. Lesen, Wein trinken, Gemälde bestaunen, Schmuck bewundern und …

Ich öffnete die Tür zu seinem Schlafgemach. »Guten Abend, Benedetto.« Sargent glitt aus meinem Arm.

In einem Sessel aus Samt und Gold saß der Kardinal. Auf seinen Hüften balancierte er ein Mädchen mit braunen Haaren. Beide waren unbekleidet.

»Ist das der Heilige Stuhl?«, fragte ich und deutete mit dem Flamingoschirm auf Truffino.

»Grazie, Suor Maddalena«, sagte der Kardinal und das Mädchen huschte davon, wobei es geschwind Habit und Haube an sich nahm. Truffino bedeckte sich mit einem Bettlaken.

»Knackig. Für einen Mann in deinem Alter.«

Er sah mich unverwandt an. »Findest du es fair, mich ohne Vorwarnung aufzusuchen?«

Ich lehnte den Schirm gegen die Wand. »Glaubst du, wir wissen nicht längst, dass du es mit den Nonnen aus dem Schweigeorden treibst? Hältst du uns für Stümper? Die Geheimdienste der Vereinigten Staaten von Amerika?«

Mit dem Laken um die Hüfte setzte sich der Kardinal wieder in seinen Sessel. »Warum verwendet ihr es dann nicht gegen mich?« Auf die Frage folgte eine Handbewegung, die nur einem Italiener vergönnt war.

»Du weißt doch genauso viel über uns. Gegenseitige Absicherung. Die meisten deiner Kollegen vermuten wohl, du hast es auf die Messdiener abgesehen. Keine schlechte Tarnung. Doch nun zur Sache. Ich bitte dich, diesen Sonnenschirm so schnell wie möglich der Polizei zukommen zu lassen. Sie sollen ihn auf Fingerabdrücke überprüfen. Außerdem musst du Commissario Delvecchio über folgenden Plan informieren.«

»*Va bene* ... berichte mir von deinem Plan. Willst du ein Glas Wein?« Neben dem Sessel stand ein Tisch mit einer Weinkaraffe und nur einem Glas. Die Nonnen aus dem Schweigekloster durften zwar mit dem Fleische sündigen, aber bei teurem Rotwein hörte die Gnade auf.

»Nein, danke.«

»Also, was hast du vor?«

Ich zündete mir eine Zigarette an, natürlich ohne den Vorsatz, daran zu ziehen. Sargent rollte sich vor meinen Füßen zusammen. »Mit Christophers Hilfe habe ich die Ereignisse der vergangenen Tage rekonstruiert.«

Truffino faltete die Hände vor der Brust. »Und jetzt weißt du, wer der Mörder ist?«

»Ganz genau. Und um ihn zu schnappen, brauche ich deine Hilfe.«

Verehrteste Mrs. Dalton,

in großer Dankbarkeit verkünde ich Ihnen, dass meine »Nichte« aus Deutschland zurückgekehrt ist und nun mit meiner Frau in Boston weilt. Leider kann ich keine Veränderung ihres Wesens feststellen, sie ist und bleibt Jackie. Ich möchte mit dem Hinweis schließen, dass die Talente meiner »Nichte« nicht zu übertreffen sind und sie eine Bereicherung für mein Unternehmen ist.

Mit bestem Gruß
Ihr Daniel Dupont

Venedig, britisches Konsulat, August 1921

Kits Kopf dröhnte. Er konnte sich jedoch nicht erinnern, am Vorabend so viel getrunken zu haben. Überhaupt konnte er sich an nichts wirklich erinnern. Jackie hatte ihn hypnotisieren wollen und ab da war alles schwarz. Leer.

Ein Gefühl der Scham machte sich in ihm breit. Er hatte versagt. Da wollte Jackie an sein Unterbewusstsein herankommen, um neue Erkenntnisse zu gewinnen, und er schlief ein.

Wo war sie nur? Und wie spät war es?

Auf dem Nachttisch lag wie immer seine Armbanduhr. Er hob sie hoch und staunte nicht schlecht. Fast halb elf!

Sein Schädel pochte fürchterlich, als er sich auf die Füße kämpfte. Beinahe wäre er gleich wieder hingefallen.

Nach einigen Minuten, um sich zu sammeln, erfrischte er sich im Bad und zog einen Anzug an. Dann ging er hinunter. Jeder seiner Schritte sendete einen Blitz durch seine Stirn. Er hoffte, das Personal hatte das Frühstück noch nicht abgeräumt.

Seine Abwesenheit war in der Tat bemerkt worden. Als er den Frühstücksraum betrat, stand das Büfett noch da und die Tabletts enthielten noch heiße Eier, Schinken, Würste, Kutteln und Tomaten.

Heute brauchte Kit Kaffee anstatt Tee und dazu einige Scheiben Bacon mehr als an anderen Tagen. Sein Körper schrie förmlich nach Salz. Er überlegte sich, ob er um diese Uhrzeit um eine Bloody Mary bitten konnte, entschied sich aber dagegen. Baked Beans, Toast, starker Kaffee, salzige Kutteln, Bacon und Spiegeleier würden ihn schon wieder hochbringen. Wie dankbar er war, nicht in einem italienischen Haushalt zu wohnen, wo das Frühstück meist mit einem Kaffee und ein paar Keksen erledigt war, ließ sich kaum in Worte fassen.

Als er sich auf seinen Platz setzte, entdeckte er einen Brief neben dem Teller. In das Kuvert war eine Abbildung des Hotels Gritti gestanzt. Jemand hatte ihm von dort eine Botschaft geschickt. Schnell zog er den Brief heraus. Die Handschrift war ihm unbekannt. Er las.

Mein lieber Surrey,

während ich diese Zeilen schreibe, schweben mir verschiedene Szenarien vor. Entweder sind Sie tot, ich bin tot, wir sind beide tot oder wir leben beide noch. Im zweiten und im vierten Fall werden Sie diesen Brief lesen. Dann bin ich entweder über alle Berge oder verrotte da, wo Jackie mich tötet. Ein eigenartiges Gefühl. Wird sie mich umbringen? Mich? Den

Mann, der sie über so viele Jahre liebte, mit dem sie reiste, mit dem sie ihre Geheimnisse teilte? Natürlich hat sie mich den Amerikanern ausgeliefert, aber hätte ich geahnt, dass sie eine Agentin ist, hätte ich das Gleiche getan. Ich nehme es ihr nicht übel, wir waren im Krieg.

Nun aber zu meinem eigentlichen Anliegen. In Kürze werde ich Sie als Geisel nehmen, aber vorher möchte ich Jackie helfen, den Mordfall zu lösen. Wahrscheinlich ist der Hinweis überflüssig und sie weiß dies alles längst. Aber ich habe nach meiner Rückkehr aus dem Konsulat ein Ferngespräch nach London angemeldet und einen Kontakt aus der Hehlerszene aktiviert, der in derselben Gegend tätig war wie Lady Donaghue. Wie Sie sicher wissen, haben Jackie und ich uns über unsere gemeinsame Leidenschaft für Edelsteine kennengelernt, auch wenn sie Smaragde verabscheut und grüne Diamanten bevorzugt, während ich eine entgegengesetzte Vorliebe hege. Jedenfalls besitze ich ein Netzwerk an Leuten, die Edelsteine versetzen, und ich habe meinen Freund in London gefragt, ob er sich an eine Mitzy Bubbles erinnere. Und in der Tat, er erinnerte sich. Sie sei ein hübsches Mädchen mit Knopfaugen gewesen, das aus gutem Hause zu kommen schien. Sie redete sehr gewählt und war gebildet. Allerdings, und jetzt wird es interessant, sei sie – ich zitiere – mit einem Braten in der Röhre am Broadway angekommen. Das Balg wurde eines der vielen Straßenkinder der Gegend. Irgendwann machte Mitzy sich davon und ließ das Kind bei der Puffmutter zurück. Im Krieg verschwand es, aber niemand interessierte sich weiter dafür. Man nahm an, es sei zu seiner Mutter gezogen.

Sie sehen, Surrey, diese Information wirft ein völlig neues Licht auf Sir Alfred. Wusste er damals, dass Mitzy ein Kind bekam? Hat sie ihn mit dieser Information erpresst?
Ich bringe es nicht übers Herz, Jackie direkt zu schreiben, und ich will auch nicht mehr in ihrer Reichweite sein, wenn sie diese Informationen erhält. Daher habe ich mich an Sie gewendet.
Leben Sie wohl, falls Sie überhaupt noch leben, und bis gleich

LvD

Kit las den Brief ein zweites Mal, dann ein drittes. Seine Kopfschmerzen waren wie weggeblasen.

Ein Kind? Mitzy? Davon hatte er nie etwas gehört oder geahnt. Warum auch, schalt er sich, für ihr Privatleben hatte er sich nie interessiert, ihr nie eine persönliche Frage gestellt, sondern stets nur ihr sonniges Gemüt genossen.

»Guten Morgen, Darling«, kam es von der Tür und schon sprang Sargent auf Kits Schoß. »Was hast du da?«

Kit lief knallrot an. Einerseits, weil er sich immer noch fürs Einschlafen schämte, andererseits, weil er gerade einen Brief vom Verflossenen seiner Frau – oder seiner Verlobten – in den Händen hielt.

»Von Laszlo?«, fragte Jackie, obwohl sie immer noch in der Tür stand. So gut kannte sie also die Handschrift des Deutschen.

»Er war an mich adressiert«, sagte Kit und hielt ihr den Brief hin. »Der Inhalt ist überraschend.«

Jackie trat zu ihm, nahm den Brief und überflog ihn. »Findest du?«

»Du etwa nicht?«, entfuhr es Kit, mit mehr Inbrunst als geplant.

Ihre Mundwinkel zuckten. »Oh, Darling, ich liebe dich.« Sie stellte sich hinter ihn und legte die Arme um seine Schultern.

Kit befürchtete, es handelte sich bei dieser Liebesbekundung um ein Ablenkungsmanöver. Wovon er abgelenkt werden sollte, konnte er sich aber nicht erklären. »Ich möchte mich dafür entschuldigen, dass ich gestern Abend eingeschlafen bin«, sagte er ein wenig steif.

Sie küsste sein Haar. »Das macht doch nichts. Du warst erschöpft. Kein Wunder, nach der Tortur mit Laszlo.«

»Dennoch wollte ich meinen Beitrag leisten.«

»Sch!« Wieder küsste sie ihn, diesmal auf die Wange. »Komm, lass uns in die Stadt gehen, vielleicht ein paar Glasfiguren in Murano kaufen und endlich beim Florian ein Eis essen. Ich habe Sargent auch eins versprochen. Mit Sahne.«

Sargent rülpste und Kit musste feststellen, dass von dem Bacon, den Eiern und Kutteln auf seinem Teller nichts mehr übrig war. »Ich glaube, er hat zugenommen.«

»Umso besser«, antwortete Jackie. »Er ist kein junger Hund mehr, er braucht seine Reserven für den nächsten Einsatz.«

Kit nahm Jackie bei der Hand. »Eigentlich solltest du Reserven aufbauen.«

»Meine Vorfahren haben ihre Kinder auf den Trecks mitten in Colorado bekommen und dafür nicht einmal die Wagen angehalten. Ich bin zäh wie ein Esel.«

Kit seufzte. »Wie du meinst.«

»Hast du aufgegessen?«

»So ähnlich.«

Sie küsste ihn ein letztes Mal. »Dann hole ich meinen Sonnenhut.«

Er schaute ihr nach. Sie trug wieder einen ihrer chinesischen Hosenanzüge, diesmal in zartem Pink. Das Kleidungsstück wäre ihm bestimmt sehr lieblich vorgekommen, wüsste er nicht, dass sich darin wie üblich mindestens eine Schusswaffe und zwei Messer befanden. Er folgte ihr nach oben, um seinerseits einen Hut zu besorgen und seine Brieftasche.

»Hast du die Sache mit dem Kind gewusst?«, fragte er sie im Schlafzimmer.

»Natürlich.«

»Woher?«

»Sargent wusste es.«

Er lachte. »Das stimmt doch gar nicht.«

»Natürlich stimmt es«, protestierte sie, aber ihr gespitzter Mund strafte ihre Worte Lügen. Bevor Jackie irgendetwas zugab, würde die Sonne im Westen aufgehen. »Kardinal Truffino kommt heute Nachmittag zum Tee. Ich habe ihn eingeladen.«

Kit wunderte sich schon lange nicht mehr darüber, dass Jackie Personen in fremde Häuser einlud. »Gut. Du willst dich also nicht dazu äußern. Mir soll's recht sein.«

Sie schenkte ihm ein strahlendes Lächeln. »Nach all den Anstrengungen will ich endlich den Sommer Italiens genießen. Wann ist man schon mal in Venedig?«

Auch das war gelogen. Nie im Leben würde sie mitten in einem Fall eine Pause machen. Sie hatte einen Plan.

»Du hasst Venedig.«

»Bist du fertig?«

»Ja.«

»Wir müssen auch noch Onkel Daniel besuchen.«

Kit grinste. »Daher weht also der Wind.«

»Pfft. So, Abmarsch, Familie St.Yves-Dupont.«

Sargent startete als Erster.

Unten fragte Kit: »Soll ich uns eine Gondel bestellen?«

»Auf gar keinen Fall. Wenn Sargent noch einmal singt, laufe ich Amok.«

»Ein bisschen Bewegung schadet uns nicht », murmelte Kit. Er war wirklich gespannt, welchem Zweck dieser Ausflug am Ende diente.

»Nicht wahr? Frische Luft«, sie zündete sich eine Zigarette an, »ist doch ein Allheilmittel.«

»Wie du immer wieder betonst.«

Sie gingen los. Nach ein paar Minuten stellte Kit fest, dass Jackie extrem konzentriert war und den Glimmstängel im Rhythmus ihrer Schritte auf und nieder schwang. Bisher hatte sie noch nicht daran gezogen.

»Was überlegst du?«, fragte er.

Sie blickte unter ihrem Sonnenhut zu ihm auf. »Ich überlege nicht, ich zähle. Merk dir bitte dreihunderteinundvierzig.«

»Dreihunderteinundvierzig was?«

»Schritte. Es sind bis hier dreihunderteinundvierzig Schritte.«

Sargent rannte um sie beide herum und bellte.

»Ja, wir gehen schon weiter«, sagte Jackie.

»Schritte wohin?«

»Pssst.«

Kit fügte sich in sein Schicksal. Von wegen den Sommer Italiens genießen. Jackie führte etwas ganz anderes im Schilde.

Nun denn, Zeit für ihn, sich ein paar Gedanken zu machen. Sir Alfred hatte Mitzy geschwängert, während sie in seinem Haushalt als Gouvernante tätig war. So lautete jedenfalls die Theorie. Pikant. Sie verlor ihren Posten und da sie mit ihrer Familie gebrochen hatte, musste sie wohl oder übel im Rotlichtmilieu für sich und das Kind sorgen. Vielleicht hatte sie Sir Alfred in der Vergangenheit erpresst? Für ihr Schweigen? Nach ihrer Heirat mit dem reichen Kanadier war das aus finanzieller Sicht nicht mehr nötig gewesen. Warum also war sie zurückgekommen? Ging ihr etwa das Geld aus? Was war mit dem Kind geschehen? Und was hatte sie dazu verleitet, aus Venedig zu fliehen? Sowieso, was hatte das alles mit Natasha zu tun?

Moment. Vielleicht war Mitzy gar nicht abgereist, sondern hatte ihr Verschwinden nur vorgetäuscht, damit sie Natasha umbringen konnte? Solange alle sie für tot oder verschollen hielten, konnte sie sich, wenn auch nur verkleidet, ungehindert durch Venedig bewegen. Kit spürte ein Gefühl der Aufregung in sich aufsteigen. Mitzy hatte, wie sie selbst sagte, jahrelang mit Halsabschneidern und anderen Gesellen verbracht. Natasha war ihrerseits spitzfindig. Hatte sie von Mitzys Erpressung Wind bekommen und sie ihrerseits unter Druck gesetzt? Möglicherweise schon bei einer früheren Zusammenkunft? Weshalb Mitzy sie ausgeschaltet hatte? Das war doch die Lösung!

»Jackie! Was wenn …?«

»Ah, hier kommt das Gritti. Merk dir bitte: siebenhundertneunundneunzig Schritte.«

»Siebenhundertneunundneunzig«, bestätigte Kit und gab es auf, mit Jackie zu sprechen. Sie war in ihrer eigenen Welt.

Sargent bellte einmal mehr.

»Ja, Liebling, wir haben es geschafft, jetzt holen wir uns alle ein Eis. Wie viel Uhr ist es? Gleich Mittag. Na, dann haben wir uns aber eine Stärkung verdient. Vielleicht esse ich vorher ein *panino*. Mal sehen, ob Theodore und Elizabeth schon dort sind, mit denen habe ich uns locker verabredet.«

Kit hob die Hände zum Himmel. »Ich glaube, Sargent genießt heute als Einziger die Stadt. Du arbeitest ohne Pause.«

Sie nahm seine Hand und drückte sie. »Sobald dieser Fall gelöst ist, fahren wir irgendwo in die Berge, bestimmt nicht nach Tirol, eher in die Schweiz, und machen nichts als herumliegen, wandern und essen. Was sagst du dazu? In die Schweiz auf eine Alm?«

Kit grummelte zustimmend, auch wenn er ihre Versprechung nicht wirklich ernst nahm.

»Ich denke, spätestens an Weihnachten sollten wir uns in Boston einfinden.«

»In Boston?« Kit vergaß schon wieder, dass er nicht mehr alles wiederholen wollte, was sie sagte. »Ich dachte, wir feiern Weihnachten mit meiner Mutter. Warum willst du denn noch einmal nach Amerika, bevor das Kind kommt?«

Sie zog ihn mit sich. »Das hast du falsch verstanden. Ich will in Amerika sein, wenn das Kind kommt.«

»In Amerika? Aber der Erbe des Duke of Surrey muss in England geboren werden.«

»Sagt wer?«

»Ich!«

Jackie schnalzte. »Meine Kinder sollen die amerikanische Staatsbürgerschaft haben. Die bekommen sie automatisch, wenn sie dort geboren werden. Außerdem traue ich euren Kurpfuschern nicht über den Weg. In den USA gibt es hochmoderne Privatkliniken.«

Kit rang nach Atem. »Alle Erben der Surreys wurden bisher in Seventree geboren. Und zwar seit sie mit Wilhelm dem Eroberer im Jahre 1066 über den Ärmelkanal gekommen sind.«

Sie erreichten die Ausläufer des Markusplatzes. »Sieh nur, Sargent, die Tauben.«

Der Hund stob begeistert davon.

»Das Thema ist für mich noch nicht beendet!«, beharrte Kit.

»Wer sagt denn überhaupt, dass es ein Erbe wird? Ich hätte viel lieber ein Mädchen. Jungs sind so entsetzlich einfach gestrickt. Obwohl ich nicht einsehe, dass meine Tochter das Herzogtum nicht erben soll. Das müssen wir ändern lassen.«

»Ändern lassen?« Kit gab es auf. »Das geht nicht so einfach.«

»Oh, glaub mir, ich bekomme das hin. Und du wirst mir nicht vorschreiben, wo ich mein Kind zur Welt bringe. Immerhin sind wir nicht verheiratet.«

Er zwang sie stehen zu bleiben. »Mein liebes Fräulein, das ist auch mein Kind. Das kannst du nicht alleine entscheiden. Darüber reden wir noch.«

»Oh, Kit!«, sie sank ihm in die Arme. »Ich liebe es, wenn du so männlich bist und so stark. Küss mich.«

»Doch nicht hier vor all den Leuten. Und den Tauben.«

Sie grinste. »Du verklemmter Engländer.«

Von den Tauben waren allerdings kaum noch welche zu sehen. Sie waren, genau wie die meisten Touristen, geflohen, als Sargent in Berserkermanier über sie herfiel. Gerade verfolgte er ein besonders dreistes Exemplar – Taube, nicht Tourist – bis zum Säulengang des Dogenpalastes, wo sie sich eine wilde Jagd um die Säulen lieferten.

»Halten Sie doch Ihren Hund fest!«, kreischte eine Dame, die dahinter auf einer Bank saß.

Kit befürchtete, es handelte sich um die Chanel-Anhängerin aus dem Gritti. Die mit dem Loch im Hut.

Jackie hauchte: »Wie lieb und süß er ist. Darauf hat er

sich seit Tagen gefreut. Ach, sieh nur, jetzt ist er zum Florian abgebogen. Gleich ist die Schlange kürzer.«

Sie erreichten das Café, wo Sargent gerade einen Eisbecher leerte, der noch nicht abgeräumt worden war. Neben dem Tisch lagen mehrere Stühle auf dem Boden, was auf eine überstürzte Flucht der Gäste hindeutete.

Die Terrasse des Florian lag im hinteren Teil des Platzes, auf der Schattenseite, wenn man so wollte, denn wenn man dort Platz nahm, hatte man das Gebäude der alten Prokuratien im Rücken.

»Ah, da sitzen die Purcells. Hallo, Elizabeth! Theodore!«, Jackie winkte. »Da sind wir schon.«

Die beiden Purcell-Kinder warteten an einem Tisch für vier Personen. Jackie ließ sich sogleich nieder und gab Theodore kaum die Chance aufzustehen. Der Sohn des Konsuls trug, wie immer bei Tage, einen schlichten Anzug. Damit wollte er sich mit der Arbeiterklasse identifizieren, der er nicht angehörte. Seine Schwester hatte ein Kleid im Matrosenstil an, dazu ein weißes Hütchen.

Kit verneigte sich, bevor er sich setzte.

»Darling, komm her, wir wollen etwas bestellen«, sagte Jackie zum wildernden Sargent, der sogleich von den Eisbechern abließ und auf ihren Schoß sprang.

Schon eilte ein Kellner herbei. »Signorina Dupont! Was für eine Ehre, Sie und Ihren reizenden Begleiter«, damit war Sargent gemeint, »wieder einmal bei uns begrüßen zu dürfen. Was darf ich Ihnen bringen?«

Jackie, die mit diesem Empfang gerechnet hatte, bestellte mehrere *panini*, diverse Eisbecher, Kuchen und

Kaffee. »Und was möchtet ihr?«, fragte sie anschließend in die Runde.

»Oh«, sagte Elizabeth, »ich dachte ... Sie bestellen für uns alle.«

»Keineswegs, ich habe nur für mich und den Hund geordert.«

Elizabeth nahm ein Fruchtsorbet und ihr Bruder einen Espresso. Kit, der von seinem Frühstück dank eines gewissen Vielfraßes mit vier Pfoten kaum etwas gegessen hatte, ließ sich zwei *panini*, ein Mineralwasser und ebenfalls einen Espresso kommen.

Elizabeth und Theodore wirkten verunsichert und erschöpft. Kein Wunder, dachte Kit. Das war völlig normal. Er, der er dank Jackie mittlerweile an Überraschungen aller Art gewöhnt war, der mit Leichen an jeder Ecke rechnete und dessen für tot erklärte Frau eine neue Existenz als Superdetektivin führte, erholte sich schnell von den Tragödien, die ihm in letzter Zeit gehäuft begegneten.

Allerdings, dachte er, waren die beiden Purcell-Kinder selbst schon durch einige Krisen gegangen. Theodore durch eine Kindheit voller Gewalt und Grausamkeit und später durch einen Krieg, dessen Eindrücke sicher für immer auf ihm lasteten. Elizabeth genauso. Durch den Verlust ihrer Mutter und aller Bediensteten sowie diverse Krankenhausaufenthalte war sie traumatisiert. Trotzdem: Mord war etwas anderes. Die Niedertracht. Das Geheime. Selbst wenn Krieg, Naturkatastrophen und Krankheiten Millionen und Abermillionen von Toten forderten, so faszinierte den Menschen nichts mehr als der

Mord. Und der Mörder. Der Einzelne, der sich entschied, ein Menschenleben auszulöschen, und mit Zielstrebigkeit und Tücke vorging, wohl wissend dass ihm bei Entdeckung der Strick drohte. Der Wolf, der unter den Menschen weilte, als Mitglied der Gesellschaft, als Freund, als Ehepartner, als Angestellter oder als Nachbar – er beflügelte die dunkle Fantasie.

»*Eccoci qua!*«, rief der Kellner, dass es nur so von den Wänden des Markusdoms hallte, und kam mit einem Servierwagen herbei.

Schon stapelten sich *panini*, Tassen und Eisbecher auf dem Tisch.

Jackie griff beherzt zu. »Mmmh, köstlich, köstlich. Für mich der einzige Grund, um nach Venedig zu kommen. Das Florian und die alten Parfümerien, Apotheken und Spezereien. Oh, lasst uns doch nachher alle zur Parfümerie *Il Mercante di Venezia* gehen und uns von oben bis unten einsprühen! Ich muss mich auch noch mit meinen Tinkturen eindecken. Gerade in meinem Beruf braucht man etliche Tropfen, Seren und Lösungen. Elizabeth, dazu haben Sie doch sicher Lust? Duft ist wie Medizin. Er kann unsere Stimmung beeinträchtigen, unsere Sinne betören, Erinnerungen hervorrufen. Wunderbar.«

»Gern.« Elizabeth nickte.

Was blieb ihr auch anderes übrig? Jackie duldete keinen Widerspruch. Theodore stimmte dem Ausflug ebenfalls zu und nicht mal Kit hatte etwas dagegen. Er war in den vergangenen Monaten zu nichts gekommen, außer zum Restaurieren. Die Freuden Venedigs hatte er kaum genossen. Er fragte sich zwar, was Jackie mit ihrem Getue bezweckte, doch er geduldete sich. Gerade wenn sie scheinbar ihren Allüren freien Lauf ließ, folgte sie einer Spur.

Jackie plauderte über dies und das, fragte Elizabeth nach Empfehlungen für Glaskunstgeschäfte in Murano und stopfte nebenbei alles auf einmal in sich hinein. *Panini*, Kuchen und Eis, in beliebiger Reihenfolge.

»Ach, wunderbar, so ein kleiner Snack«, sagte sie schließlich und reckte sich genüsslich. Dann sprang sie auf. »Auf, auf, bevor die die Parfümerie zur Mittagspause schließt.«

Während Kit noch den Ober heranwinkte, um zu bezahlen, hatte Jackie den Markusplatz schon zur Hälfte überquert. An einer Ecke blieb sie stehen und scharrte sprichwörtlich mit den Hufen. Sargent tat es ihr nach.

Wie eine Horde Gänse trieb sie Elizabeth, Theodore und Kit kurz darauf durch die Gassen und über die Kanäle. Die Parfümerie lag unweit des Markusplatzes, etwas nördlich, am *Campo San Fantin*. Im Schaufenster standen die Parfümflacons in Regalen, die vor lauter Dekoration zusammenzubrechen drohten.

Jackie nahm ihren Sonnenhut ab. Schon riss jemand die Tür auf. »*Signorina Dupont!*« Eine elegante Dame stand vor ihnen, knapp unter sechzig, mit dicken blonden Haaren und so viel Puder, Lippenstift und Lidschatten auf dem Gesicht, dass man ihre Züge kaum erkannte. Sie klatschte in die Hände und brüllte im Dialekt des Veneto in ihren Laden.

Soweit Kit einzelne Worte ausmachen konnte, befahl sie ihrem Personal anzutanzen, und zwar ein bisschen plötzlich.

»Kennen Sie das Geschäft?«, fragte Jackie die Purcells. Beide nickten.

»Ich halte jedoch nicht viel von solchen Kinkerlitzchen«, fügte Theodore hinzu, um seiner Rolle als Kommunist gerecht zu werden.

»Was gibt es Schöneres als Kinkerlitzchen, nicht wahr, Elizabeth? Wer weiß, vielleicht ist unser reicher Duke ja heute in Spendierlaune …«

Elizabeth zuckte verschämt mit den Schultern, aber ihre Augen leuchteten beim Betreten des Geschäfts.

»Ah, die Kinder vom Signor Konsul.« Die Ladeninhaberin schenkte den Purcells ein strahlendes Lächeln und bedeutete ihnen hereinzukommen. Das Englisch der Dame war flüssig, wenn auch stark akzentuiert. In Venedig sprachen die meisten Verkäufer passables Englisch, weil die Engländer den Großteil ihrer Kunden ausmachten. Besonders im Sommer, wo sich kein Italiener in der Stadt aufhielt.

Jackie brach über die Angestellten des *Mercante di Venezia* herein wie eine Heuschreckenplage. Einigen überreichte sie Zettel, die sie aus ihrem Hosenanzug hervorholte. Andere schickte sie los, um die neuesten Kreationen des Hauses heranzuschaffen.

»Jetzt werden wir uns von oben bis unten einsprühen. Kommen Sie, Lizzy. Kommen Sie mit.« Sie nahm die Jüngere bei der Hand und zog sie hinter sich her.

Kit sah sich um. Die Parfümerie war ein Schlaraffenland des Art nouveau. Die Nischen waren in verschiedenen Farben tapeziert, überall hingen Drucke von Präraffaeliten, Samt, Federn, Gold und Buntglas.

Eine Verkäuferin stellte eine ganze Reihe Fläschchen vor den beiden Damen auf, die jeweils mit einem Schlauch und einem Zerstäuber bestückt waren.

»Für Herren gibt es auch etwas«, sagte Jackie zu Kit und Theodore, die ein wenig hilflos in der Gegend herumstanden.

»Oh, sehen Sie nur, Lizzy! Orangenblüten. Mein Lieblingsduft.« Jackie griff sich einen Flacon und drückte zu, wobei sie die Augen schloss.

»Was möchten Sie probieren?«, fragte sie dann Elizabeth.

»Bergamotte mit Geranie?«, hauchte das Mädchen.

»Oh ja, ganz toll. Halten Sie still. Ich sprühe Sie ein. Kinn hoch und Arme beiseite.«

Schon war Elizabeth in eine Wolke aus Parfüm gehüllt.

»Sie riechen wie ein Traum«, urteilte Jackie und sprühte erst in die Luft, dann auf sich und auf Elizabeth, mit allem, was sie finden konnte. Elizabeth ließ sich von Jackie mitreißen und fand großen Gefallen an dem Spiel. Theodore und Kit standen weiterhin verloren herum.

Zwanzig Minuten später scheuchte Jackie sie endlich wieder aus der Parfümerie. Kit war beladen mit etlichen Kartons. Der Duft von den Hälsen der Damen war gewiss noch in Rom zu riechen.

»Ihr Darlings«, verkündete Jackie, »das hat so viel Spaß gemacht!« Sie küsste sowohl Theodore als auch Elizabeth auf die Wange.

»Jetzt schnell nach Hause, euer Lunch wartet. Wir besuchen noch meinen Onkel. Aber beim Tee sehen wir uns wieder, ja? Der Kardinal kommt auch, ist das nicht herrlich? Keine Ausreden. *Ciaaaao.*«

Sie hakte Kit unter und stürmte los, Sargent immer bei Fuß. Erst nach einigen Ecken und Brücken verlangsamte sie ihren Schritt.

Kit ächzte. »Meine Güte, Jackie, mir fällt gleich alles runter.«

»Wir stellen das sofort bei Daniel im Krankenzimmer ab. Hast du es gesehen, Kit? Hast du es gesehen? Unglaublich.«

»Was soll ich gesehen haben?«

»Wenn du es nicht bemerkt hast, nützt es nichts, es dir zu verraten. Dann musst du bis heute Nachmittag warten.«

Kit hatte keine Lust, sich die Blöße der Neugier zu geben. Außerdem wusste er, es stachelte sie am meisten an, wenn er Desinteresse heuchelte. »Wie du willst. Ich habe ohnehin volles Vertrauen in deine Fähigkeiten.«

Ein wenig pikiert schürzte Jackie die Lippen und setzte sich wieder in Bewegung. Um ins Krankenhaus zu gelangen, mussten sie nach Nordosten, also ging es weiter über Brücken, durch Gassen und unter Bögen hindurch.

»Zum Glück sehen wir den vermaledeiten Canal Grande eine Weile nicht«, frohlockte Jackie. »Von dem hab ich die Schnauze voll. Und du ja wohl auch.« Der zweite Satz richtete sich an Sargent, der gerade die Hinterlassenschaften eines Vorgängers an einer Hauswand begutachtete.

»Ah, da vorne ist schon die Kirche des Krankenhauses.«

»Ich glaube, Mitzy hat Natasha ermordet«, sagte Kit, einfach weil er nicht wusste, wann er jemals wieder Gelegenheit dazu haben würde. »Solange wir sie für tot oder verschwunden gehalten haben, zogen wir sie nicht in Betracht. Sie konnte also ungestört in einem Pyjama und mit einem Sonnenhut am Lido herumlaufen, von hinten den Pavillonbetreten und Natasha mit dem Dolch erledigen, dann abreisen und mich anrufen.

»Darüber habe ich natürlich auch schon nachgedacht«, sagte Jackie. »Nur hätte Mitzy dann irgendwann im Laufe der Nacht eine andere Frau in dieser Basilika umbringen und anschließend entsorgen müssen. Dort lag eine Frauenleiche. Darauf kannst du Gift nehmen.«

Kit knirschte mit den Zähnen. »Das habe ich nicht vor. Wenn sie tatsächlich eine abgebrühte Killerin ist, dürfte sie damit kein Problem gehabt haben.«

Jackie hüstelte eigenartig. »Stimmt. Guter Punkt. Behalten wir das im Hinterkopf.«

Beinahe war Kit enttäuscht, weil sie ihm nicht widersprach. Gleichzeitig hatte er den Verdacht, irgendwie hinters Licht geführt zu werden. Ermittelte Jackie etwa schon die ganze Zeit in diese Richtung? Nun denn, er musste wohl oder übel warten.

Aus den Memoiren der JACKIE DUPONT

Leider war mit Daniel nicht viel anzufangen. Er hatte kurz vor unserer Ankunft eine Ladung Morphium bekommen, die ihn müde und benebelt machte.

Wir deponierten meine Einkäufe bei ihm und begaben uns zur nächsten Haltestelle für das Vaporetto nach Murano. Sargent sprang an Christophers Bein hoch und gab ihm so zu verstehen, dass er getragen zu werden wünschte.

»Warum muss ich ihn neuerdings ständig tragen?«, meckerte Christopher.

Ich fächerte mir mit meinem Sonnenhut Luft zu. »Ich nehme an, er fühlt sich wichtiger, wenn er so weit oben ist. In den Armen eines Mannes wie dir zu liegen, ist eben eine sehr schöne Erfahrung. Ich würde mich auch am liebsten den ganzen Tag von dir herumtragen lassen, Darling.«

»Du bist zu schwer.«

Was fiel ihm ein? »Frechheit! Ich bin leicht wie eine Feder.«

»Noch.«

Dem hatte ich nichts entgegenzusetzen. Eine Weile betrachtete ich die Umgebung. Der Anleger befand sich an den offenen Wassern der Lagune, vor uns die Friedhofsinsel San Michele. Ihre Umfriedungsmauern strahlten im Licht der Sonne. Der ewige Kreislauf, dachte ich: Geburt, Leben, Tod. »Wenn es ein Junge wird, soll er heißen wie ein Pharao. Echnaton, Cheops oder Amenophis. Und wenn es ein Mädchen wird, soll es auch heißen wie eine Pharaonin. Hatschepsut. Oder Teticheri. Oder Nefertiti.«

Da Sargents Kopf mittlerweile auf Christophers Schulter ruhte, gelang es meinem Verlobten nicht, mich entsetzt anzusehen, obwohl er gewiss nichts lieber täte.

»Das ist ja wohl ein Scherz.«

»Keineswegs.«

»Erst soll das Kind in Amerika zur Welt kommen und jetzt auch noch heißen wie ein Pharao? Übertreibst du nicht?«

»Nein.« Ich zündete mir eine Zigarette an. Nichts war schöner, als mit Meeresblick zu rauchen. Sogar wenn man sich nur einbildete zu rauchen.

»Ich wäre für etwas Klassisches aus meiner Familie. James oder Dominic, vielleicht Alexander.«

»Oje, wie gestrig.«

Christopher schüttelte den Kopf, soweit Sargent es zuließ. »Da kommt unser Schiff.«

»Amun-Ra!«, rief ich, um den Motor des Vaporettos zu übertönen.

Kurz darauf fuhren wir an der Friedhofsinsel vorbei und genossen einige Blicke auf Venedigs Norden. Der zeigte allerdings weniger Türme oder Kuppeln als die berühmte Südansicht. Hier bestand die Stadt aus Docks, Lagern und Wänden aus Ziegelsteinen. Eine einzige Fälschung, dieses Venedig. Außen hui und innen ... nun ja. Dass diese Stadt nicht meine liebste war, blieb unumstritten. Rom, Paris, Lissabon, Budapest und natürlich London. Dort hielt ich mich gern auf, wenn es schon Europa sein musste. Wo das Leben brummte, die Straßenbahnen ratterten, die Züge donnerten und die Taxen hupten. Saigon, Tokio, Hongkong, da konnte man noch was erleben. Aber Venedig ... Außer dem Jodeln der Gondolieri war hier nichts zu hören Und wenn ich jodeln wollte, dann fuhr ich in die Schweiz, zu Eiger, Mönch und Jungfrau. Richtig, bei Mönch und Jungfrau fiel mir ein, dass ich noch einiges zu beweisen hatte an diesem Tag.

Nach kurzer Fahrt legten wir in Murano an, der Insel, die berühmt für ihre Glaskunst war. Dank Napoleon genoss Murano seit dem Wiener Kongress von 1814 den Status einer freien Stadt und war – noch, wenn ich die Zeichen der Zeit richtig deutete – von Venedig unabhängig.

Christopher beschwerte sich bei mir, dass der Hund die ganze Strecke über *O Patria Mia* in sein Ohr gesungen hätte, und ich sagte ihm, dass Verdi sich glücklich über einen so berühmten Interpreten schätzen konnte. Außerdem habe er damit seinen Wunsch geäußert, dem Kind den Namen Aida zu geben, wenn es denn ein Mädchen wurde.

»Wir bleiben im alten Ägypten.«

»Es war keine gute Idee, um diese Uhrzeit nach Murano zu fahren, Jackie«, meinte Christopher, nachdem wir eine Weile durch den Ort flaniert waren. »Alles ist geschlossen.«

Ich sah mich um. »Schau, da vorne ist ein geöffnetes Restaurant. Ich habe Durst. Und Hunger.«

»Schon wieder?«

»Tineferhotep hat eben Appetit.«

»Ist das ein Name für einen Jungen oder für ein Mädchen?«

»Weiß ich nicht mehr genau.«

Das Restaurant lag in der Nähe des Uhrturms von Murano an einem Kanal und wir ließen uns im Schatten einer Markise nieder.

Sofort kam ein Kellner angelaufen und sprach uns auf Englisch an. Kein Wunder, wir hatten schließlich August und dann waren wir auch noch um die Mittagszeit unterwegs. Kein vernünftiger Italiener würde sich so benehmen. Ich bestellte – auf Italienisch – Weißwein, Mineralwasser und ein Pastagericht mit Muscheln, Christopher ein Filet mit Artischockenherzen.

»Entschuldigt mich bitte, ich gehe mir kurz die Nase pudern«, sagte ich und erhob mich.

Im Inneren des Restaurants wartete ich darauf, angesprochen zu werden. Ein älterer Herr in einer Schürze kam aus einem Hinterzimmer und entdeckte mich. Er erkundigte sich, wie er mir behilflich sein dürfe.

»Sagen Sie, haben Sie hier ein Telefon?«

»Leider nein, Signorina. Das einzige Telefon hier in

der Gegend hat die Post, vorne, wo die Vaporetti abfahren.«

»Ich danke Ihnen. *Arrivederci*.«

Christopher sah mich überrascht an, als ich so schnell wiederkam, dabei sollte er mittlerweile wissen, wie ungern ich fremde Toiletten benutzte. Ach, was klagte ich, es war genau diese Unschuld, die ich an ihm besonders liebte.

Wir aßen, ohne viel miteinander zu reden. Ich betrachtete das Türkis des Wassers, wie es sich wiegte und glitzerte und blitzte. Eine Farbe wie aus einem Traum.

Ich wünschte mir, wir wären allein auf Capri, fern von allen anderen. In einer Bucht, wo ich mich einfach ins warme Wasser sinken lassen konnte, unbewegt dahintreiben, blinzeln, schlafen.

»Du siehst erschöpft aus«, sagte Christopher leise und nahm meine Hand.

Tränen stiegen mir in die Augen.

Sowohl Sargent als auch Christopher starrten mich an, als wäre ich von den Toten auferstanden.

»Schwangere Frauen weinen eben«, schluchzte ich und wischte mir mit einer Serviette über die Wangen.

Die beiden sagten nichts, saßen nur weiterhin da wie vom Donner gerührt.

Ich zündete mir eine Zigarette an und trank mein Glas Weißwein in einem Zug leer.

Christopher stieß die Luft aus. »Gott sei Dank.«

Sargent verließ seinen Schoß und lief quer über den Tisch zu mir, wo er in meine Arme kletterte und mir das Gesicht ableckte.

»Ihr Verrückten. Seid ihr zum Aufbruch bereit?«

»Wohin?«, fragte Kit.

»Zurück nach Venedig. Ich will mich noch ein bisschen ausruhen vor dem Tee.«

»Aber wir haben hier noch gar nichts besorgt.«

Ich setzte Sargent auf dem Fußboden ab und stand auf. »Macht nichts.«

Christopher bezahlte und wir verließen das Restaurant in Richtung Anleger.

»Warte, ich möchte noch schnell zur Post und ein Telegramm nach Washington schicken«, behauptete ich und eilte in das Postgebäude, das sich tatsächlich nur wenige Meter vom Anleger befand. Zum Glück hatten sie dort wegen der vielen Briten und Amerikaner, die ständig Postkarten und Telegramme verschickten, an den Wochentagen durchgehend geöffnet.

»Kann ich hier telefonieren, Signore?«, fragte ich den Herrn am Schalter.

»Orts- oder Ferngespräch?«

»Ich möchte gegenüber in Venedig anrufen.«

»Also Ferngespräch«, sagte der Postbeamte und ich hätte ihn dafür küssen können. Er hatte keine Ahnung, welche Freude er mir mit dieser Antwort gemacht hatte. Mit strenger Miene verlangte er eine Summe, für die ich auch in New York hätte anrufen können.

Kurz überlegte ich, eine Diskussion anzufangen, um den Preis zu drücken, aber ich war satt und zufrieden und wollte so schnell wie möglich ins Konsulat zurück. Also zahlte ich und schwieg.

Der Apparat hing etwas abseits an der Wand hinter einem Paravent.

Venedig besaß bereits ein zusammenhängendes Telefonnetz, aber wenn man von außerhalb anrief, wurde man immer noch klassisch von einem Fräulein in der Zentrale verbunden.

»Ja, Zentrale? Bitte verbinden Sie mich mit dem britischen Konsulat in Venedig.«

»Sofort, Signora.«

Es knackte und klickte und schon meldete sich das Konsulat.

Ich verstellte meine Stimme und sprach mit britischem Akzent. »Dies ist die Dowager Duchess of Surrey. Mein Sohn weilt derzeit bei Ihnen. Könnten Sie ihn bitte an den Apparat holen? Ich rufe aus London an.«

Der freundliche Konsulatsmitarbeiter informierte mich, dass der Duke nicht im Hause sei, und fragte mich, ob ich eine Nachricht hinterlassen wolle. Ich verneinte und gab an, später noch einmal anzurufen. Ich legte auf und kehrte in den vorderen Teil des Postamtes zurück.

»Sagen Sie, hat gestern Vormittag eine Dame hier ein Telefonat geführt? Zarte Figur? Dunkles Haar?«

Der Postbeamte zuckte zusammen. »Aber Signora! Das ist Teil des Postgeheimnisses, dazu kann ich mich unmöglich äußern. Wir hier in Murano sind rechtschaffene Leute.«

Ich kannte die Sorte Paragrafenreiter nur zu gut. Sollte ich auch nur ansatzweise versuchen, ihn zu bestechen, würde er die Polizei rufen. Obwohl die vermutlich gerade am Strand weilte und ich alle Zeit der Welt hatte, um zu türmen.

»Ich danke Ihnen tausendmal«, sagte ich daher nur und schwebte aus der Post.

Das Vaporetto war gerade im Begriff anzulegen und Christopher wirkte durchaus verbissen, als ich ihn erreichte.

»Das war knapp.«
»Ich bin doch hier.«
»Konntest du dein Telegramm erfolgreich abschicken?«
»Aber sicher doch.«

Wir betraten das Vaporetto, Sargent einmal mehr mit dem Kopf auf Christophers Schulter ruhend. Wie sehr ich ihn beneidete.

»Ich werde beim Krankenhaus aussteigen und später mit einem Wassertaxi ins Konsulat fahren«, sagte ich kurz nach der Abfahrt. »Vielleicht ist Daniel wieder zurechnungsfähig und ich kann ihn über die neuesten Erkenntnisse informieren.«

»Welche neuen Erkenntnisse?«

Ich konnte mich des Eindrucks nicht erwehren, dass Kit beleidigt war, weil ich ihm nicht mitteilte, was ich am Vormittag in seiner Gegenwart herausgefunden hatte. Doch so gern ich es ihm auch erzählen wollte, es war von äußerster Wichtigkeit, dass er ahnungslos blieb. Denn so sicher ich mir meiner Theorie auch war, mir fehlten Beweise. Der Commissario würde sich vielleicht noch zu einer Festnahme überreden lassen, aber kein Richter der Welt ließe eine Verhaftung durchgehen, die auf nichts als meinen Instinkten fußte. Fakt war: Ich brauchte ein Geständnis. Beweise würde ich keine finden, dessen war ich mir sicher.

Ich küsste Kit auf die Wange. »Du wirst heute Abend alles erfahren, Liebling. Bitte hab noch ein Weilchen Geduld.«

»Es kommt mir sehr verdächtig vor, wenn du so nett zu mir bist, Jackie.«

Ich zwinkerte. »Du bist aber auch immer misstrauisch.«

Wenige Minuten später stieg ich am Krankenhaus aus.

Daniel war zwar immer noch müde, aber er war Herr seiner Sinne, als ich sein Zimmer betrat.

»Was macht das Knie?«, fragte ich ihn.

Er knirschte mit den Zähnen. »Was denkst du? Ich werde den Rest meines Lebens mit einem Stock durch die Welt gehen müssen.«

»Da gibt es doch sehr elegante Varianten. Immerhin verleiht es dir etwas Verwegenes.«

»Vielleicht behältst du in Zukunft deine Männer besser im Griff.«

Den Vorwurf ließ ich nicht auf mir sitzen. »Wer hat denn hier die große Räuberpistole erzählt? Ohne deinen erfundenen Verräter hätte ich den Mord an Natasha innerhalb weniger Minuten aufgeklärt.«

»Du Angeberin.« Daniel kicherte und verzog gleich darauf das Gesicht zu einer schmerzverzerrten Grimasse.

Ich zückte eine Zigarette aus meinem Etui, zündete sie an und weil es so schön war, zog ich einmal daran.

»Hat der Arzt nicht gesagt, du sollst weniger rauchen?«

»*Et tu, Daniel?*« Entgeistert steckte ich die Zigarette weg. »Ihr seid ja eine richtige Verschwörerbande. Eine echte diesmal. Aber kommen wir zum Punkt. Ich will ein Geständnis erzwingen.«

»Von wem?«

»Von Sir Alfred.«

Newport, November 1918

Mein lieber Mr. Dupont,

danke für Ihre Worte. Sie helfen mir sehr in dieser Zeit des Aufruhrs. Ich halte es für das Beste, wenn Ihre »Nichte« nicht in ihrem Tun gestört wird. Solange sie in ihrer Haut zufrieden ist, steht das über allem. Ich habe mich mit mehreren berühmten Psychologen unterhalten und sie alle sind sich einig, dass Trauma und Verlust ...
Es soll Ihr Schaden nicht sein, Dupont, ich vertraue Ihnen vollends.

Ihre
Maria Dalton

Venedig, britisches Konsulat, August 1921

Der Salon des Konsulats war einmal mehr für die *Teatime* eingerichtet. Scones, Sandwiches, Kanapees und Kuchen bedeckten den gesamten Serviertisch. Der Tee dampfte in einem russischen Samowar, den, wie Kit erst jetzt auffiel, wahrscheinlich Natasha in den Haushalt gebracht hatte. Monatelang hatte er daraus seinen Tee getrunken und sich nie Gedanken darum gemacht. Jetzt kam es ihm makaber vor. Beinahe wie Leichenfledderei.

Jackie stand mit einer Tasse Tee in der Hand am Fenster und blickte auf den Canal Grande hinaus. Die verspielte, ja beinahe alberne Attitüde vom Vormittag hatte sie komplett abgelegt. Stattdessen stand dort am Ende des Raumes Jackie Dupont, wie sie einst Kit in Monaco begegnet war. Kalt, klar, ruchlos. Sie trug einen schwarzen Männeranzug, hohe Schuhe und einen Lippenstift, roter als Blut. Sie hatte bisher kein Wort gesprochen, nur an ihrem Tee genippt. Sargent war direkt bei ihrem Eintreten zu Kit auf den Sessel gesprungen und versuchte mit viel *savoir-faire* das Sitzkissen für sich einzunehmen.

droht, es hätte nicht angsteinflößender wirken können. »Hier rede nur ich.«

Es kam Kit vor, als hielten alle Anwesenden den Atem an. Der Commissario schlug sogar die Hacken zusammen.

»Sie, Theodore, waren sehr unvorsichtig.«

Jackie machte einen Schritt in den Raum. Sie nutzte ihre Bühne voll aus. Die volle Aufmerksamkeit des Publikums war ihr sicher. Kit hatte eine solche Vorführung von Jackie schon einmal miterlebt, trotzdem zog sie ihn voll in ihren Bann. In eine Trance.

»Natasha hat Sie beobachtet und unter Druck gesetzt. Sie sah in Ihnen eine Gelegenheit, sich mit dem Regime in Russland gut zu stellen. Daher nahmen Sie Natasha mit zu den Treffen mit Ihren Freunden und glaubten, das alles ginge an Ihrem Vater vorbei. Einem Mann, der für die größten Coups des Secret Service verantwortlich war. Natürlich war dem nicht so. Natürlich hat er es bemerkt. Glauben Sie, er hat Natasha jemals über den Weg getraut?« Sie legte eine Kunstpause ein. Theodore sagte kein Wort. Auch ihn hielt sie mit ihren Worten gefangen. »Dass ich nicht lache. Ihre einzige Entschuldigung ist, dass Ihr Vater seine Tätigkeit als Geheimdienstler vor Ihnen verborgen hielt. Darin ist er ein Meister.«

Jackie drückte die Zigarette in einem Aschenbecher aus. Sie schenkte sich Tee nach und wandte sich erneut an ihr Publikum.

»Sir Alfred seinerseits wusste, dass Natasha überlaufen wollte, und ahnte, dass sie wertvolle Informationen mitnähme, wenn man sie nur ließe. Wie praktisch, dass eine seiner Agentinnen in die Stadt kam. Sogar eine, die er gern loswerden wollte, weil sie zu viel über ihn wusste: Lady Donaghue.«

Kardinal Truffino stieß einen Ruf der Empörung aus. »Lady Donaghue? Niemals!«

Wieder zwang Kit sich dazu, nichts zu sagen und einfach die Auflösung abzuwarten. Gleichzeitig kam ihm der Protest des Kardinals übertrieben vor. Dass Mitzy Bubbles kein unbeschriebenes Blatt war, wusste mittlerweile jeder.

»Auch Sie schweigen, Kardinal.« Jackie rüstete sich mit einer frischen Zigarette aus. Kit fiel auf, dass sie den Kirchenmann beim Titel genannt hatte. Auch das erschien ihm schräg.

»Sie können nicht behaupten, Sir Alfred, dass Sie nach mehreren Jahren des Zusammenlebens mit Mitzy Bubbles als Gouvernante Ihres Sohnes und weiteren Besuchen im Bordell, den Kontakt zu ihr nicht aufrechterhalten haben. Dass Sie die Frau nicht für Ihre Zwecke genutzt haben?« Wieder hielt sie inne. »Sie müssen gar nichts sagen. Ich weiß bereits alles.«

Kit hatte nicht den Eindruck, als hätte Sir Alfred etwas sagen wollen. *Warum sprach Jackie nicht von dem Kind?*, fragte er sich. *Wollte sie diesen Trumpf im Ärmel behalten? Oder hatte sich die Information als roter Hering entpuppt?*

Jackies Miene war unverändert. Ohne jede Emotion. »Sie, Alfred, haben Mitzy hinters Licht geführt. Ihr die

Anweisung gegeben, vermeintlich und möglichst auffällig die Stadt zu verlassen, sich aber in der Nähe aufzuhalten und zwei Tage später im Konsulat anzurufen. Damit bezweckten Sie, Mitzy als Natashas Mörderin hinzustellen, weil Sie wussten, früher oder später würde ich darauf kommen, dass Mitzy die Gegend nie verlassen hat. Sie haben einen Riesenzirkus veranstaltet, damit wir denken, der Verräter mit der Liste habe Natasha getötet. Dabei haben Sie es selbst getan. Nein, schweigen Sie!« Wieder machte sie die Drohgebärde mit der Zigarettenspitze.

Kit wollte protestieren und presste die Lippen gewaltsam aufeinander, um nichts zu erwidern. Es konnte nicht sein, Sir Alfred hatte die ganze Zeit neben ihm gesessen und geschlafen. Wie sollte er da Natasha umgebracht haben.

»Sie, Alfred, wussten genau, was passiert, wenn Ihre Tochter sich aufregt und zu weit hinausschwimmt. Sie hat wie erwartet einen Anfall bekommen. Deswegen sind Sie auch nicht eingeschritten, als Natasha beim Lunch am Strand die alten Geschichten rausholte. Sie warteten nämlich darauf, dass Elizabeth vom Schwimmen zurückkehrte und katatonisch wurde. Dann rannten Sie in den Pavillon, nahmen den Dolch, den Sie zuvor an einer günstigen Stelle deponiert hatten, und rammten ihn Natasha in den Hals. Dabei schrien Sie so laut, dass niemand das Geräusch der Klinge hörte, die sich durch Natashas Gaumen in ihr Hirn bohrte.«

Kit fiel es wie Schuppen von den Augen. Na klar. Der

Schrei, der ihm selbst so unnatürlich vorgekommen war! Was für ein Esel er doch war. Wie einfach! Jackie hatte sich von diesem billigen Trick nicht von der Fährte abbringen lassen. Er war stolz auf sie. Seine Jackie. Die beste Detektivin der Welt.

»Unser Fehler war, zu glauben, Mitzy Bubbles sei vor Natasha gestorben. Dabei haben Sie vermutlich eine Hure ermordet und mit ihrem Körper meinem Hund eine falsche Fälsche gelegt. Sie warteten auf Mitzys Anruf bei Christopher, dann trafen Sie sich mit ihr, vermeintlich um ihr Geld zu geben oder Ähnliches, töteten sie, und warfen sie in die Lagune. Geben Sie es zu.«

Sir Alfred nickte und blieb reglos sitzen. »Ja, ich habe sie alle beide getötet.«

»Nein, Daddy! Nein, nein, nein!«, rief Elizabeth und schlug die Hände vors Gesicht.

»Sei still. Sei sofort still!« Sir Alfred sah sie unverwandt an.

Jackie schnalzte. »Das war die Bestätigung, die wir gebraucht haben. Commissario«, Jackie schwenkte die Zigarettenspitze auf den dicken Bauch des Mannes, »verhaften Sie den Mörder.«

»*Andiamo*«, sagte der Commissario.

Seine beiden Männer stürmten los und – Kit hielt den Atem an – packten Elizabeth Purcell bei den Armen.

Sir Alfred sank schluchzend in sich zusammen.

Theodore sprang auf und brüllte, aber Truffino legte ihm die Hände auf die Schultern und zwang ihn, sich wieder hinzusetzen.

Kit wusste gar nicht, wo er zuerst hinschauen sollte, so überrumpelt war er.

»Es tut mir leid, Alfred«, sagte Jackie, »aber diesen Gefallen konnte ich Ihnen nicht tun.«

Aus den Memoiren der JACKIE DUPONT

»Was ... was hat das zu bedeuten?«, fragte Kit.

Ich leitete die Frage an Elizabeth oder wie auch immer sie heißen mochte weiter. »Was sagen Sie, Miss Bubbles? Vielleicht verraten Sie uns ja noch Ihren Vornamen. Was hat das alles zu bedeuten?«

Das Mädchen zitterte vor Wut.

»Sie schweigen, also spreche ich für Sie. Ich habe einen plausiblen Tathergang beschrieben, aus dem Sir Alfred als Mörder hervorgeht. Wie Ihnen allen wahrscheinlich aufgefallen ist, hat er weder widersprochen noch sich gewehrt. Ein Mann von seinen Fähigkeiten und mit seiner Rhetorik? Der hätte sicher Wege gefunden, meine Theorie zu entkräften. Warum hat er es nicht getan? Richtig. Er wollte verhaftet werden. Es gibt nur wenige Fälle, in denen jemand sich für einen Mörder opfert und an seiner statt vor den Richter geht. Fast immer stehen Liebe und Schuld dahinter. Fast immer geht es dabei um Familie. Alfred schämte sich dafür, dass er Mitzy mit seinem unehelichen Kind ihrem Schicksal überlassen hatte. Das Einzige, was er jetzt noch tun konnte, war, dem Kind das

Leben zu schenken, das es von Anfang an verdient hatte. Er verstand, welches Leid das Kind erfahren haben musste, dass es die eigene Mutter tötete.«

Theodore stieß ein Schluchzen aus.

»Sie, Miss Bubbles, nennen wir Sie aus praktischen Gründen weiterhin Elizabeth, wurden erst vom Vater und dann von der Mutter verlassen. Sie waren sich selbst überlassen, inmitten von Dieben, Mördern und Zuhältern. Sie, ein Kind von hoher Intelligenz, ausgestattet mit den Instinkten und dem Aussehen Ihres Vaters, sollten nichts von seinem Ansehen und seinem Wohlstand genießen. Nie hätten Sie etwas davon abbekommen, wäre nicht die Bombe auf das Haus der Purcells gefallen. Das war Ihr Wunder. Und auch wenn Sie jetzt in Italien vor den Scharfrichter kommen, bleibt Ihnen immerhin der Trost, dass Ihr Vater an Ihrer Stelle für Sie an den Galgen gegangen wäre.«

Niemand sprach, niemand stellte eine Frage, niemand empörte sich. Nicht einmal Alfred und die Mörderin, die betreten auf den Boden sahen.

»Ja, so ist das mit euch Männern«, fuhr ich fort. »Ihr kümmert euch um eure Kriege, um eure Eitelkeiten, eure Befindlichkeiten. Auf eure Töchter und eure Schwestern gebt ihr wenig acht, solange es nicht darum geht, sie zu eurem Vorteil zu verheiraten. Wann hatte Sir Alfred seine Tochter das letzte Mal gesehen, bevor er aus dem Krieg zurückkehrte? Wann Theodore, bevor der zur Beerdigung seiner Mutter nach London reiste? Mehrere Jahre nicht. Da die verstorbene Lady Purcell und Mitzy

Bubbles über ähnliche Gesichtszüge und Attribute verfügten und Alfred seine Physis dominant vererbte, reichte ein Mädchen mit grünbraunen Augen und dunklem Haar, mit der Statur von Alfred und den Grübchen der Mutter aus. Es war ein Leichtes für sie, sowohl den Vater als auch den Bruder davon zu überzeugen, dass die Person, die mit Brandwunden aus dem Garten der Purcells gerettet worden war und das Amulett der Mutter trug, niemand anderes als Elizabeth Purcell sein konnte. Wann haben Sie es begriffen, Alfred?«

Sir Alfred ballte die Fäuste. »Am Lido. Als Natasha tot im Pavillon lag. Da ist es mir wie Schuppen von den Augen gefallen.«

»Die Ohren Ihrer Tochter waren anders geformt. Es muss ein ziemlicher Schock für Sie gewesen sein, nicht wahr?«

»Ich war völlig vor den Kopf gestoßen. Trotzdem wusste ich, dieses Kind ist mein Kind. Mein Fleisch und Blut, geboren aus meiner schlimmsten Sünde.«

Jackie bleckte die Zähne. »Na, da fallen mir aber bessere Kandidaten für Ihre schlimmsten Sünden ein. Fragen Sie mal in den russischen Straflagern nach.«

»In meinem Inneren fühlt es sich jedenfalls so an«, sagte Sir Alfred schwach.

»Nun gut. Wollen Sie sich dazu äußern, Miss Bubbles?«

»Sag nichts, Kind!«, rief ihr Vater. »Sie müssen es dir nachweisen!«

»Das können wir. Das Medallion hat sie immer und immer wieder verraten. Erst gestern ließ sie sich von mir mit

Parfüm besprühen, von oben bis unten. Ohne den Türkis zu schützen. Die wahre Tochter von Lady Purcell hätte ihre Mutter dabei gesehen, wie sie ihr Parfüm auftrug. Sie hätte gewusst, dass ein solcher Stein die Farbe verändert, wenn er Chemikalien oder Salzwasser ausgesetzt ist. Außerdem haben Sie, Alfred, durch Ihren Versuch, Ihre Tochter zu retten, eindeutig bewiesen, dass sie schuldig ist. Sie werden vor einem venezianischen Gericht verurteilt, Miss. Kardinal Truffino wird bezeugen, was er hier gehört und gesehen hat. Glauben Sie, die Venezianer misstrauen ihrem eigenen Patriarchen? Oder dem Commissario? Und zu guter Letzt haben wir, durch einen Zufall, ja noch den Flamingoschirm.«

»Sie Hexe!« Das Mädchen spie und fluchte. »Sie ekelhafte Hexe! Sie wären die Nächste gewesen!«

»Das habe ich mir schon gedacht. Aber da hätten Sie es lange versuchen müssen. Man stirbt nämlich nur einmal. Nun denn, das ist unser Geständnis, da haben wir es. Leider sind Sie nicht abgebrüht genug, Kleines. Sie wissen doch selbst, dass Sie den Schirm nach der Benutzung abgewischt haben. Ihre Fingerabdrücke konnten wir darauf nicht finden. Allerdings auch keine anderen, was bei einem Schirm natürlich verdächtig ist. Wie dem auch sei, Sie sind die Mörderin. – Abführen.«

»*Ma*«, sagte Truffino, nachdem die Polizisten mit Elizabeth den Raum verlassen hatten, und setzte sich auf einen leeren Sessel. »Das ist ja mal wie am Schnürchen gelaufen.«

Ich ließ mich auf Christophers Armlehne nieder. »Alfred, es tut mir leid, aber ich hätte Sie nie für ein Verbrechen verhaften lassen, das Sie nicht begangen haben.«

Er nickte.

»Als Sie die Leiche von Natasha entdeckten, entfuhr Ihnen ein Schrei der Verzweiflung. Weil Ihnen sofort klar war, was da gerade geschehen war. Dass hier eine gnadenlose Mörderin zugeschlagen hatte. Jemand, der in der Nacht zuvor die eigene Mutter getötet hatte. Von der Leiche in der Basilika hatten Sie ja gerade gehört. Sogar aus Elizabeths Mund.«

Wieder nickte er.

»Was ... was hast du verschuldet, Papa?«, fragte Theodore mit belegter Stimme. »Was genau ist deine schlimmste Sünde?

Sir Alfred war zu schwach, um ihm zu antworten.

»Ich werde es Ihnen erklären«, sagte Jackie. »Ich glaube, ich fange ganz von vorn an. Mitzy Bubbles alias Camilla Bubbles war Ihre Gouvernante, Theo, wie Sie ja selbst schon richtig erkannt haben. Eine gebildete junge Dame aus einem Pastorenhaushalt. Leider hatte die Pastorentochter zu viel Lust am Leben, Augen, die Funken sprühten, und Grübchen wie die Ihrer Mutter. Außerdem war sie den Aufwartungen des Hausherrn nicht abgeneigt. Eines führte zum anderen, bis Camilla schwanger wurde. Sir Alfred, aufstrebender Geheimdienstler und Diplomat, warf sie aus Angst um seine Karriere aus dem Haus, ohne für sie und das Kind aufzukommen. Camilla wusste sich nicht anders zu helfen, als nach der Geburt des Babys eine

Anstellung in einem Bordell zu suchen. In diesem Umfeld lernte sie Menschen aus allen Schichten der Gesellschaft kennen. Bald hatte sie einen Zuhälter und Kontakt zu den unterschiedlichsten Personen, von Halsabschneidern und Herzögen über Marquise bis hin zu Meuchelmördern. Als sich ihr nach vielen Jahren die Chance bot, mit einem Millionär aus Kanada auszuwandern, zögerte sie nicht lange. Sie ließ das Kind einfach zurück, dieses arme Ding, das ihr so viel Unglück gebracht hatte. Das Kind verbrachte sein Leben mit den Halsabschneidern und Meuchelmördern, lernte von ihnen alle Tricks. Wie man eine Brieftasche stiehlt, wie man sich im Dunkeln unbemerkt bewegt und wie man jemandem einen Dolch in den Hals rammt, sodass er auf der Stelle tot ist.«

Ich streichelte Sargent über den Kopf, dann nahm ich Christopher die Teetasse ab, die er seit einer Ewigkeit in den Händen hielt, und stellte sie auf einem Beistelltischen ab. Er sah mich verwundert an.

»Nun hatte das Kind nicht nur von Londons Verbrechern gelernt, sondern auch von seiner Mutter. Im Gegensatz zu den anderen Straßenkindern hatte es gelernt, vernünftig zu sprechen, zu lesen und zu schreiben. Und Lernen ist nicht alles. Erben ist die andere Sache. Von seinem Vater erbte das Kind das Gesicht und die Figur. Ein Gesicht und eine Figur, die er an all seine Kinder weitergab. Außerdem erbte es sein strategisches Denkvermögen. Das Verstehen von Zusammenhängen. Die Neigung zur Heimlichtuerei und zur Verstellung. Von der Mutter wiederum erbte es das Gemüt. Die Skrupellosigkeit und, für unseren Fall das Wichtigste: die Stimme. Stimmen zu imitieren ist eine große Kunst. Es ist fast unmöglich, die Stimmfarbe einer anderen Person nachzuahmen. Ein Stimmklang vererbt sich, wenn überhaupt, nur von Vater zu Sohn oder von Mutter zu Tochter. Als ich gestern mit Christopher in Murano war, rief ich das Konsulat an. Telefonate von Murano nach Venedig werden als Ferngespräch behandelt, das ist der Clou. Jeder hätte also von Murano aus im Konsulat anrufen und behaupten können, er sei gerade in Athen. Jeder? Nein, nur jemand, dessen Stimme Christopher als die von Mitzy Bubbles akzeptieren würde. Es gab nur eine Person, die dazu in der Lage war: Mitzys Tochter. Ihre Tochter mit Alfred. Die Tochter, die zwar das Sprechen von ihrer Mutter gelernt hatte, nicht aber, wie man ein Amulett aus einem Türkis behandelt. Dass man es nicht im Salzwasser trägt und schon gar kein Parfüm darauf sprüht. Die Tochter, die wahrscheinlich über viele Jahre ihre gleichaltrige Schwester beobachtet und ihr den Platz geneidet hat. Jenem Mädchen, das ihr so ähnlich war, das in dem teuren Haus wohnte, mit Bediensteten und einer eleganten Frau Mama. Bestimmt saß sie wie schon häufiger hinter einem Gebüsch am Garten der Purcells in Greenwich, als der Zeppelin die Bombe abwarf. Das Haus explodierte und nur Elizabeth Purcell war draußen, lag bewusstlos oder tot im Garten. Mitzys Tochter nutzte die Gunst der Stunde, nahm ihrer Schwester das Amulett ab und schleppte sie ins Haus, wo sie bis zur Unkenntlichkeit verbrannte. Die uneheliche Schwester trug dabei die schweren Narben davon, die wir alle kennen.«

Ich sah mich nach einem Teller um. Langsam wurde ich hungrig. Sargent nieste. Er wohl auch.

»Der Erste aus der Familie, der sie nach dem Bombenangriff zu Gesicht bekam, war Theodore. Er hatte seine kleine Schwester seit Jahren nicht gesehen. Sie war von einem Kind zu einer jungen Dame herangereift, und es bestand für ihn kein Anlass, zu glauben, dass die Person im Krankenbett mit den Gesichtszügen seines Vaters nicht seine mittlerweile erwachsen gewordene Schwester sei. Ihre eigenartigen Amnesien und Anfälle machten ihn betroffen, aber nicht misstrauisch.«

»Ja ... das ist richtig. Es stimmt.« Theodore fuhr sich durch die Haare. Seine Augen schimmerten feucht.

»Theodore kümmerte sich darum, dass Elizabeth trotz des Krieges versorgt war. Sir Alfred informierten sie über die Geschehnisse nur postalisch. Aus der Ferne autorisierte er die Zahlungen für Unterkunft, Kleidung und Versorgung, sonst nichts. Er war an den Hotspots des Krieges unterwegs, manipulierte, spionierte, organisierte. Natürlich war er betroffen über das Ableben seiner Frau, seiner Angestellten, über die Zerstörung seines Hauses, aber für sein Land war er eben unabdingbar. Erst nach Ende des Krieges kehrte er zu seinen Kindern nach London zurück. Er fand sie vor, wie er es erwartet hatte. Theodore, mittlerweile Soldat und Sozialist, und Elizabeth, groß, schlank und mit seinen grünbraunen Augen, nur eben erwachsen und mit einer Seele voller Schmerz. Also ab nach Venedig zum wohlverdienten Konsulatsposten und die Dunkelheit hinter sich lassen.«

Ich ging zum Büfett. Dort fand ich endlich einen Teller und füllte ihn mit Köstlichkeiten. Ach, es gefiel mir, wenn mich niemand unterbrach. Alle saßen da und warteten gebannt darauf, dass ich weiterredete.

»Doch, oh weh, irgendwann tauchte die gute alte Mitzy Bubbles in Venedig auf. Moment, dachte sie, das ist doch mein Kind, das da als Elizabeth Purcell durch die Welt läuft. Eine Mutter hat einen anderen Blick auf ihre Tochter. Die erkennt ihr eigen Fleisch und Blut sofort. Da sie zu diesem Zeitpunkt jedoch noch keine Witwe war, ließ sie die Sache auf sich beruhen. Doch, hurra, wer kam im nächsten Jahr vorbei? Die Spanische Grippe. Der Gatte war tot, der Weg frei. Warum nicht Bekannte in Venedig aufsuchen? Warum nicht ein heimliches Treffen mit der Tochter arrangieren und sie ein bisschen erpressen?« Ich aß einen Scone. Himmlisch! »Nun denn, ihr eigen Fleisch und Blut nahm es ihr immer noch übel, dass sie allein unter Gangstern aufgewachsen war, anstatt in einem Anwesen in Ontario oder British Columbia. Und siehe da, die Mutti will sich noch mal die Bilder des Dukes in der Kirche ansehen. Nach dem Essen. Vielleicht bietet sich ja da eine Gelegenheit? Das Töchterlein hat in den letzten Monaten durchaus mitbekommen, durch welche Tür, und mit welchem Schlüssel der Duke in die Kirche gelangt. Kaum im Konsulat angekommen, steigt es mit seinem Stilett im Gepäck aus dem Fenster und eilt zur Basilika. Es öffnet die Seitentür am Garten, läuft hinein, schiebt den Riegel einer anderen Tür auf, läuft durch diese hinaus, schließt die Tür zum Garten wieder und legt den

Schlüssel zurück in sein Versteck in der Mauer. Die Tochter schleicht sich sogleich durch die nunmehr geöffnete zweite Tür wieder in die Kirche und versteckt sich hinter einer Säule. Irgendwann kommen der Duke und die Frau Mama herein. Ein Gottesgeschenk. Die Frau Mama tänzelt direkt an der Säule vorbei und zack, hat sie den Dolch im Hals. Das Töchterlein fängt die Mutter auf, wobei es laut lacht, wie die Mama zuvor. Es zieht ihr die Schuhe, den unverkennbaren Hut und den Mantel aus, schlüpft selbst hinein und täuscht Übelkeit vor. Dann rennt es hinaus zur Gondel, wo es sich übergibt, was ihm nicht sonderlich schwerfällt, immerhin hat es gerade die eigene Mutter erdolcht. Christopher, der keine Ahnung hat, wer seine neue Gesprächspartnerin ist, läuft hinterher und wird abgebügelt.«

»Unglaublich«, sagte Christopher. »Das hätte ich doch bemerken müssen.«

»Du hast es auch bemerkt, du hast es nur falsch interpretiert. Du dachtest, Mitzy springt durch die Kirche und tanzt. Später ist die vermeintliche Elizabeth zurückgekehrt und hat ihr Opfer in die Lagune hinausgefahren. Im Übrigen haben wir Mitzys Leiche gar nicht gefunden.«

»Das war gelogen?«, keuchte Theodore.

Gleichzeitig entfuhr es Christopher: »Wie bitte? Das haben Sie einfach so behauptet, Kardinal? Ist das nicht illegal?« Es war das erste Mal, dass er sich äußerte.

»Nur wenn der Commissario es selbst gesagt hätte«, erklärte der Kardinal. »Als Privatperson kann ich behaupten, was ich will.«

Christopher sah den Kardinal scharf an. »Darf ich Sie an das achte Gebot erinnern?«

Truffino zuckte mit den Schultern. »Ich werde meine Sünden beichten.«

Ich legte die Hand auf Christophers Arm. »Ja, diesen Part haben wir erfunden, damit es Alfred noch leichterfiele, sich an Elizabeths Stelle verhaften zu lassen. Der Kardinal und ich haben das in der vergangenen Nacht bereits abgeklärt und ich habe mich heute vergewissert, dass meine Theorie stimmt.«

»In der Nacht? Wann denn?«, wollte Christopher wissen.

Ich musste seine Gedanken schnell ablenken, wenn mein Trick mit dem Elixier nicht auffliegen sollte. Er wäre sicherlich sehr böse auf mich, wenn er wüsste, dass ich ihn unter Drogen gesetzt hatte. Und das wollte ich nicht. Nicht jetzt, da wir endlich in Ruhe in den Urlaub fahren konnten.

»Wissen Sie, Theo, kein Mädchen würde sich Parfüm auf wertvollen Schmuck sprühen lassen, schon gar nicht auf einen Türkis, wenn es als Kind gelernt hat, wie man solche Stücke behandelt. Doch hatte Mitzys Kind keinen Kontakt zu dieser Art von Schmuck. Seine Halsabschneiderkumpels werden einen Teufel getan haben, dem Kind echte Edelsteine zu zeigen.«

Der Kardinal umklammerte sein Kreuz aus Saphiren und Diamanten. »Wenn ich nur daran denke, wird mir ganz anders. Parfüm! Salzwasser!«

»Es freut mich, dass du die Beschreibung des Mordes

so viel besser verkraftet hast als die Misshandlung des Schmucks, Benedetto. Und das, obwohl er in einer Basilika stattfand.«

»Ich habe es deinem Verlobten schon gesagt, Gewalt kann mich nicht schrecken. Im Beichtstuhl hört man alles. Aber dass man seinen Schmuck so schlecht behandelt, *Madonna!*«

Ich verzog den Mund. »Mit Saphiren und Diamanten hast du die Probleme gar nicht. Du musst die Saphire nur getrennt von anderen Diamanten aufbewahren, damit sie nicht zerkratzen.«

»*Davvero?*«

»Ja und um deine Beichtstuhlgeschichten beneide ich dich, ehrlich. Aber schweifen wir nicht weiter ab. Dass Natasha ausgerechnet beim Lunch am Lido die Besonderheit von Elizabeths Ohren wieder einfiel, die unsere Mörderin von der echten Elizabeth unterschied, war Pech. Die falsche Elizabeth fürchtete Natasha sowieso am allermeisten. Jetzt war der Moment gekommen, an dem sie nicht länger warten konnte. Anstatt wie behauptet schwimmen zu gehen, stieg sie an der Rückseite des Badehauses in eine der Kabinen, stahl einen Bademantel und den Flamingoschirm, lief über die Brücke an den Strand und hintenherum wieder rein in den Pavillon. Dann holte sie ihren Dolch aus der Badetasche und zack, Natasha war hin. Elizabeth musste nur noch den Schirm loswerden, den Bademantel in den Sand werfen, an einer anderen Stelle ins Wasser laufen und vor dem Pavillon wieder herauskommen. Dann stellte sie sich reaktionslos, weil sie wusste, ihr Vater würde das Riechsalz holen und Natasha entdecken. So nahm die Sache ihren Lauf. Sie hätte am besten gar nicht aus Murano anrufen sollen. Das tat sie, um den Verdacht auf Mitzy zu lenken. Aber am Ende hat mich dieser Anruf auf die Sache mit der Stimme gebracht. Und die eine Szene beim Dinner im Gritti, wo Christopher nicht genau wusste, wer gerade gesprochen hatte, Mitzy oder Elizabeth. Außerdem behauptete Mitzy bei gleicher Begebenheit, Elizabeth sei *jetzt* eine gute Partie. Warum jetzt? Warum nicht schon immer? Eine eheliche Tochter aus dem Hause Purcell wäre von Geburt an eine gute Partie.«

Christopher zog die Brauen zusammen. »Das habe ich dir alles gesagt?«

Ich redete weiter, als hätte ich ihn nicht gehört. »Elizabeth kam gestern Mittag aus Murano zurück, sie muss sich dort genau um die Zeit aufgehalten haben, als der Anruf kam.«

»Aber ... warum hat mein Vater die Tat gestanden?«, fragte Theodore.

Ich seufzte. »Er wollte büßen. Für das, was er Mitzy Bubbles angetan hatte, dafür, dass er sich nie um sein Kind mit ihr geschert hat. Die Last seiner Schuld ist ihm bewusst geworden und auch wenn ihm klar war, dass er eine Viper schützte, so war sie dennoch sein Kind. Er rief nach mir, als er Natasha ermordet im Pavillon fand, nicht nach der Polizei. Ich glaube, er hoffte, dass ich ihn anstatt seiner Tochter an die Behörden übergebe, auch wenn ich die Wahrheit herausfände. Doch eine Person wie diese, die mit solcher Leichtigkeit mordet, lasse ich nicht ziehen. Es tut mir wie gesagt sehr leid, Alfred. Mit Daniel hätten Sie vielleicht mehr Glück gehabt. Er ist sentimental, wenn es um junge Damen geht. Ich hingegen habe kein Mitleid mit ihnen.«

Sir Alfred ließ den Kopf hängen und schloss die Augen.

»Geben Sie Ihrem Vater einen Brandy, Theo. Die Polizei durchsucht gerade die Zimmer von Miss Bubbles und wenn die Staatsanwaltschaft den Postbeamten in Murano in einem Gerichtsverfahren zur Aussage bittet, wird er das Postgeheimnis schon lüften und uns verraten, wer gestern ein Ferngespräch von dort geführt hat.« Ich wand mich an Kit und Sargent. »Kommt, Jungs, wir fahren in die Schweiz. Mir ist nach Käse. Viel Käse.«

Simplon-Orient-Express, August 1921

Arm in Arm lagen sie unter einem Bettlaken aus ägyptischer Baumwolle, umgeben von Teakholz und Messing. Das Schwanken und Rütteln des Zugs wiegte sie hin und her, Jackies Kopf lag auf Kits Brust und er strich ihr übers Haar. Sargent hatte sich am Fußende des Bettes zusammengerollt und schnarchte selig. Jenseits des Fensters ragten die Alpen wie schwarze Schatten in den Himmel. Vor einer Stunde hatten sie die Grenze zur Schweiz passiert, wo der Zug lange Zeit gestanden hatte, während die Schweizer Grenzer die Pässe der Fahrgäste kontrollierten. Gott sei Dank musste dafür niemand sein Bett verlassen. Der Zugbegleiter erledigte diese Dinge für sie. Dennoch waren sowohl Kit als auch Jackie aus unruhigem Schlaf erwacht, ob nun durch die Stimmen der Zollbeamten oder durch die Beleuchtung des Bahnhofs.

Die Gedanken drückten schwer auf Kits Brust. Die letzten Tage hatte er wie in einem Rausch verbracht, war in Jackies Orkanwinden mitgesegelt. Erst jetzt, in der Ruhe, begriff er das Ausmaß der Geschehnisse.

Monatelang hatte er mit einer Mörderin unter einem Dach gelebt und er war von einem Wahnsinnigen entführt worden. Am meisten bewegte ihn jedoch Daniels Offenbarung im Hotel Gritti. Jackie war Diana. Ihr Onkel hatte es bestätigt. Er wusste, wie, er wusste, warum, auf einmal ergab alles Sinn. Trotzdem konnte Kit sie nicht darauf ansprechen. Sie hielt sich für Jackie Dupont. Oder gab es jedenfalls vor. Die Angst, sie zu verlieren, war größer als sein Wunsch, sie mit seinem Wissen zu konfrontieren. Wer konnte schon sagen, was eine Konfrontation in ihr auslöste? Sie konnte den Verstand verlieren. Die heraufbeschworenen Erinnerungen konnten sie dazu bringen, vor ihm Reißaus zu nehmen. Sich oder ihm etwas anzutun. Es ging hier nicht mehr nur um ihn oder sie. Sondern um das Lebewesen, das sie unterm Herzen trug.

»Mit Aida könnte ich leben«, sagte Kit beiläufig, eher um sich selbst von seinen Grübeleien abzulenken.

Jackie rekelte sich und hob den Kopf, dann eine Augenbraue. »Und wenn es ein Junge wird?«

»Vielleicht Henry?«

»Wie der Vater deiner toten Frau?«

Kit biss sich auf die Unterlippe. Er hatte an die Könige von England gedacht. Die Welt war voller Stolperfallen.

»Richtig. Entschuldige, ich hatte eher einen Plantagenet im Sinn. Es gibt da welche in meinem Stammbaum.«

Sie ließ die Finger über seine Brust gleiten. »Ich habe durchaus etwas übrig für die Plantagenets. Richard Löwenherz ...«

Kit lächelte. »Das habe ich mir gedacht.«

»Ich will aber lieber einen Pharao.« Sie küsste seinen Hals. »Das passt noch besser zu dir. Du siehst immerhin aus wie einer.«

»Findest du?«

»Ja.« Wieder küsste sie ihn.

Er legte die Arme um sie. »Wir könnten doch als zweiten oder dritten Namen einen Pharao wählen. Edward Alexander Horus St. Yves, Marquis of Thorne.«

Sie gähnte. Die eigenartige Schwere einer Reise im Nachtzug machte nicht einmal vor ihr halt. »Ach, richtig, deine Kinder müssen ja allerlei Titel mit sich herumtragen.«

»Nur die Söhne.«

»Unverschämt.« Sie schlang ein Bein um seine Hüften. »Ich werde aus Protest nur Mädchen bekommen.«

Sein Herz machte einen kleinen Sprung. Sie wollte sogar noch mehr Kinder mit ihm haben.

Vielleicht sollte er einfach die Vergangenheit vergraben und gleichgültig werden, wenn es darum ging, wer Jackie war oder für wen sie sich hielt. Jetzt war sie seine Verlobte, jetzt bekam sie sein Kind. Alles andere war doch unwichtig.

Es gab da allerdings noch eine kleine Komplikation, die sie aus dem Weg räumen mussten. Er hüstelte. »Wie halten wir es eigentlich mit unserer Ehe?«

Sie zog das Laken höher. »Wir heiraten natürlich. Sag jetzt nichts. Ich weiß, du denkst, wir sind längst verheiratet. Aber wie soll das gehen? Soll ich auf einmal überall verkünden: *Überraschung, ich bin es! Diana aus dem Eis!* Stell dir mal vor, was die Nachlassverwalter deiner Frau dazu sagen werden. Und ihre Großmutter erst. Maria würde nicht mehr von uns lassen. In deinem Sinne kann es jedenfalls nicht sein. Solange ich Jackie bin, gehört das Geld in unserer Ehe dir. Werde ich zu Diana, musst du mir über jedes Pfund Rechenschaft ablegen.«

Er schürzte die Lippen. »Nach englischem Recht hat es mir schon in dem Moment gehört, als du Ja gesagt hast.«

»Ich?«

Dieses Gespräch verlief in die genau entgegengesetzte Richtung von dem, was Kit geplant hatte, nämlich das Thema Diana auszuklammern. »Schon gut, schon gut, wir heiraten.«

»In Lausanne.«

Kit wurde eng um die Brust. Jackies Reiseplan beinhaltete einen dreitägigen Aufenthalt in Lausanne und anschließend die Weiterreise auf die Höhen von Gstaad.

»Dort steigen wir in wenigen Stunden aus.«

»Ja, da gibt es eine anglikanische Kirche. Gleich in der Nähe des Bahnhofs.«

Kit schob sie ein Stück von sich weg. »Sag nicht, wir werden dort erwartet.«

Ein schelmisches Lächeln breitete sich über ihr Gesicht aus. »Wer weiß?«

»Wann hast du das arrangiert?«, rief Kit.

»Psst, Darling, die Schweiz ist ein beschauliches Land, sie lassen dich noch verhaften, kurz bevor du in den

Hafen der Ehe einläufst, um ein besonders treffendes Sprichwort zu bemühen.«

Er griff sie an den Handgelenken, wohl wissend, dass sie sich jederzeit befreien konnte. »Wann!«

Sargent knurrte.

»Jetzt hast du den Hund geweckt.«

»Wann, Jackie?«

»Vor ein paar Monaten«, schnurrte sie, »als du nach Venedig abgereist bist.«

»Wie bitte? Woher wusstest du damals schon, dass wir genau heute in Lausanne ankämen?«

Sie lachte, stürzte sich auf ihn und küsste ihn stürmisch auf den Mund. »Oh, Darling, du weißt doch, ich komme immer genau, wann ich will.«

Kit schloss die Augen, ließ sich auf den Rücken sinken und ergab sich in sein Schicksal.

THE LONDON TIMES VOM 01.09.1921

ZÜRICH – Seine Durchlaucht, der Duke of Surrey, hat letzte Woche in Lausanne seiner amerikanischen Verlobten, der renommierten Detektivin Miss Jacqueline Dupont, das Jawort gegeben. Die Duchess wird ab sofort den Namen Jacqueline St.Yves-Dupont führen und ihre berufliche Tätigkeit weiterhin ausüben. Das Paar weilt indes im Palasthotel von Gstaad, wo es seine Flitterwochen mit Wanderungen und Tennispartien verbringt.

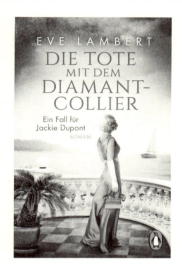

Mord in Monaco: der fulminante Auftakt der glamourösen Krimireihe

Monaco 1920: Der attraktive englische Adlige Christopher besucht eine Party an Bord einer mondänen Yacht. Die Gäste tanzen zu den Klängen einer Jazzband, trinken Champagner – doch plötzlich wird eine Leiche entdeckt, und ein kostbares Diamantcollier ist spurlos verschwunden. Die Polizei ruft Jackie Dupont zu Hilfe, Privatdetektivin mit Vorliebe für glamouröse Abendroben, schnelle Autos und ungewöhnliche Ermittlungsmethoden. Einer der Gäste muss der Täter sein, somit steht auch Christopher unter Verdacht. Und tatsächlich hütet er ein dunkles Geheimnis …

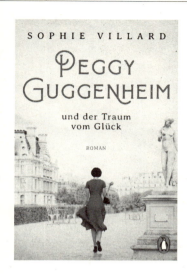

Die wahre Geschichte der berühmten Kunstsammlerin Peggy Guggenheim

Paris 1937: Die rebellische Erbin Peggy Guggenheim genießt ihr Leben in der schillernden Künstler-Bohème. Doch Peggy hat einen Traum. Sie möchte ihre eigene Galerie eröffnen und endlich unabhängig sein. Da verliebt sie sich in einen hoch gewachsenen Schriftsteller mit strahlenden Augen: Samuel Beckett. Doch ihre Liebe steht unter keinem guten Stern, denn Peggys Traum lässt sich nur im fernen London verwirklichen, weit weg von Beckett. Und auch am Horizont ziehen dunkle Wolken auf: Der Krieg zwingt viele Künstler zur Flucht aus Europa. Peggy hilft vielen von ihnen dabei – und begibt sich und ihre Liebe in große Gefahr ...

»Mittlerweile liegt das Ganze sechs Jahre zurück und noch ist mir niemand auf die Schliche gekommen ...«

Nach 39 Ehejahren voller Sticheleien hat Irene endgültig genug von ihrem Mann. Als sie eines Tages in einer alten Schachtel Bleibänder zum Beschweren von Vorhängen findet, kommt ihr die beste Idee ihres Lebens: Aus der immer so netten Bibliothekarin wird eine gerissene Hobbychemikerin, die ihre bisher von Braten- und Kuchenduft erfüllte Küche in ein Labor verwandelt. Dort bereitet sie Bleizucker zu. Geduldig rührt sie ihrem Mann täglich ein Löffelchen in den Kaffee. Bei den wirklich wichtigen Dingen muss man langsam vorgehen ...

PENGUIN VERLAG

Zwei enttäuschte Ehefrauen, ein Kochbuch aus den 1950er-Jahren und ein bitterböser Plan …

Alice, frisch verheiratet, zieht mit ihrem Mann in einen schicken Vorort im Norden New Yorks. Doch die viel zu große Villa ist ihr von Anfang an unbehaglich. Als sie im Keller ein mit persönlichen Kommentaren gespicktes Kochbuch aus den 1950er-Jahren auffindet, beginnt sie sich für Nellie, die Vorbesitzerin des Hauses, zu interessieren. Alice kocht sich – zunächst nur aus Langeweile – in die Vergangenheit zurück. Bis sie anhand von Briefen entdeckt, dass es in Nellies Leben ein düsteres Geheimnis gibt. Mit fatalen Folgen für Alice …